日輪《にちりん》

チンギス紀 九

北方謙三
Kenzo Kitakata

集英社

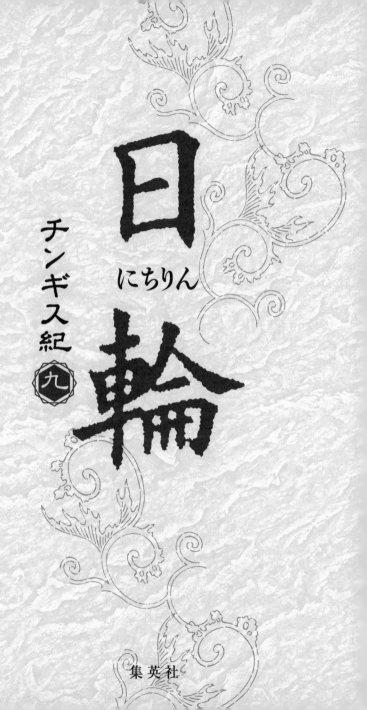

目次

チンギス紀

九

日輪《にちりん》

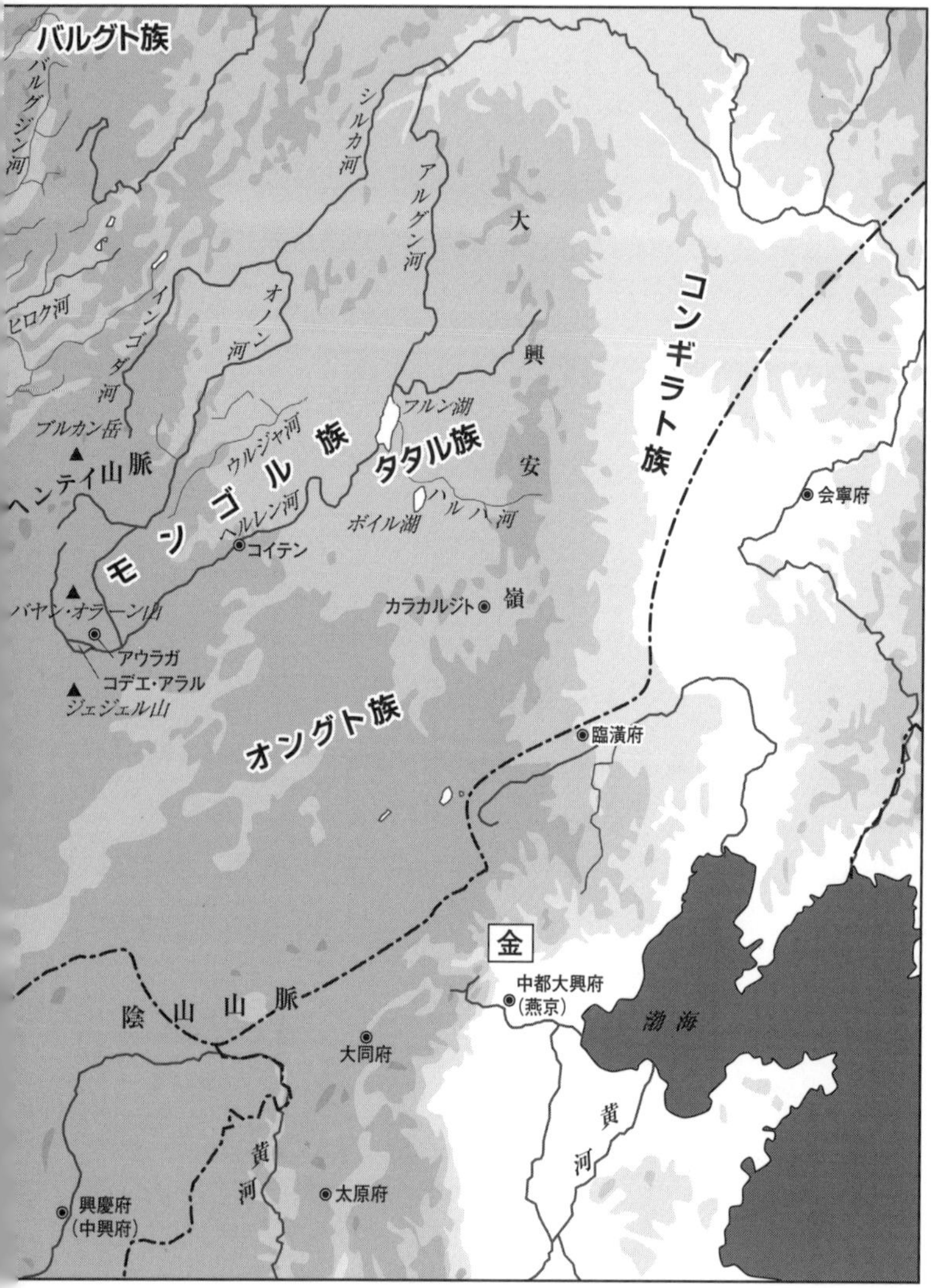
バルグト族
バルグジン河
ヒロク河
インゴダ河
オノン河
シルカ河
アルグン河
大興安嶺
コンギラト族
フルン湖
ブルカン岳
ウルジャ河
モンゴル族
タタル族
ヘンティ山脈
ヘルレン河
ボイル湖
ハルハ河
会寧府
コイテン
バヤン・オラーン山
カラカルジト
アウラガ
コデエ・アラル
ジェジェル山
オングト族
臨潢府
金
中都大興府
(燕京)
渤海
陰山山脈
大同府
黄河
太原府
興慶府
(中興府)

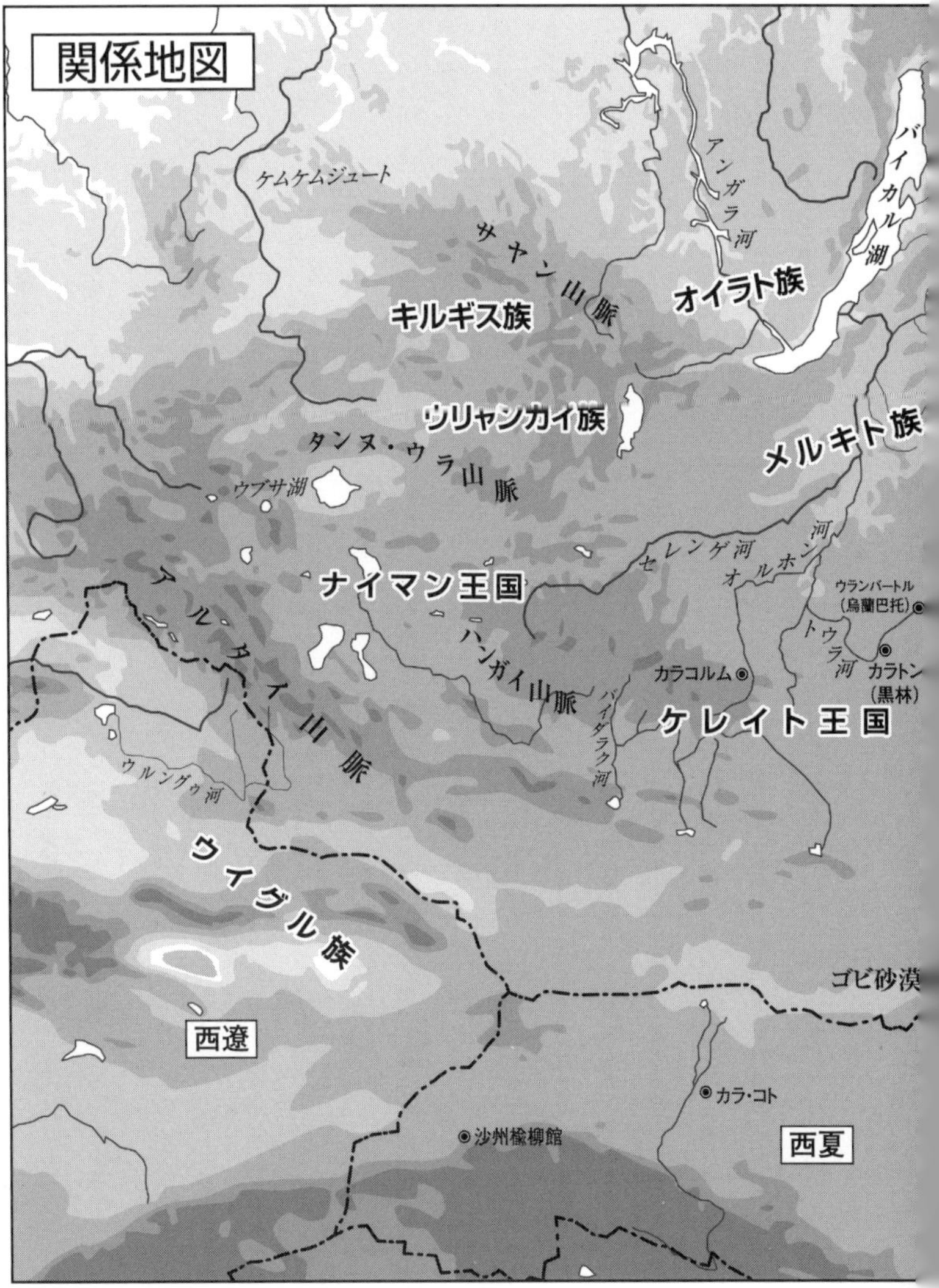
関係地図
ケムケムジュート
アンガラ河
バイカル湖
サヤン山脈
キルギス族
オイラト族
ウリャンカイ族
メルキト族
タンヌ・ウラ山脈
ウブサ湖
セレンゲ河
オルホン河
ウランバートル
（烏蘭巴托）
ナイマン王国
アルタイ山脈
ハンガイ山脈
トゥラ河
カラコルム
カラトン
（黒林）
バイダラク河
ケレイト王国
ウルングゥ河
ウイグル族
ゴビ砂漠
西遼
カラ・コト
沙州楡柳館
西夏

テムジン（モンゴル族）と麾下

テムジン……（モンゴル族キャト氏の長）
ホエルン……（テムジンの母）
カサル………（テムジンの弟、次子）
テムゲ………（テムジンの弟、四子）
テムルン……（テムジンの妹でボオルチュの妻）
ボルテ………（テムジンの妻）
ジョチ………（テムジンの長男）
チャガタイ…（テムジンの次男）
ウゲディ……（テムジンの三男）
トルイ………（テムジンの四男）
コアジン・ベキ…（テムジンの長女）
ブトゥ………（コンギラト族でコアジン・ベキの夫）
ヤルダム……（コアジン・ベキとブトゥの長男）
ボオルチュ…（幼少よりテムジンと交わり、主に内政を司る）
ジェルメ……（槍の達人）
クビライ・ノヤン…（左利きの弓の達人。左箭《させん》と呼ばれる）
スブタイ……（テムジンに仕える将校）
ジェベ………（テムジンに仕える将校）
ボロクル……（テムジンに仕える将校）
ムカリ………（五十騎の精鋭による雷光隊を率いる）
ソルタホーン…（テムジンのそばで副官のような役割を果たす）
ダイル………（南の城砦から陰山に移り、通信網をつくる）
アチ…………（ダイルの妻）
ツェツェグ…（ダイルとアチの娘で、テムゲの妻）
カチウン……（テムジンの亡弟と同じ名を与えられ、法を学ぶ）
ハド…………（コデエ・アラルの牧を管理する）
チンバイ……（故ソルカン・シラの長子）
チラウン……（故ソルカン・シラの次子）
義竜《ぎりゅう》…………（元大同府の鍛冶屋でテムジンに仕える）
耶律圭軻《やりつけいか》……（鉄の鉱脈を追う山師）
黄貴《こうき》…………（双子の兄。交易を差配する）
黄文《こうぶん》…………（双子の弟。学問所を差配する）

桂成《けいせい》……………（華了の師である医師）
華了《かりょう》……………（ボオルチュの副官アンカイ。医術を学び、華了の名を与えられる）
ヤク……………（狗眼《くがん》一族の男）

ジャムカ（モンゴル族）と麾下

ジャムカ……………（滅んだジャンダラン氏の長。バルグト族の集落に身を寄せる）
ホーロイ……………（武術の達人で力が強い）
ドラーン……………（ジャムカの家令）
マルガーシ……………（ジャムカの長男で、母フフーを殺され流浪する）
サーラル……………（ジャムカに仕える将校）
一臓《いちぞう》……………（六臓党の頭。ジャムカに仕える）

メルキト族

アインガ……………（メルキト族を率いる族長）
トクトア……………（メルキト族を率いる立場をアインガに譲り、森に住む）
ガムシグ……………（元賊徒でトクトアに仕え、退役した）
シャルダン……………（ウアス・メルキト出身で、ガムシグが育て上げた将軍）
ツールム……………（アインガの副官）
マナン……………（アインガの元副官）

ナイマン王国

タヤン・カン……………（ナイマン王国の王）
グチュルク……………（タヤン・カンの息子）
ブイルク・カン……………（タヤン・カンの弟）

バルグト族

ホシノゴ……………（バルグト族の若い長）
リャンホア……………（ホシノゴの妹）
タルガ……………（バルグト族の少年）

その他

タルグダイ……（テムジンに滅ぼされたモンゴル族タイチウト氏の長）
ラシャーン……（大柄な女戦士でタルグダイの妻）
ウネ……（タルグダイの家令）
トーリオ……（タルグダイの部下だった故・ソルガフの息子）
鄭孫《ていそん》……（ラシャーンの商いを手伝う男）
万高利《ばんこうり》……（上前を撥ねる潮陽の大商人）
ジャカ・ガンボ……（ケレイト王国の王トオリル・カンの末弟。王国滅亡後、流浪）
ジラン……（モンゴル南西域にある村の村長）
タュビアン……（ジランの村にいた右脚が萎えている少年）
泥胞子《でいほうし》……（大同府の故・蕭源基の妓楼で働く男）
塡立《てんりつ》……（大同府の故・蕭源基の妓楼を差配する男）
侯春《こうしゅん》……（塡立に拾われた孤児の少年。玄牛《くろうし》）
李順《りじゅん》……（白道坂《はくどうはん》一帯の牧で多くの馬を養う男）
宣凱《せんがい》……（沙州楡柳館《ゆりゅうかん》を統べた老人）
宣弘《せんこう》……（宣凱の息子）
蕭雋材《しょうしゅんざい》……（轟交賈《ごうこうこ》を差配する男）
御影《スーデル》……（トクトアと同じ森にいる男）
ボレウ……（ナイマン王国に朝貢する天山の山の民の長）
チンカイ……（陰山付近の集落を仕切る若い男）
ナルス……（金国国境近くに一族とともに住む、コンギラト族の男）
李純佑《りじゅんゆう》……（西夏の第六代皇帝）
李安全《りあんぜん》……（西夏の第七代皇帝）

蒼氓《そうぼう》を離れて

一

秋になると、風が強い日が多くなった。

時々、海は白く泡立ったようになる。そういう日は船など姿を見せないが、ただ時化《しけ》ているだけの時は、大型の船は片舷《かたげん》五挺《ちより》ほどの櫓《ろ》で、強引に波を乗り切ってくる。とても風まかせに航走《はし》れないので、帆は降ろしている。そして、進んでいるかどうかもわからない。しかし、しばらく眼を離したあとに見ると、間違いなく進んでいた。

いつものように、タルグダイは屋敷の楼台の椅子に座り、海を見ていた。

その船だけは、明らかに動きが違った。

ほかの船は喘《あえ》ぐように進んでいるのに、舳先《へさき》で白い飛沫《しぶき》を散らしながら、軽快に進んでいるのだ。見ていて、胸がすくようだった。

「おい、鄭孫《ていそん》」

厩《うまや》から馬を曳《ひ》き出そうとしているのを見て、タルグダイは大声で呼んだ。

手綱《たづな》を柱に巻きつけ、鄭孫は駈《か》け寄ってきた。タルグダイに軽々しい態度をとることを、ラシャーンが決して許そうとしないので、鄭孫はいつも腰が低く、言葉も丁寧だった。

肚《はら》の中がどうなのかは、見抜けない。商人と呼ばれる人間には、一様にそういうところがある、という気がする。

「あの船は？」

指さして、タルグダイは言った。

「ああ、あれは軍船でございますよ。交易船を海賊から守るためにいる船で、南宋のものでも金《きん》国《こく》のものでもありません」

「すると、もっと南だな。甘蔗糖《かんしよとう》が作られている国あたりかな」

「わかりませんが、一艘《そう》や二艘ではありません。時には、二十艘ぐらいが、群れて泳ぐ鳥のように、進んでいくことがあります」

「海門寨《かいもんさい》に入るのかな？」

「違うと思います。海門寨の船着場にいるのを、私は一度も見たことがありません。みんな、沖を行く船を指さして、軍船が来ているなどと言うばかりで」

「俺は、はじめて見る」

「たまたま、いま見られたのだと思います。ひと月かふた月に一度ぐらいは、沖を通るのですが、なにせ速いので、一刻（三十分）も見えてはいないのですよ」

軍船は、もう視界から消えそうになっていた。

「海賊が、いるのか？」

「交易船が襲われたという話を、私は何度か聞いたことがあります。私は見たことがないのですが、この近くに、海賊船が数艘いるという話です」

「そうか」

鄭孫は、海門寨のそばに建てた商館で、ウネとともに仕事をしていた。

二人の組み合わせは悪くなく、お互いに嫌っているようだが、ほんとうはどこかで気が合うのかもしれない。

ラシャーンの商いは、うまくいっていた。

点々と作った商いの拠点に、品物を集め、それを北に南に動かす。

海門寨の商館は、礼忠館《れいちゆうかん》と名づけられ、いまでは二十三名が働いているという。

「私はウネ殿と、絹を運んでくる商人に会うことになっています。奥方様のお許しも、得ています」

「別に、止めてはいない」

「はい。ウネ殿には、旦那様にはすべてを説明するようにと、うるさく言われています」

「ウネは、なにも報告しないな」

「私が言う方がいいのだそうです」

「なにもかも言う必要はないぞ、鄭孫。十にひとつでいい。それを、おまえが選ぶのだ」

「ウネ殿が、旦那様がそう言われるだろう、と言っていました。旦那様とウネ殿とは、不思議な関係ですね」

「長いだけだよ、鄭孫。腐れ縁というやつだな」

行っていいと手で示すと、鄭孫は馬の方へ駈けていった。

いまは、屋敷の厩に四頭、礼忠館に三頭の馬がいる。牧《まき》には、荷車を曳くための牛が、百頭ほどいるという話だった。

もう、軍船は見えなくなっていた。

ラシャーンは、仕事のために遣っているひと部屋にいて、屋敷を出ることの方が少なかった。出かけていても、夕餉《ゆうげ》はほとんどタルグダイとむかい合っている。

「今日、沖を軍船が行くのが見えた。あれは速いな。結構な波で、ほかの船は苦労していたようだったが、あっという間に視界から消えた」

タルグダイが言うと、ラシャーンは箸《はし》を止めた。

焼いた魚と野菜、そして粥《かゆ》の夕餉だった。

魚と肉は、ほぼ一日おきだった。このあたりでは、牛の肉をよく食う。豚も食うが、羊はそれほどおらず、むしろ山羊《やぎ》の肉の方が多かった。

「軍船が、どうしたのですか？」

「海賊を討つためにいるそうだ。結構多くの船がいる、と鄭孫が言っていた」

「海賊などは、いませんよ。軍船が動かなければならないのは、確かに海賊を討つためですが」

「海賊はいない、と言ったではないか」

「いないのです。いきなり、海賊になるのですね。まともな交易船が、積荷についての判断を間違えて、大損をする。すると、大儲《おおもう》けをした交易船を襲ったりするのです」

「なるほど、そういう海賊か」

「鄭孫も、説明が足りませんね」

「なに、出かける間際に、無理に呼び止めて訊《き》いた。きちんと答えてくれた、と俺は思う。あいつは、ウネととても気が合っているのだ」

「みんな、不仲だと言っていますが」

「人に不仲だと思わせられるのだ。あの二人、なかなかのものだ」

ラシャーンが、何度も小さく頷《うなず》いた。

「殿、とても学びました。人を学ぶというのは、言われてみなければわからないものですね」

「殿はよせ」

「はい、あなた」

「おまえの方が、人については、ずっと深いところまで見る眼を持っている。俺は、ウネとの関係が長くて、お互いに知り尽しているというだけだ」

ウネをこの地に留《とど》めたのは、ラシャーンだった。もともと家令だったので、礼忠館でも家令殿と呼ばれている。

商いなど自分に合うはずがない、とウネは言ったが、そのあたりの判断は、タルグダイにはできなかった。タルグダイの家令でいろ。ラシャーンは、そう言った。

ウネがここを去るなら、タルグダイの家令であることを拒むことになる。さりげなくそこへ追いこんだのかと思ったが、はっきりはわからなかった。

家令であるウネは、礼忠館にいて、館長である鄭孫に註文《ちゆうもん》をつけ続けている。

「軍船が、海門寨に入ることはないそうだな。おまえは、そばで見たことがあるか？」

「もっと北ですね。ずっと北です。そこで、甘蔗糖を運ぶ船と一緒にいたのを、見ましたよ。私は交易船の方にいて、乗ってみるかと問われたのですが、断りました」

「なぜ、断った。せっかくの機会を」

「荷を積んでいない船です。私が関心を持つのは、荷だけですからね」

「そうだな、確かに」

タルグダイは、ちょっとだけ笑った。

酒を飲みはじめる。金国などとは違って、南宋にはさまざまな酒がある。好みではなかったが、血の色をした酒まである。

タルグダイが好むのは、甘蔗糖の搾り滓《かす》から造った酒である。

それに水を足し、酸蜜《レモン》という蜜柑《みかん》のようなものを搾って入れる。

この地へ来て、蜜柑は食ったが、酸蜜は口に入れると、のけぞるほど酸っぱいのだ。それが酒に搾り入れると、さわやかな香気を放つ。

「軍船を、見てみたいのですか、あなた」

「なぜあれほど速いか、不思議だ」

「もし海門寨へ来ることがあれば、頼んでみましょうか、乗せてくれと」

「動くのか?」

「礼をして、ちょっと沖へ出て貰《もら》いましょう」

「いつだ?」

「だから、もし海門寨に来たらですよ」

「俺は、あの軍船は、ほかの荷を運ぶ船と較べると、美しいと思う」

ラシャーンが、小さな声をあげて笑った。

多分、美しいなどという言葉を遣ったからだろう。ほんとうにそうかはわからないが、もうタルグダイの頭の中では、美しいものになりはじめていた。

「船に乗ったこと、ありますか?」

「おまえも知っての通り、俺は草原で生きてきた。乗るどころか、見たことさえなかった」

「テムジンは、ヘルレン河に船を浮かべ、荷を運んでいました」

「あれは、筏《いかだ》だろう。それに河と海とでは、同じ水でもまったく違う」

タルグダイは、時化た海を思い浮かべた。河の急流とか、そういうものとはまた違う。時化の日に、海に突き出した岩に行ったことがあるが、波が打ち寄せると、地が揺らぐように岩に衝撃が走った。

「船を一艘、傭《やと》う商いをしている大商人が、潮陽《ちょうよう》にいるのです。私も、いずれはと思っているのですが」

「船には、どれほどの荷が載るのだ？」

「はっきりはわかりませんが、およそ二百輛《りょう》分の荷は」

「そんなにか」

「でも、なかなか難しいのですよ。その大商人が、船を傭う権利を持っていて、それを簡単には手放そうとしないのです。新しく認可状を取るとなると、気の遠くなるようなかかりになります」

「どうせ、荷を積む船だろう」

「あたり前です」

「船を、一艘、傭うのか」

「もし傭えるようになったら、あなたをお乗せします」

タルグダイは、酒を呷《あお》り、新しく注《つ》ぐと、酸蜜を搾った。ついでに、口の中にも何滴か入れる。

その酸っぱさで、眼がしっかりと開いた。

「そういえばいま、テムジンはナイマン王国のタヤン・カンと草原で対峙《たいじ》しているそうです。いつの間にか、ケレイト王国のトオリル・カンなどはいなくなってしまって」

「よく知っているな」

「交易の道があります。そこを物が通ります。物だけが運ばれるのではなく、情報も運ばれるのです」

「そういうことだよな」

タルグダイは、ウネが集めた情報で、草原の情勢を知っていた。

いまさら必要もない情報だと言っても、タルグダイ家の家令の仕事だと、ウネは言い張って、そのための人間を数人雇っている。

草原の情勢は、めまぐるしい。そう思えば捉え難いほどだし、テムジンひとりが屹立《きつりつ》しているのだと考えると、単純と言ってもいい。

誰がテムジンを倒すのか。

倒せるはずがないということを、誰も気づかないのか。

タルグダイが負けた時、敵の総大将はトオリル・カンだった。テムジンはその部将だったが、ほんとうはすべてテムジンがやりたくてやった戦《いくさ》だった。

実際に闘っている時は見えなかったものが、ここにいてウネの情報を聞いていたりすると、いやになるほどよく見える。

ナイマン王国のタヤン・カンについて、タルグダイはほとんどなにも知らなかった。それより近いところに、ケレイト王国があったのだ。

「テムジンは、負けませんね、殿」

この場合は殿だろうと思い、タルグダイは黙っていた。

「百里（約五十キロ）も二百里も先を歩いていて、誰もその背中すら見ることができないのです。私は草原が、トオリル・カンの領土になり、それと並ぶほどのところにテムジンが立つ、と思っていました」

「俺は、最後の戦まで、勝つつもりであったからな。なにも見えていなかった」

「自分が草原の覇者になる、とはついぞ思われませんでしたね」

「俺は、昔の草原に戻ればいい、と考えていたのだと思う。トドエン・ギルテと俺が、つまらぬことで競り合い、負ければ唇を嚙《か》み、勝てば笑う。あの草原では、その程度の闘いがよかったのだ。統一など考えるやつが出てきたので、戦もそれまでとは違ってきたような気がするな」

「テムジンは、草原の統一を考えているのでしょうか？」

「わかるわけがあるまい。俺は一度たりと、あの男についてわかったことがない」

玄翁《げんおう》が、テムジンを殺さなかった、という気がする。殺す気になれば殺せたのに、殺さなかった。いや、死なせなかった、というのだろうか。

玄翁とテムジンの闘いは、思い出すだけで全身が濡《ぬ》れてくるが、実は不思議なものだったのかもしれない。

記憶の中で、恐怖が消えると、なぜか玄翁とテムジンが闘っていた、とは思えなくなってくるのだ。

「生きていられたのだな、ラシャーン」

「殿は、死んだりなさいません」

「違う。あの男と闘って、俺は生きていられた。やっと、それがわかるようになった」

「そうですか」

「草原が、与えてくれた命だ、という気もする。いや、草原で拾ったのか」

「いまは、海があります、あなたの前に」

誰の前にも、海はある。草原を駈けるように、海を駈けることなどできない。

「潮陽の大商人は、もう老齢です。それでもまだ、欲に縛られ続けています」

「だから」

「つけ入る余地はあるのです。ただ、五十名ほどの私兵がいて、つまり最後は、理不尽な力を遣ったりするるのですよ」

「ラシャーン、おまえはなにを考えている？」

「草原の代りの海は、なかなか難しいと言っています」

タルグダイは、低い声で笑った。タルグダイが望んだものの、かなりの部分をラシャーンは与えようとする。

どれほどのものを、これまでラシャーンに与えられてきたのか。

そしてもしかすると、なにかを奪われたのか。

ラシャーンになにかを奪われたと考えること自体が、不遜すぎるのだ、とタルグダイは思う。

与えられ、奪われるのは生きていることが前提で、ラシャーンがいなければ、ずっと昔に自分は死んでいるはずだった。

自分はいくつになったのだ、とタルグダイは考えた。六十五を過ぎたと思ったのが、数年前だ。いずれにせよ、ある時期からこれまで、自分はラシャーンに命を与えられ続けたのだ。

「ラシャーン、俺はこのところ、手もとが見えなくなった。酒を飲んでも、すぐ酔う。丸一日、馬で駈けることも、もしかするとできぬかもしれん」

「どうしたのです、あなた?」

「若くない。あたり前だな。おまえと媾合《まぐわ》う時だけが、昔と変らないという気がする」

「若くないのは、私もですよ」

「おまえ、この間、俺の股ぐらに顔を近づけて、毛を抜いていたな。白い毛がなくなっていた」

「あなたが、気持よく眠っておられる、と思ったのですよ。白い毛が何本か見えて、それを抜くのが自分の仕事だ、となぜか思ってしまったのです」

「まったくだ。俺は、あの白い毛が気になっていた。しかし、片手ではなかなか抜けんものだよ」

ラシャーンが、声をあげて下女を呼んだ。

酒を飲む気になったようだ。夜遅くまで自室で仕事をしているラシャーンは、夕餉の時はほとんど酒を飲まない。

「白い毛だよ、ラシャーン。俺は、それほどの老いぼれだ。おまえはもう、あまり無理をしなくてもいい」

「なにもしないのが、私にとっては一番無理なのですよ。それより、あなた、飲み直しませんか」

「おまえが飲むなら」

ラシャーンが笑った。

ある時から、媾合う時は、酒を飲まなくなった。ラシャーンが、そうしたいと言ったからだ。タルグダイの心の臓が、おかしな打ち方をするのだという。

ラシャーンは、自分の指さきで、タルグダイの左の掌《てのひら》を打ってみせた。それは確かにおかしな拍動だったが、タルグダイには自覚がなかった。

心の臓が止まれば死ぬ、とタルグダイは単純なことを考えた。恐怖はなく、悪くないかもしれない、という気がした。

しかし、酒を飲んだ時、ラシャーンは媾合おうとしなくなった。夕餉の前、外が薄暗くなったころ、媾合うのだ。

下女が、酒の瓶《かめ》と杯と蟹《かに》を酒に漬けこんだものを、盆に載せて運んできた。

ラシャーンは杯に酒を注ぐとひと息で飲み、注ぎ直すと、下女になにか言った。

まだ少女のように見える下女は、ラシャーンの背後に回ると、頭に眼をやった。下女の眼が、見開かれている。それから、指さきがラシャーンの髪の中に分け入り、素速く動いた。ラシャーンは、下女の指さきから、なにか取った。

「見えますか、あなた?」

「おう、もしかすると、白髪か」

よく見えなかったが、タルグダイはそう言った。

「私も、こうして白髪を抜かせているのです。あなたの白い毛を、下女任せにできると思われますか？」

「任せるなら、それはそれでいいが」

下女の方を見て、タルグダイは言った。

「この娘が、あなたを男にできると思われますか。私だけです、できるのは」

多分、そうだろう。やわらかなラシャーンの指が尻の穴に入ってきた時、タルグダイはようやく男になる。

下女は、三本ほど白髪を抜いた。

「なあ、ラシャーン。海を見てみたいと言った俺に、見せてくれた。もう、充分すぎるぐらいだ。俺はこれからもつべこべ言うだろうが、もう老いのたわ言だと思ってくれてもいいんだぞ」

「私は、このところ時々思うのですよ。自分はあなたで生きていると。なにかして欲しいとか、してあげたいとか、そんなことは関係ありませんね。あなたで生きている、と考えてはじめて、私は自分の人生が納得できるのです」

「そんなものか。俺は、おまえで生きている、と思ったことはない。おまえに生かされている、とは思うのだが」

「あなたと私が、同じであるはずもありません。あなたも私も、生きたいように生きているのだと思います」

「おまえは、俺のような男に出会ってしまった。それがいいことだったとは思えん。俺の方は、これ以上はない女に、出会わせてもらったのだろうが」

「こんな話はやめませんか、あなた。せっかく二人でお酒を飲んでいるのですから」

「そうだな。おまえの好きな、酒に漬けた蟹は、俺も絶品だと思うぞ」

ラシャーンが、蟹の足を二本千切り、音をたてて身を吸い出した。それが、口移しでタルグダイの口に入ってきた。

二

地を這《は》うようにして、近づいてくる。

ほとんど気配は発していないし、闇はその姿も呑《の》みこんでいるように思えた。

それでも人は息をするし、姿を完全に消すこともできない。

テムゲは、胸から腹のあたりまで、地に埋《うず》めるようにして、草原に伏せていた。草は、硬い茎だけを、地表にちょっと出している。あとは、羊が食い尽したのだ。

戦のぶつかり合いを避けて、遊牧民は遠くにいるように見えるが、実は敵の十里以内には、食えそうな動物など一匹もいないのだ。

戦場が動き、敵の位置が変っても、同じことだ。

七万の軍の陣というのは、いまのテムゲの感覚から言うと、とてつもなく広い。ほとんど限りがない、と思えるほどだ。その陣の外側に、大きく囲むように位置しようというのは、正気の沙汰ではなかった。

しかし、テムゲはそれを命じた。

ジョチは、唖然《あぜん》としていた。四千騎を率いる戦が、食われて短くなった草になるような、それこそ想像もできないことだったのだろう。

それでも、不平は吐かなかった。軍は命令がすべてであるということは、ジョチが幼いころからその身に叩きこんできた。兵は知らず、将軍や上級将校という連中は、テムジンの長男だからと、手を緩める者などいなかった。むしろ、テムジンの長男であるというだけで、同じ歳ごろの者たちより、ずっとつらい思いをしてきたはずだ。

それが土にまみれ、岩に張りつき、二日も三日も動かない、というような闘いだったのだ。

ひと月ほど経《た》つと、ジョチの表情は明らかに最初と違ってきた。頰が削《そ》げ、眼が飛び出したように見える、というだけではなかった。荒涼とした心が、表情に出てきてしまっているのかもしれない。

同じ日々の繰り返しで、もう三月以上が過ぎた。

その間、カサルの率いる本隊一万七千騎は、衝突を続けていたが、機敏に動き、敵に追われながらも、犠牲は最少に留めていた。

テムゲとジョチの隊は、昼寝をしているタルバガンを追い、夜になると動き回る野鼠《のねずみ》を素手で捕まえるようなことばかり、してきたのだ。

時には、這ったまま三日も移動を続けることもある。

今夜のようなことは、まだ数度しか起きていなかった。それも、馬でも輜重《しちよう》でもなく、ひとりひとり敵の兵站《へいたん》部隊が、およそ三千ほど移動していた。それも、馬でも輜重でもなく、ひとりひとりが兵糧の袋を担いでいるのである。

五名、二十隊という数で放っている斥候《せつこう》から、そういう報告が入ったのは四日前だった。

テムゲはすぐに、六百の迎撃隊を編制した。

それだけ集めるのも至難だった。たまたま、近くにジョチが率いる二百がいたのだ。

テムゲの隊もジョチの隊も、馬を降りていた。馬を降りることを決めた時だけ、ジョチは異議を出した。兵たちが見ている前で、テムゲはジョチを打ちすえた。

「あと二里で、敵はこの前を通ります。距離およそ半里。きわどいところです」

斥候隊を五つ指揮している将校が、這ってきて自分で報告した。

馬はすべて離れた場所で、ハドの牧の者たちが管理している。

伝令用に、騎乗の兵を五十ほど残しているが、それは常に敵の斥候隊と遭遇し、討たれる危険に晒《さら》されていた。草原の中では、馬はよく見える。地を這うしか、テムゲは自分の闘い方を見つけられなかった。

「一刻というところか」

「一刻以内に、通過します。ここへ来て、敵も歩速を上げています」

長い道のりを、兵糧を担いで歩いてきた。ようやく、味方に届けられる、というところまで来たのだ。歩速は、上げたのではなく上がったのだろう。

ほんとうに、一刻も経たないうちに、敵の影が通過しはじめた。

部下の四百は、息を殺している。三千の兵站部隊は、昼間は岩の間などにじっとしていて、夜だけ動いていた。だから、四日前まで発見できなかった。

ジョチの百人隊二つが、勝敗を左右しそうだった。自分の隊の四百だけなら、かなりの部分を、通してしまうかもしれなかった。

テムゲはジョチに、この先の岩山で待て、と命じた。敵の陣がずいぶんと近くになるので、三日前の夜、ジョチは岩山に這い登り、そこで岩と同じように静止している。

敵が、目前を通っていく。

どこを襲撃の契機にするかは、ジョチが決める。できるなら、岩山の真下に来て、テムゲの前は三千名すべてが通りすぎているのが望ましい。

その機が摑《つか》めるかどうかは、運でもなんでもなく、ジョチの軍人としての資質だった。それを試すべき時がいまだと言っても、兄二人は反対しないだろう。困難なところでこそ、それは試す価値のあるものになる。

そばにいた将校が、あるかなきかほどの、息を吐く音をさせた。敵が通りすぎてしまっていた。

テムゲは、なぜかそれほど緊迫したものには襲われず、落ち着いて闇を見ていた。

ジョチの軍人としての資質を、信じていた。いや、違う。テムジンという兄を、すべてのことで信じていた。

混乱の気配が、伝わってくる。

まず、岩山から矢を射かけたようだ。

「行こう」

闇にむかって言い、テムゲは剣を抜いて駈けはじめた。

四百であるが、闇は奇襲の軍をもっと多く見せるだろう。

こちらにむかって、逃げてくる敵がいた。二、三十名。兵糧の袋も放り出している。

なんとか敵を斬り倒したが、闇が敵味方の識別を難しくしている。

「十人隊ごとに、かたまれ。隊長は、笛をくわえていろ」

トオリル・カンに、砂漠の戦を教えられた。同じ音のする笛で、味方という合図をする。テムゲは、アルワン・ネクに聞いて、同じ笛を鉄音《ズルフ》の鍛冶場《かじば》で作って貰った。

砂漠の遭遇戦では、夜でなくとも、それは役に立った。

駈けながら、方々で鳴る笛を聞いた。

闇の中に、いっそう濃い闇として、岩山が見えてくる。

不意に、前方が光の筋に満ちた。ジョチの隊が、火矢を放ったようだ。草が燃えあがり、敵の姿が浮きあがって見えた。

草は、燃え続ける。それは、草が燃えているだけではないようだ。

草の中のところどころに、油を仕込んだようだ。火矢は、それに火を点《つ》けるためのものだったのだろう。

ジョチの隊が、突っこんできている。

挟撃のかたちだった。闇の中で、自分たちの姿が浮かびあがり、前後から挟撃を受け、敵はすぐに算を乱すはずだった。

しかし、千数百は、ひとつにまとまった。しかも、兵糧の袋を、土塁のように積みあげ、円陣を組んでいる。

「矢を射こめ。ありったけの矢を射こんだら、槍《やり》で突け」

矢の音が、頭上を覆った。しかし、それほど効果はあげていない。兜《かぶと》を脱ぎ全員がそれを頭上に翳《かざ》しているようだ。

ここまで、多分、ひと月近くかけて、歩いて兵糧を担いできたのだ。生半可な敵ではない、とテムゲは思った。

これほどの敵であっても、馬があるなら問題にしない自信が、テムゲにはあった。しかし、お互いに自分の脚で立っているのだ。

「兵糧を焼きます、叔父上」

ジョチが、そばにいた。まだ、油も矢も残っているようだ。

「よし、やれ。二カ所だ」

ジョチが、二十名ほどを連れて、前へ出た。

テムゲは、縦列の合図を出した。

気づくと、薄明るくなっていた。

ジョチの隊の放った火矢が兵糧袋に刺さり、そこに油を注ぎに、兵が四人走った。油はかけたが、内側から兵糧袋を乗り越えて出てきた三人に、あっという間に斬り倒された。

テムゲは、前へ出た。三人がむかってくる。その背後で、兵糧袋が燃えあがってきた。先頭にいたひとりを斬り倒し、残った二人は後方に任せ、テムゲは火の脇から、兵糧袋を蹴りながら中に飛びこんだ。

縦列で突っこんできた部下は、すでにそばにいて、火のついた兵糧袋を、敵の中に投げこんだりしている。

数百人を、討った。

「降伏せよ。兵糧を運ぶという目的は、すでに失われているぞ」

部下たちも、口々に同じことを叫んだ。

降伏するどころか、逆に斬りこんできた。しかし、はじめに感じた強硬さは、もはや失われている。

先頭の百名ほどを斬り倒した時、剣を放り出す兵が出はじめた。

「武器を捨てた者を、一カ所に集めろ。捨てない者は、斬り、突いて殺せ」

泣きながら、降伏する者が多かった。

降伏することを部下に許した、将校らしい男に、テムゲは眼をやった。

「あの男を、連れてこい。死なせるなよ」

そばにいた将校に言った。十人隊が、駈けていく。

降伏したのは一千弱の兵で、ほかは討たれるか逃げるかしたようだ。

降伏となって、敵兵はむごいほど疲労を晒け出し、座りこむ者や倒れる者が続出した。

連れてこられた将校は、まだしっかりした眼差しをしていた。テムゲを見つめ、直立して、口を開いた。

「降伏を受け入れていただいた。それは、部下の命を保証していただいた、と考えてよろしいのですな」

「まず、名を訊きたい」

「キルギス族の流れを汲《く》み、天山《てんざん》という山地に暮らす、ボレウという者です。ただ山の民と呼ばれることが多いのです」

キルギス族については、テムゲはその名を知っているだけだった。天山という山地はよく聞き、山と谷に民が分かれている、ということも、チンバイに教えられたという気がする。

「天山の民は、キルギス族の流れを汲むのか?」

「一族の中では、そう伝えられています」

「ナイマン王国軍に与《くみ》した理由は」

「代々にわたって、朝貢してきました」

「では、隷属か?」

「自立しております。ただ、ナイマン王国には、押し潰《つぶ》されないために、朝貢を続けてきたのです」

「兵が、兵糧を運んだな」

「あまりに兵站を切られすぎるので、われらが族長が見かねて、俺に命じました」

「歩兵か？」

「山の民は、馬にも乗りますが、多くの場合、山地を自らの脚で歩きます」

「では、歩兵ではないか」

「馬に乗ることもあります。三千の兵は、それぞれ馬も持っています」

「ボレウ、おまえが、天山の山の民の長《おさ》か？」

「はい。族長は、山と谷の民を統率しています」

「わかった。降伏してくれてよかった、と思う」

「指揮官殿、部下の命の保証は、どなたがしてくださるのでしょうか。俺の首は、ただちに打たれてもよいのですが、部下が死なないと思い定めて、打たれたいのです」

「俺が、保証する」

「失礼ながら、百人隊をいくつか率いておられる、将校の方と思えるのですが」

「いまはな。俺は百人隊を四つ、俺の甥《おい》は二つ率いている」

「そうか、三千を擁していて、俺は、六百の軍に撃ち砕かれたのですか」

「俺らは、四日前から奇襲の機会を狙っていた。ここまで兵糧を運んでくるとは、見上げたものだ」

ボレウは、束《つか》の間《ま》、うなだれ、それからテムゲを見つめてきた。

「一軍の将たる方に、ぜひとも保証を。そしてすぐに、俺の首を打ってください」

「ボレウ、降伏したおまえは、自分のためでなく部下のことを思っていたのだろう。降伏する軍に、そういう指揮官はよくいる。自分の首だけで部下が助けられると考えるのは、思い上がりだぞ」

「そうかもしれませんが、俺にはひたすらお願いするしか方法はないのです」

「わかったが、条件がひとつある。おまえが死ぬことを禁じる。生き延びよ。われらの敵にはもうなるな。味方になれなどと、いやなことは言わん」

「指揮官殿、ありがとうございます。しかし俺は部下のために」

「ボレウ、俺の保証でなんの不足を言う。俺はモンゴル族々長テムジンの弟テムゲで、もうひとりは、テムジンの長男ジョチだ」

「テムゲ様と、ジョチ様」

「それぞれ、四千騎を率い、タヤン・カンの軍の兵站を、徹底的に断ち続けるのが、任務だ。いまのところ、断ち続けているはずだ」

「効果だけを考えた、見事な戦だったと俺は思いますが、それにしてもモンゴル軍では、族長に近い方々が、これほど危険でつらい任務を受けられているのですか」

「なんともむごい、族長であり兄であり父なのだ。俺は、弟に生まれてきてしまったことを、日々、後悔しているよ」

テムゲは、ちょっと笑い声をあげた。

ボレウは、くずおれ、膝をついた。

「勝てるはずがない。こんな相手に、俺たちが勝てるわけがない」

ボレウが、呟《つぶや》いている。

「ボレウ、立て。部下はまだ生きているだろう。連れて、山へ帰れ。ここに残っている、おまえたちの命のような兵糧袋は、悉いが全部焼かせて貰う」

立ちあがったボレウが、拝礼し、部下の方を見ると声をあげた。座りこんだり臥《ふ》したりしていた部下も、全員が助け合うようにして立ちあがった。

「みんな、よくやった。山へ、帰るぞ」

部下たちは声ひとつあげなかったが、瞳に光を取り戻す者も見えた。

全員が直立し、それからとぼとぼと歩きはじめた。

カサルがタヤン・カンの軍に突っこみ、それから東へ十里ほど後退した。

つまり、またタヤン・カンの陣は移動したということだ。

敵の兵が飢えている、という情報はあった。それだけでなく、馬の骨も陣のあとからかなり見つかった。死んだ馬は、すべて食っているようだ。

遊牧の民なら、乗っている馬を食うことなどできない。

冬が近づいていた。

テムゲは相変らず地を這う日々だったが、タヤン・カン軍の兵站部隊に遭遇することはなかった。

岩の間から、五十騎ほどが湧き出してきて、テムゲのまわりを駈け回った。

「よせ、ムカリ。なにかあったのか？」

ムカリが馬を跳び降りると、テムゲの前に立った。

「いまここに、鞍《くら》をつけた馬が来ます、テムゲ殿」

「つまり、俺に乗れと」

いよいよ、最終段階に入ったのかもしれない。羊群を一万頭、牛を一千頭。そんな家畜群を、騎馬隊で追いこむ。

それははじめにやった方法で、テムゲに散々に撃ち破られた。家畜は、どうしても馬ほど速くは駈けられないのだ。

「羊群一千頭を追いこんでいるのが、十騎。その後方に百人隊が二ついるというかたちで、十隊が進んできています」

「九隊蹴散らされても、一隊が到着すればいい、ということか」

「しかも、相当に精強な百人隊が、出てきています。もしかすると」

「ジャムカの百人隊か」

「本気で戦をやろうという気を、ジャムカはこれまで見せておりません。見かねた、と思えるのですが、俺はそうは思いません」

タヤン・カンの兵糧の補給の拙《つたな》さを、見かねるほどジャムカは甘い場所にはいない。一万頭の羊を、ジャムカは利用するというかたちで、戦をやろうとするはずだ。

それがどういうことか、ムカリも読み切れていないのだろう。

半日待機し、テムゲとジョチは、久々に騎馬隊を指揮することになった。斥候が、報告を入れてくる。それも二騎ずつの斥候で、馬を疾駆させることもあるので、兵が駈けるよりずっと速い。

敵の兵站部隊のありようは、すぐにテムゲの頭の中ではっきりしてきた。それぞれに、動きが違う。

「二隊、ジャムカ軍がいる。つまり、四百騎だ」

ジョチに言うと、緊張した表情になった。

このところ、無表情でいるだけで、緊張は見せない。ジャムカの名が、心の底のなにかを揺さぶったのか。

「ジャムカ軍であって、ジャムカの指揮する軍ではない、ということだ。俺は二隊のことは、よく見える。指揮官の顔までな」

「四千騎で、四百騎を討ち果す。ジョチ、おまえは軍を二つに分け、俺の邪魔をしようとしてくる軍を、遮れ。ただ、ジャムカはそこにいないな」

駈けつけてきたムカリも、同意見だった。

「俺はまず、二隊を潰す。それから、あとの部隊にかかろう」

二隊の動きは、テムゲにとっては、アルタンとクチャルという顔を持っていた。

「全滅させる」

テムゲらしくない言い方だったのか、ムカリがちょっと眼をむけてきた。

「ところで、殿の居所が、わからないのですよ、テムゲ殿」

「時々、摑んでいたではないか」

「点で、ですよ。その点を結べば、動きもある程度読むことはできました。いまは、この草原に点すらなく」

「しかし、近くにいる」

「でしょうね。カサル殿は、はじめから気にしていない、と言われていました」

「俺もさ」

テムゲは、カサルと伝令の交換は続けていたが、テムジンの話はまったく出てこない。

カサルの戦は、実に粘り強かった。

それはある意味、騎馬隊の戦を超えていた。数カ月にわたり、数倍の大軍と対峙し、ぶつかり、そして徐々にだが、深くこちらの領土に引きこんだのだ。

兵站を断っていたので、敵の闘う方法はかぎられていた。でなければ、どこかで兵力差が出て、カサルは苦しくなっただろう。

やはり、俺に振ってくるな、とテムゲは低い呟きを洩《も》らした。信用されたのか、もっと苦しめと言われたのか、そんなことも考えはしなかった。弟、という言葉が浮かんだだけだ。

弟は、どこまで弟なのか。

テムジンとカサルの、どちらの兄か、考えなかった。

三

テムゲの軍の動きは、微妙だった。

離れたところを、ジョチの軍が駈け回っている。

まともな軍がひとつ動いている、とテムジンの眼には見えた。

ジョチをどう遣えとも、テムジンはカサルに言っていない。チャガタイもウゲディも、誰かの下で百人隊を率いているはずだが、それもテムジンは聞いていなかった。

戦を任せた段階から、カサルはなにも言おうとしなくなった。トルイが兵站部隊にいるが、それも自分から言おうとはしない。

七万騎を相手に、二万騎そこそこで持久戦を展開するとは、カサルの腰も据《すわ》ってきたものだ。武人として、できあがってきて当然だ、ともテムジンは思う。

カサルもテムゲも、テムジン軍が砂粒のように小さい時から、戦の中にいたのだ。

戦そのものは、巧妙なものだった。七万数千騎という大軍を、はじめから敵は恃《たの》んでいた。細かく動き回られても、すぐに押し潰せると思いこませた。徐々に、後退した。その場所が、旧ケレイト王国領であったことが、タヤン・カンの心に隙を作ったかもしれない。モンゴル領なら、侵攻にもっと慎重になっただろう。

カサルが、敵の兵站線をテムゲに切らせはじめたのは、相当、こちらに入りこんでからだった。

テムゲの闘いは、凄惨《せいさん》と言ってもいいものだったのかもしれない。それにジョチがついていても、乱れることはなかった。

テムジンは、一千騎の部下を二隊に分け、味方の眼さえも、幻惑しながら動いていた。たまにムカリが指揮する雷光隊と出会ったが、遠くに見て離れていく、というだけだった。

テムジンは砂漠を移動し、野営を続けてきた。

戦の趨勢《すうせい》がはっきりするまでだ、と思っていたが、カサルはテムジンの想像を遥かに超えて、勝負を先のばしにしている。

カサルの戦の、ほんのわずかな数を、テムジンは遠望しただけだ。十度のうちの二度か三度。あとは、狗眼《くがん》のヤクが、テムジンの眼になっていた。テムジンは、斥候さえ出さなかったのだ。

十里ほど先で、テムゲが羊群を追う騎馬隊に突っこむのがわかった。

突っこんだのは四千騎のうちの三千騎で、一千騎が、矢のように駈け抜けた。

ぶつかり合いは、あったのか、テムジンの場所からは、よくわからなかった。

テムジンは、岩山を降り、砂丘の連なった地域に出た。

半日ほど進んだところで、狗眼の手の者が現われた。すでに、陽《ひ》は落ちかかっている。

「テムゲ将軍の軍が、アルタンとクチャルという隊長が指揮する四百騎を、瞬時にして殲滅《せんめつ》させました」

三千騎が、羊群を散らし、それをアルタンとクチャルが横から奪い返す。テムゲは一千騎を率いて、その四百騎を襲い、殲滅させた。

遠くではっきりと動きが摑めなかった戦の様子が、まるで実際に見たように、テムジンの頭に浮かんだ。

アルタンとクチャルは、かつてテムゲの下にいて、最も信頼していた百人隊長だった。その二人に、あるところまで、テムゲは育てられたのだ。

それを討ったのは、恩を返したようなものだろう、とテムジンは思った。

夜中に、ヤクが自身でやってきた。

「あと九隊の羊群を、テムゲ将軍とジョチ将軍が蹴散らしましたが、警固についていた百人隊千五百ほどが集まり、カサル将軍に二人が合流しようとするのを、遮っています」

「カサルは、ぶつかりはじめたか」

「はい、ここが機だと思われたのでしょう」

「そうか、夜明けには、俺も近くへ行こう」

「テムゲ、ジョチの二将軍を遮っている軍は、ジャムカが指揮しているように見えるのですが」

そうかもしれないし、そうでないかもしれない。ヤクは、しばらくジャムカの玄旗《げんき》を見ていないし、それはムカリも同じらしい。

ここにきて、決戦という動きにカサルが出てきたので、タヤン・カンも全力をふり絞るだろう。大軍が、まだ底力を持ち続けているのか、巨大な獣の断末魔の力なのか、ひとつ間違えれば、カサルも無事ではいられない。

「ヤク、タヤン・カンという男は、それなりに戦は強いのか？」

「それが、弟との内輪揉《も》めぐらいしか、戦の経験はないようなのです。それなりに勇猛な男であるのでしょう。弟の方は、歴戦と言われていますが、タヤン・カンに追われ、山地に逼塞《ひっそく》していますから」

カサルに乗せられて、ここまで深く入ってきてしまった。勇猛かどうかは別として、戦全体を見回す眼は持っていない。

「ところで殿、ダイル殿から、使者が到着いたしました。スブタイ将軍は、陰山《いんざん》山系にいた西夏《せいか》軍をすべて打ち払い、砦《とりで》を築いたようです」

「西夏は、したたかだぞ、多分」

金国に服従を誓いながら、二心は持ち続け、隙を見て国境をかためる。決して大きな戦はせず、軍を山間部に展開させ、山岳戦に引きこもうとする。

相手が金国であろうと旧遼《りょう》であろうと北宋であろうと、その闘い方は変っていない。勝てるが、完全に攻略するのは難しい、ということを国ができた時から、内外に示してきた。

スブタイの軍二千で陰山を奪ったところで、必ず奪還は目指してくる。

ひと冬、スブタイが耐えれば、テムジンにも兵力を割く余裕はできる。

「これは、いい知らせなのですかな」

「スブタイが砦を築くことなど、はじめからわかっていることだ」

「これについては、まだ申しあげておりません、殿」

「なんだと」

「陰山には、雪が来たそうです。最初の雪で、もう春まで解けないほど、積もったようです」

泥胞子《でいほうし》の攪乱《かくらん》も、うまくいっていた。中興府《ちゅうこうふ》の近辺のいくつかの城郭《まち》で叛乱《はんらん》が発生し、西夏軍が鎮圧にむかうと、散ってしまう。

いい馬に乗っていて、それは李順《りじゅん》の牧で育った馬だ。言ってみれば、蕭源基《しょうげんき》の騎馬隊のようなものだ。

雪解けのころには、テムジンには出兵する余裕ができ、陰山をモンゴル領として既定化することもできる。

「おまえは、俺に対して、ボオルチュや弟どもよりも、意地が悪くなったな、ヤク」

「すでに陰山では、鉄の生産をはじめたようです。義竜《ぎりゅう》が行っていますが、あちらの職人たちも、多く留まっているようです」

「ダイルが開かせた酒場が、効果があったか。あるいは、泥胞子の妓楼《ぎろう》が」

「戦というものが、まるで違うものになりました。私が殿の臣下にしていただいたころと較べても、ずいぶん変りました」

「時は動いているのだ」

「そうですな。殿のお髭《ひげ》にも、白いものが出てきていますし」

「髭か」

「草原を、わが手にされておられます。モンゴル族の統一は、果されると思っておりましたが、とてつもないことをなされました」

「終ってはおらんぞ、ヤク。俺は、終ることができないのかもしれない、と時々考える。それはそれでいい。人は、与えられた時を、全力で生きるものだ。俺が全力であっても、誰も文句は言うまい」

「その全力というのが、私にはまだ見えておりません。ジェルメやクビライ・ノヤンやチラウンら軍人連中は、とうにそんなものを測るのはやめておりますし。カサル殿やテムゲ殿も、諦《あきら》め気味かもしれませんな」

テムジンは、砂に横たわった。

冷えこんでいる。冬は確実に近づいていて、タヤン・カンがナイマン王国に戻る道のりは、日々長いものになってくる。もはや、ここで勝負を決めるしかない、と考えているはずだ。

砂漠を出て、草原に入った。

戦は、カサルが七万の大軍に突っこんでは引き返すということをくり返す、一見、愚直に見えるようなものだった。

こういう戦をするために、カサルは耐え続けてきたのだ。五度、十度と突っこむ。そして、大軍が大軍でなくなってきた。

寡兵だが、カサルには二頭の替え馬が与えてあるのだ。馬の差が、明確に出はじめた。

ここにテムゲが合流できれば、そこで勝敗は決する、というところまできている。

いや、カサルだけでも充分か。どこかひとつを完全に崩すと、そこからすべてが崩れる、とも見える。

ただ、テムジンが見ているのは、七、八里先だった。

高いところで見ているので、軍の動きそのものは、手に取るようにわかる。しかし、遠さゆえに見えないものも、あるはずだ。

テムゲの軍が速やかに合流できれば、と思っても、千五百騎ほどに振り回されている。テムゲは、その対処に三千騎を当て、残りの五千騎で合流しようとしているが、千五百騎の動きは変幻で、たやすくそうさせようとはしない。

ジャムカが指揮をしているのかもしれない、とヤクが言ったが、テムジンもそう感じはじめた。

「おい、あそこを衝《つ》け、とやつらに伝えろ。あの千五百騎が、五百騎ごとに分かれた、左側の隊だ」

そばにいる将校に、そう言った。やつらとは、もう一隊の五百騎である。伝令が二騎、駈けていく。

左側の一隊を崩せば、四千、五千の力を発揮していた千五百騎は、あっという間に一千騎になる。そして、テムゲの八千騎に呑みこまれる。

部下は、戦をしていない。一千騎の部下などそもそも必要なく、麾下《きか》ならば百騎で充分だった。しかしカサルもテムゲも、それは容認しなかっただろう。

昔とは立場が違う、という思いもテムジンにはあった。

命を受けた五百騎が駈け出していく姿を、テムジンのまわりにいる兵は、羨《うらやま》しそうに見守っていた。

千五百騎。巧みに動いて、まだテムゲの軍を引きつけ続けている。やはり、ジャムカはあの千五百騎を指揮しているようだ。

玄旗を出さないのは、すでにジャムカ軍ではない、と言っているということか。

「崩せ。ジャムカは、最後の最後で、詰めの甘さを出す」

そう感じたことは、実はこれまで一度ぐらいしかない。しかし、それがテムジンの頭に染みついている。

千五百騎が十五の百人隊に分かれ、それからまたひとつになった。

三つ。分かれるはずだ。動いた。その瞬間に、テムジンの部下五百騎が、左側の隊を縦列で貫いた。

連係が乱れる。それが、はっきりとわかった。千五百騎が、いきなり土煙の中で、すべてを剝《は》がされたようになった。

ジョチの隊が、撃ちに討ちはじめる。

テムゲの五千騎は、それを無視するように、七万騎の背後に突っこみ、正面から突っこんできたカサルと、敵の中央あたりで合流した。それを押し包む力は、敵には残っていない。

脆《もろ》くなった岩が崩れるように、敵が崩れていく。

「決まった」

テムジンは呟き、馬首を回した。これ以上、見ているのに意味があるわけではない。カサルに戦を任せてからの数カ月、自分はなにをしていたのだ、という思いがこみあげてきただけだ。

馬を駈けさせ、丘をひとつ越えた。

眼前に、あるはずのないものを、テムジンは見た。玄旗。

なぜ、と思った時は、もうぶつかっていた。

ジャムカ軍が何騎いるのかさえ、テムジンには見きわめられなかった。

とっさに、剣を抜いた。

それで、最初の斬撃は受けることができた。しかし、次の斬撃で、躰《からだ》がいくつにも割れたような気がした。

馬から斬り落とされ、地表に全身を叩きつけていた。

立った。ただ、立った。死ぬのだ、と思った。旧《ふる》い友が訪ねてきた、という感じしかなかった。

こんなものか。

しかし立ち、剣を構えた。

ジャムカ。無表情だ、と思った。すさまじい斬撃が、テムジンを襲ってきた。

空が、見えた。

「ムカリか」

「申し訳ありません、殿。息一つ、遅れました」

「ジャムカは？」

「駈け去りました」

風か。ジャムカらしい。眼を閉じた。旧い友が訪ねてきたのだ、と思った。それから、笑顔を投げかけるような気分になった。

闇だった。いや、空が暗い。夜か、と思った。夜ならば、何度目の夜だ。

「ムカリ、俺は、どれほど眠っていた？」

「はい、六刻、というところです。殿、水をお飲みいただけますか」

「死んでいないのか？」

「それは、自分で決めることです」

「死んだと決めたら、つまり死ぬわけか」

「心はです、殿。斬ったのが、なにしろあのジャムカなのですから」

闇かと思ったが、空には星があった。視界には入っていないが、月もどこかに出ているはずだ。

生きることに決めよう、とテムジンは思った。

「ムカリ、俺の剣は？」

「ここに」

「抜いて、俺に刃を見せろ。多分、相当強く一度打ち合った」

ムカリが、吹毛剣《すいもうけん》を抜き、少しずつ動かして、テムジンが刃のすべてを見るまで、持っていた。

小さな、刃こぼれがひとつだけあった。

「殿、その刃こぼれは、研げば消せます」

「消してたまるか」

ジャムカがつけた傷。躰ではなく、吹毛剣につけた傷。

「部下たちの犠牲は？」

「二十九騎です」

「ジャムカは、何騎だった？」

「それが、五十騎ほどで」

「五十騎で、五百騎の、しかも俺の軍を襲って、二十九騎を討ったというのか」

「ほとんどすべて、殿の身代りで死んで行きました。身代りにならなければ、死ななくて済んだ者たちばかりでした」

「それほどの身代りがいて、俺はこのざまか」

「殿が死なれたら、浮かばれない者たちでしたが、死なれなかったので」

「おまえの口の利き方が、気に障ってきたぞ、ムカリ」

「俺は、遊軍の役目を、なにひとつ果せませんでした。殿が処断してくださるのを、待っているのかもしれません」

「まだ、気に障るな。まあいい、俺の傷の具合を、ひとつずつ説明しろ」

「上からです。左肩の首の近くに、縦にひとつ。場所としてはぞっとしますが、深いものではなく、縫いもしませんでした。右の脇腹に横にひとつ。これは出血があったので、縫って血を止めましたが、命に関わるとは俺には思えませんでした。左の胸から脇腹にかけてがひどく、これは慎重に縫いました。殿がかわされたので、これぐらいで済んだのだ、と思いました」

「俺は、かわしていない」

「馬から落ちることで、かわされたのですよ。そして殿は、すぐに立ちあがられました。そこまでです」

「俺は、ジャムカに滅多斬りにされて、死んだようなものか。死ななかったのは、部下の犠牲とわずかな運に恵まれたのか」

「殿、わずかではありません。大変な運でありました」

テムジンは、眼を閉じた。

ジャムカが、どんなふうに動き、自分に肉薄してきたのか、あとで考えようと思った。いまは、斬ったのがジャムカであるということが、なぜか納得できるだけだ。

気分としては、完敗だった。

しかし、カサルの戦は、大勝利で終っていた。カサルとテムゲが合流すると、敵はもう陣形さえ維持できずに崩れ、四方へ散って戦場から逃れた。

ひとり、タヤン・カンだけが、敗戦に納得できなかったのか、二万騎でぶつかってきた。疲れきって、飢えた軍だった。数度ぶつかっただけで、二千騎になっていた。

それも、タヤン・カンは納得できなかったようだ。

二千騎を率いて、先頭で突っこんできたタヤン・カンの表情には、怯懦《きょうだ》も恐怖もなく、ただ憤《ふん》怒《ぬ》だけがあるように見えたという。

疾駆してくるタヤン・カンと擦《す》れ違うようにテムゲが駈け、首を飛ばしていた。

あれも草原の男だろう、とテムジンは思った。テムジンは、そういう男が、むしろ好きだった。

アウラガへの帰還は、馬に乗らなかった。輿《こし》を作り、それに横たわった。

負けたのだ、ということを知らしめるためにそうしたつもりだったが、アウラガに近づくたびに、歓喜の声が民の間からあがった。

草原の男が輿で運ばれるのは、恥ずべきことだとテムジンは思っていたが、民は違う受け取り方をしていた。

アウラガ府では、建物まで人垣ができていて、仕方なくテムジンは手を振った。

ボオルチュが、無表情で出迎えた。

本営にはカサルが指揮する軍が入るので、アウラガ府に戻ってきたのだ。ボオルチュの背後には、カチウンも立っている。

「出迎えなど、無用だったぞ、ボオルチュ」

輿を降りながら、テムジンは言った。無表情のまま、ボオルチュはテムジンを先導し、建物に入った。

「今後、ナイマンをどうなさいますか?」

「しばらく放っておく」

タヤン・カンが死んでも、ナイマン王国の力が、すべて失われたわけではない。

タヤン・カンの弟が山地に勢力を張っていて、しっかりした軍を作りあげているという。タヤン・カンに山地に追われたので、戦に軍は出さなかった。ブイルク・カンといい、若いころは戦で鳴らしていた。

タヤン・カンの息子は、その叔父を頼ったようだ。叔父と甥が組めば、ナイマン王国は結束するだろう。つまり、まだ手強《てごわ》いということだ。

旧ケレイト王国が、やっとモンゴルに同化しはじめている時だった。

そして、陰山がある。

「ボオルチュ、俺は冷静だ。やるべきことを、ひとつずつ片付けていく。それだけのことだからな。おまえが、俺になにを言うつもりだったのか、知る気もないが」

アウラガ府の建物の中に、テムジンの部屋などなかった。

本営の大家帳《ゲル》にはカサルを入れるつもりだから、当面、テムジンが行くべき場所はない。ボルテの営地へ行けば、負けて帰ってきたのか、と言われるだけだろう。

単純に喜んでいる民のように、ボルテの眼は甘くない。

「殿、これから長たちの挨拶《あいさつ》が続くことになりますが」

「それは、カサルのところへやれ。俺は、誰にも会いたくない」

「なかなか、そういうわけにも」

「いいのだ。俺は、養方所へ行く。ベルグテイがいたあの部屋で、いろいろと考えてみたい」

ベルグテイの名を言うと、ボオルチュは下をむいた。

「俺はまだ、ベルグテイとゆっくり語ってはいないのだ」

「わかりました。戦捷《せんしよう》の祝いの言上など、カサル殿とテムゲ殿に受けて貰うことにいたします」

養方所には、テムジンが顔も名も知らない兵が、多くいるはずだった。そういう兵と喋《しゃべ》ってみる機会も、こういう時しかないだろう。

「俺が養方所に入ったら、カサルを呼べ。ひとりだけでいい」

カサルとは、この戦について一度だけは語っておかなければならない。

「馬で行かれますか、殿」

「輿だ、ボオルチュ。俺はいくつも傷を負って、瀕死《ひんし》だったのだからな」

ボオルチュが、ちょっと肩を竦《すく》めた。先に戻ったムカリが、傷の状態は詳しく説明したのだろう。

深い傷である。ジャムカに斬られたからだ。吹毛剣でさえ、わずかな刃こぼれを起こした。そして、自分がひと太刀も返していないことが、忘れられないくやしさになるだろう、と思った。

「殿は、養方所で傷を癒される」

周囲の者に、ボオルチュが言った。

「これは、玄翁に斬られて以来だ、と私は思う。つまり、激戦だったのだぞ」

テムジンは、一度も戦場に立たず、殺されかけた。それについては、あまり深く考えていなかった。

ジャムカが相手だったのだ。

四

北の池が、凍りはじめた。

一度凍ると、もう水は見えなかった。

氷の厚さにまだ不安があるのか、子供たちが池の上を駈け回っているということはない。

ジャムカは、ホルガナで漫然とした時を過ごしていた。

身のまわりの世話は、すべてリャンホアがしている。それは面倒のようにも、快いようにも感じられた。

男たちは、最後の狩に出ている。すでに冬を越す肉は充分にあるようだから、また北の同族の集落に肉を回すのかもしれない。

ジャムカがいる家の竈《かまど》に、火をたやさないようにする、少年がひとりいる。煙は床の下を通り、家の中を温める。

時々、六臟党《ろくぞうとう》の者がやってきた。

伝えてくるのはテムジンの動向と、ナイマン王国の情勢ばかりだ。戦が終ると、草原はまた静かになっている。

ジャムカは、集落の古老から、罠の作り方を学んだ。それは黒貂《くろてん》を獲《と》るためだったが、ほとんどの場合は、狐などがかかっているという。

池のそば、倒れた大木の上など、黒貂が通りそうなところに、六つ罠を仕掛けた。朝、起きると、二刻ほどかけて、その罠を見回る。狐や栗鼠《りす》などがかかっていたら、放してやる。熊に引きちぎられていることもあった。

小屋に戻ると、リャンホアが朝食を作っている。

麦が穫《と》れるところがあり、わずかな夏に顔を出す野草なども集めて、塩に漬けこんである。それらを鍋に入れ、肉を加えて煮つめているのだ。

はじめは好きでも嫌いでもなかったそれを、ジャムカは少しずつ好きになってきた。肉だけだと、もの足りないような気分になる。

気が向くと、リャンホアと媾合った。

媾合いには、以前ほど切迫したような気分はなかった。ホルガナの男が、女房を得て、のんびり暮らしている。そんなふうに見えるかもしれない、とジャムカは時々思った。

ホシノゴは、周辺の三つの集落の人間も集め、大規模な巻狩を秋の終りにやっていた。それで、充分な肉を得ることができたらしい。

いま北へ狩に行っているのは、飢えた氏族が出ないようにするためだという。

北の狩がうまくいっていれば、海獣を一頭運んでくる、と集落の長老は言った。それはホシノゴがやる狩ではなく、北で生きる氏族の狩のことだった。つまり、大鹿と交換というようなことだろう。

ジャムカは、海獣の肉を食ったことがない。いや、海獣というものを、見たことさえない。

ホシノゴが、海獣を運んでくれれば、それを口にできる。なんとなく、楽しみに近い気分があった。

周辺は、すでに雪が閉ざしている。

もともと、雪が好きだった。

草原は、雪に閉ざされるということはない。降っても、脚の途中ぐらいまでしか積もらず、吹き溜《だま》るところには、腰より深い雪がある。

雪洞をよく作ったが、この地で作られる雪洞は、作り方も大きさも違い、充分に家の役割を果すものだった。

戦のことは、あまり思い返さなかった。

総帥《そうすい》のタヤン・カンは、前進しか知らない単純な男で、それはうまく利用することができた。進んで進み続け、敵地の奥深くで決戦をすることになったが、タヤン・カンは敗北など考えてもいないようだった。

ジャムカ軍は、ホーロイとサーラルが指揮し、懸命の闘いをした。そうすることではじめて、五十騎を率いるジャムカの動く余地ができたのだ。

対峙し、まだぶつかる前から、テムジン軍に、テムジンがいないことに、ジャムカは気づいた。戦場のどこかで指揮を執る、という闘い方はテムジンのものではなかった。

戦を、弟のカサルに任せ、自身はタヤン・カンに勝つこととはまるで違う目的を持って、戦場近くにいるのだろう、と思った。

違う目的が、自分自身であることを、ジャムカは容易に想像できた。いや、それしかない、と思った。

テムジンが、待っている。それを強く感じれば感じるほど、ジャムカは自分の姿を晒すことを避けた。

お互いに、姿を晒した時が、相手を殺す時だった。

テムジンは一千騎を率いているというが、所在を探らせなかった。五百騎二隊のうち、ジャムカが捉えたのは、いつも一隊だった。その一隊を攻撃すれば、別の一隊が襲ってきて、抵抗する間もなく殲滅させられる。

ジャムカは、五十騎だった。

草原での力関係を考えれば、一千騎に対して五十騎でも多いほどだった。それだけの差が、すでについてしまっている。

しかし、五十騎だから有利ということもあった。身を隠すのが、たやすい。

テムジンも、ほんとうは五十騎ほどで駈け回りたかったのかもしれない。しかし、それが許されない立場にいる。王《カン》と呼ばれてはいないが、これまでにない規模で、草原を支配しているのだ。

ジャムカは、地を這うようにして動いた。

テムジンの居所を、時々、八臓党の者が知らせてきた。しかし、テムジン本人を確認するまでには、到っていなかった。

草原を這い回ったのは、どれほどの時だったのだろうか。

湯で戻さなければならない干し肉は、火を燃やさないと決めたので、ひとつも持っていなかった。

野鼠など、草原や砂漠の生き物を獲り、生のままで冷えきっていない肉を食らった。五十人が飢えを凌《しの》ぐためだったから、それができた。

テムジンの軍が野営していると思えるところでは、火が見えた。しかし近づくと、そこに軍はおらず、火だけが燃えていた。

たとえば干し肉を戻すとか、必要なことだけに火を遣い、すぐに移動しているものと思えた。

戦の局面が変ったのは、タヤン・カン軍の兵站が切られてからだった。

一度、二度と兵站が切られるというのではなく、数千騎が張りついて、一片の兵糧も通さない強力なものだった。

切られる方も苦しいが、切る方にも相当な苦しさがあるはずだった。

六臓党の者の報告によるかぎり、一片の兵糧も通さない、そのつらい闘いを指揮しているのは、テムジンの末弟のテムゲだった。

あの戦に関しては、テムジンはカサルとテムゲの二人の弟に任せたのか。タヤン・カンは、その程度の男だと思われたのか。

兵糧の移送が最終局面に入り、ジャムカ軍の千五百騎がやることになった、と六臓党から報告が入った。

数万頭の羊群を、軍の中に追いこむ、というものだった。ホーロイとサーラルが五百騎ずつ率い、もう五百騎は、ジャムカが砂金で傭った者たちだった。

羊群は、全部蹴散らされるだろう。ただ、テムゲの軍が、カサルの軍に合流することを、徹底的に妨げる。千五百騎は、そのためだけに動いたのである。

そこに、テムジンが介入してくるかどうか。

賭けに近いことだが、最後の勝負を決するために、テムジンは出てくる、とジャムカは読んだ。出てくると決定するためには、戦場を見なければならないだろう。どこから、見るのか。あらゆることを、ジャムカは考えた。

ホーロイとサーラルは、本来のジャムカ軍の動きをした。それを見るかぎり、ジャムカがそこにいると考えても、無理はないのだ。

特に、相手がテムジンである。息遣いまで、お互いにわかるところがある。そしてホーロイとサーラルは、ジャムカの戦を現出させることができる。

ジャムカは、馬に乗らずに曳き、地を這って進んだ。

そして、岩山にとりつき、石になって時を過ごした。

テムジン軍の半数が、戦場に駈けて行った。

はじめて、テムジンが見せた隙だった。

どこから、その五百騎に命令が届いたのか。それを手繰《たぐ》りに手繰り、テムジンの居所を特定した。テムジンを見つけたとしても、兵力の差は十倍はある。

おかしなところに身を隠すことは考えず、テムジンのすぐ背後で、草原の草になり、灌木《かんぼく》になり、転がる石になった。

戦の帰趨は考えなかった。勝利を、あるいは敗北を確信すると、テムジンは戦場を離れようとするはずだ。

戦場に突っこんだ五百騎に、命令を出した場所。そして、戦場を眺めていられる場所。唯一そこだと思える場所に、ジャムカは馬を曳いて近づいた。

三里ほどだっただろうか。

ジャムカは、丘の斜面で足を止めた。

もう六臓党の報告などもなく、テムジン軍と自分は、間になにも挟まずに、じっとしているのだ、と思った。

ただ、待った。

テムジンの息遣いが聞えた。声も聞えた。姿も見えた。眼を閉じじっとしているジャムカがただ感じたことで、ほんとうは丘のむこう側にいるのかどうかもわからない。

ジャムカは、自分が感じたことを、大事にした。それを信じようと思った。そして、五十騎の麾下に、仕草だけで乗馬を伝えた。

丘を、ひとつ越えた。もうひとつ。玄旗を出した。

テムジンの声が、聴こえる。息遣いが、伝わってくる。

丘に登った時、反対側から登ってきているテムジン軍を見た。

あたり前のことが起きているとしか、思えなかった。剣を抜き、一騎にむかって突っこんだ。

テムジン。斬ったが、浅い。馬を回して、さらに斬る。テムジンの躰が、馬から転がり落ちた。

テムジンは、立っていた。

何度も、何度も、テムジンを斬った。十数回は、斬ったという気がする。

すぐに、テムジンの前に兵が密集し、近づけなくなった。

駈けた。離脱した。ついてきたのは、十二騎にすぎなかった。

六臓党の者が、ちらりと姿を見せて、落ちる道筋を教えて消える。そうしている内に、戦場から遠く離れた。

戦は、大敗だった。呆気《あっけ》なくタヤン・カンは討たれた。

ほんとうは、呆気なくはなかった、とジャムカは思った。タヤン・カンは、数カ月をかけて、少しずつ殺されていった。首が胴から離れたのは、数カ月の闘いの、最後の一場面にすぎないのだ。

テムジン軍は、勝ちに乗じてナイマン王国に攻めこむ、ということはやらなかった。

タヤン・カンは確かに王《カン》として実権を握っていたが、グチュルクという息子は生きて逃げ帰ったし、山中にはタヤン・カンの弟のブイルク・カンがいる。ブイルク・カンの方が人望はあり、戦もうまいという噂《うわさ》は聞いていた。

ジャムカ軍は、一千騎に絞った。それは間違いなく精鋭で、砂金のために闘う兵でもない。

家令のドラーンは、兵たちの家族が困らないように、砂金をうまく回している。

戦をふり返っても、仕方がないことだった。

十数名の、テムジンを斬った。どのテムジンも、ジャムカの剣の前に立つことだけを考えていた。

ほんとうのテムジンも、数回は斬った。しかし剣を握った掌の中に、命を奪ったという感触はなかった。

殺すか殺されるかだったが、自分もテムジンも死ななかった。それが、二人の運だったのか。運が決めたという戦を、飾る言葉がどこかにあるのか。

罠などを仕掛け、獣を獲っている方がいい、とジャムカは思っていた。春になれば、またテムジンの首を狙って、動かなければならない。

罠の点検から戻ってくると、少年が雪の中で弓の稽古をしていた。いつも、ジャムカの家の竈で、薪《たきぎ》を燃やしている少年だった。

「狙おうと思うな」

背後からジャムカが言うと、少年は弾かれたようにふりむいた。

「狙わなくても、気が集まれば、自然に矢は放たれる。強弓《ごうきゅう》を引くとか、長く飛ばすとか、実はどうでもいいことだ」

「はい」

少年は、ジャムカを見つめている。

「名は？」

「タルガです」

「誰に、弓を教えられた？」

「いま、ホシノゴ様と狩に出ている、父に習いました」

「なるほど。かたちもいい。腰も落ち着いている。しかし、狙いすぎだな」

「父は、そのようなことは言いませんでした」

「狙え、とも言わなかったろう」

「はい」

「狙わなくても、狙っているのだ。それより、矢に気を乗せることだな」

「気がなんなのかも、俺にはよくわかりません」

「俺に、射かけてみろ」

「できません。人に鏃《やじり》をむけてはならぬと、父に言われています」

タルガは、正しい弓を身につけようとしている。それをやめさせる理由は、なにもなかった。むしろ、このまま育ち、人に鏃をむけない人生でいて欲しい、という気もした。

「いくつだ？」

「十二歳です」

「ちょっと、弓矢を貸してみろ」

タルガが、弓と矢を差し出した。鉄の鏃ではなく、鹿の角で作ったものだった。

ジャムカは、矢をつがえて引き絞り、気を集めると、空にむかって放った。

矢はしばらくして落ちてきて、タルガが的にしていた、人の頭ほどの雪の玉に、真上から突き立った。

「すごい」

タルガが、声を出す。

「狙いはしなかった。矢に気を乗せたので、的に吸いこまれていったのだ」

それでも、タルガは気がなにかわからないようだった。

「別に、すぐにわかる必要はないぞ。時々、俺が言ったことを、思い出せばいい」

「はい」

「雪解けが近くなり、俺がここを出ていく時に、もう一度、おまえの弓を見てみよう」

「毎日、稽古をします。なにも考えずに、弦から矢が放たれるのを、待ちます」

「なんだ、わかってきたではないか」

「なにも、わかりません」

「なにも考えない。これが大事なことだと、おまえにもいずれわかる」

ジャムカは、家へ入った。

家の中は暖かく、套衣《とうい》を脱ぎ、黒貂の帽子もとった。

リャンホアが、灯台の明りの下で、縫いものをしていた。靴に、長い紐《ひも》が通っている。この集落で作る靴は、足に吸いつくようで、ジャムカは重宝していた。

ジャムカの足を測る時も、リャンホアは不思議なやり方をした。鞣《なめ》した革で、ジャムカの足を包み、しばらく抱いていたのだ。

左右の大きさは、みんな少し違うのだ、とリャンホアは言って笑った。女らしい笑みを、はじめて見たとジャムカは思ったものだ。

「タルガに、弓を教えたの、ジャムカ様」

「弓を通して、別のことを教えようという気になっていた。何年かしたら、伝わるかもしれない、と思ったよ」

「罠には、なにも？」

「兎《うさぎ》が一羽」

「やはり、放してやったの」

「罠では、黒貂しか獲らない、と決めたのだからな」

「あたしも、罠は好きじゃない」

「どうしようもない時、たとえば獲物が少なくて冬を越すのがつらそうな時、罠を遣うというのは、俺の道理には合っているのだが」

「そんな便利な話ではないね、ジャムカ様。狩の獲物が少ない時は、罠でもなにも獲れないの」

「だろうな。言われてみると、なんとなくわかる」

リャンホアが、また針を遣いはじめた。針と言ってもかなり太く、頭の後ろの急所に刺せば、そのまま人を殺せそうだった。

縫ったところは、獣の脂と樹液のようなものでかためる。それで、水さえも入ってこない靴ができあがるのだ。

「池には氷が張っていたが、子供たちはまだ遊んでいなかった。大人たちの漁も、されていない」

「まだ、駄目さ。気をつけてね、ジャムカ様。落ちたら、そのまま命を落とす者が多いんだから」

「氷が厚くなったと、どうやって確かめる」

「犬を、走らせる。犬は、氷が薄いところには、決して行かないから」

「なるほど、そうか。感心することばかりだなあ」

家の中にも炉がひとつあり、そこでは外の竈で炭になったものが燃やされている。

リャンホアが立ちあがり、鍋を卓に持ってきた。

うまそうな匂いが漂ってくる。肉を煮て四日目で、少しずつ食ってきた。ほかには麦と、夏の間に集めた野草が入っている。

夏は、明るい時間が長いのだ、とホーロイが言っていた。冬は明るい時がわずかで、明るい夜が、人を狂わせることが多い、とも言った。

この近辺で、雪洞を作って駐屯しているのは、サーラルの二百騎で、八百騎はホーロイが率いて、草原の移動を続けている。

「春が来ると、また戦か、ジャムカ様」

「この間の戦でも、結着がつかなかったからな。秋が終れば、またここへ帰ってくるさ」

「帰ってこなくなる時がある。それは覚悟しておけと、兄上に言われたよ」

ホシノゴは、いずれジャムカが負ける、と考えているのだろうか。いま草原で勢威を張っているテムジンについては、ここまで噂は流れてきているだろう。この手で殺し損ったから、またやるのだ、と言いかけて、ジャムカは口を閉じた。

ホシノゴとリャンホアの兄妹には、なんの関係もないことだった。

自分とテムジンが、むかい合っている。それを感じるのは、多分、自分とテムジンだけだ。長い間、一騎討ちを続けているようなものかもしれない。

「あたしにも、弓を教えて貰いたい」

「なにを言っている。おまえは、俺より弓の上手だぞ」

「それでも、教えられたい」

ジャムカは、鍋の中のものを素焼きの器に注ぎ、木の匙《さじ》で掬《すく》って口に入れた。長く煮こんだ肉が、違うもののように、口の中で溶けた。

五

アウラガは、城砦《じょうさい》ではなかった。

むしろ、草原に大きく開けている、という感じがする。

宣弘《せんこう》は、前に一度鉄音《ズルフ》を訪《おとな》ったことがある。鉄音が大きな城郭《まち》になるという感じを持ったが、生産の拠点というだけで、政事や商いの中心は、アウラガになっていた。

アウラガ府の建物を中央にして、軍の本営があり、学問所や養方所などもあるらしい。

そして南には、コデエ・アラルの途方もなく広大な牧がある。

アウラガ府から養方所まで、馬ですぐだった。

連れていた一行は、アウラガ府の宿営に残し、供を二騎だけ連れて、宣弘は養方所へむかった。

長い建物が二棟あり、それが養方所だと思った。

入口に、テムジンが立っていた。

「これはテムジン様。まるで、私が現われるのを待っていたようではありませんか」

「一刻前に、知らせを貰った」

「面妖な。私は一刻前に、アウラガ府を出たのですよ」

「宣弘殿が出てすぐに、知らせが届いた。ここでは、そういうことになっている」

「ははあ、鳩《はと》ですな」

「便利なものだ。俺は、早馬のようなものが好きなのだが、ボオルチュなどは面白がって遣っている」

アウラガ府では、ボオルチュと二刻ほど話をした。以前と較べると、ボオルチュは落ち着いたもので、一国の宰相という風格のようなものを漂わせていた。

「昨年の戦で、負傷なされたそうですね」

「戦で負傷したなら、それなりに認められるのだがな」

「誰が、テムジン様を認めるというのですか」

「ここには、怪我《けが》をした者が多く入っている。一番偉いのが、死んだと思われて、生き返ったやつだ。腕を一本なくした者や、片脚の者、みんな闘って傷ついた。俺は、五百騎の部下を連れていて、五十騎に襲われ、殺されかけた」

「それは、偉くないのですか。相手はジャムカであったようですし」

「駄目だな。誰も、戦と認めてさえくれない。あたり前だ。見物した帰りに、奇襲を受けたようなものだからな」

テムジンは、長い二棟の間にある、東屋《あずまや》に宣弘を誘った。

卓と椅子は、細工した石だった。

老人が、馬乳酒と器を運んできた。

「宣弘殿がここにわざわざ来たという理由は、ひとつしか考えられないな」

「多分、お間違いではありますまい」

宣弘は、注がれた馬乳酒を、ひと息で呷った。テムジンは、視界の先にある、バヤン・オラーン山の方を見ているようだ。

「父、宣凱《せんがい》が、亡くなりました。長命でありました。めまぐるしい人生だったかもしれませんが、幸福であったと、息子としては思っております」

「そうか。俺の近くでは、前にソルカン・シラが死に、モンリクが死に、先日大同府《だいどうふ》の蕭源基殿も亡くなられた」

「人生には、そういう時機が、時々あるものですな」

「俺も、仲間に入るところだった」

「入ってもいい、と思われたのでしょうね、テムジン様は。梁山泊《りょうざんぱく》の楊令《ようれい》様にそういうところがおありで、父は死が近づいてくると、楊令様とテムジン様を、分けて語ることができなくなっていました。そして不思議に、その方がわれらにはよく理解できたのです」

「梁山泊について、俺はいつか知りたいと思うのかもしれん。その時に語ってくれる人が、いなくなった。いや宣弘殿、俺は充分に、語っていただいたのかもしれん」

「一度、蕭雋材《しょうしゅんざい》殿が沙州楡柳館《さしゅうゆりゅうかん》を訪われ、父と数日過ごしていかれました。いくら語られても、もういいということはないが、充分に語っていただいた、と申されておりました」

「宣凱殿にとって、梁山泊とはなんだったのだろうな？」

「すべてではなくても、輝かしい青春であったのだろう、と思います」

テムジンは、いま草原の王だった。その力は、金国にも並ぶかもしれない。それでもテムジンに、王という雰囲気はなかった。むしろ王であることを否定するような、不思議なものを漂わせている。

「もう梁山泊の漢《おとこ》たちは、ほとんど亡くなってしまっているでしょう。それでも、人の心に梁山泊がある。私は、それだけでも充分すぎる、と思っております」

「俺は、自分が吹毛剣を受け継ぐ縁に連なっていたと考えるだけで、充分だと思おう」

「テムジン様は、テムジン様の梁山泊を、心の中にお持ちです。それを梁山泊と言って正しいのかどうか、私にはわかりませんが」

「宣弘殿にとってだけは、それは梁山泊で正しいと思うよ」

老人が来て、卓の下に赤く焼けた炭を入れた。

すぐに、足に温かさが伝わってくる。

宣弘の従者が、駈けてきた。

「ボオルチュ殿から、鳩が伝言を運んできました。仕事を終えたら、養方所の食堂に来るそうです。ジェベという将軍も一緒です」

ジェベについて、従者はよく知らないのかもしれない。

「それから」

従者がちょっと言い淀《よど》んだ。

「それから、なんだ？」

「殿を、逃がさないようにしてくれと」

テムジンが、弾けたような笑い声をあげた。

アウラガ府の部屋で、冬の間、充分に語ろうと思っていたが、難しい話をすると、テムジンの傷は痛むのだという。

「つまり、まともな話をテムジン様とするいい機会にしたい、とボオルチュは言っているのだな」

「宣弘殿、俺も、そろそろボオルチュの話を聞いてもいい、と思っていた。切りつめて短くし、要点だけを喋るのなら」

「ボオルチュは、すべてを語りたがるのですな」

「うるさい男なのだ。語らせておくと、三日三晩などというものではない」

宣弘は、思わず声をあげて笑った。

「わかったな、宣弘殿。俺がボオルチュの話を聞くのは、せいぜい四刻で、あとは宣凱殿について、語り合いたい」

宣弘は、笑って頷いた。四刻と言えばそれだけで、必要な話のすべてを、ボオルチュはするのだろう。つまり、テムジンが好きでたまらず、一緒にいたいのだと思えた。

宣弘の知るボオルチュは、鋭敏な男だった。テムジンを好きだという思いを前面に出すから、鋭さが妙に愛敬のあるものに思えたりする。

「ところで、テムジン様。陰山に出されている軍は、あのままなのですかな」

「戦は、昔のままだ」

「どういう意味でしょう?」

「必要な物は、奪わねばならぬ。戦は、もともとそういうことで起きていた」

「陰山を奪うということは、彼《か》の地の鉄を奪うということですね」

「だから、軍はあのままではなく、もっと増強しなければならん。その前に、俺が陰山に行くつもりだ。まだ雪が深いが、ダイルなどは、すでに陰山に住みついて、酒場の親父などをやっている」

テムジンが、これ以上の鉄を手にしたら、どういうことになるのか。

宣弘がテムジンに関心を持ったのは、沙州楡柳館を訪ねてきた時だった。およそ、軍人らしくない男だった。しかし、会うことの多い商人とも、まるで違っていた。眼が、なぜ燃えているように見えるのか。並外れに該博な知識を持ち、さらに闘うことに年季を入れていた父をして、いきなり臣従したいとまで思わせたのだ。

宣弘は驚いたが、いい思いをし過ぎている年寄はいらない、とテムジンはひと言で断った。冗談のやりとりのように思えたが、父はうなだれ、涙を流したのである。

「テムジン様が拡《ひろ》げられた版図は、当初思っておられたより、広いものですか？」

「宣弘殿、戦で拡がったからとはいえ版図などという言葉を、俺は遣わんよ」

「思っていたより、ずっと広いのですね」

「俺は天の下で、ただ大地を見ている」

「天の下の大地ですか」

「宣凱殿に、この話をしたかった。話す前に、話すべき相手が次々にいなくなる」

「聞いていれば、死ぬのが惜しくなったと思います。ある意味、父は安らかだったのですから、あれでよかったのだ、と私は思いますな」

この草原の王は、なにを見ていて、それはどこにあるのだろうか。

東屋のそばに、日時計があった。テムジンはそれにちょっと眼をやり、立ちあがった。

「毎日、やっていることがひとつある。その刻限なのだ。宣弘殿、一緒に来ないか」

「よろしいのであれば」

テムジンは頷き、養方所の建物に入った。

長い建物の、中央に廊下がある。不織布《フエルト》で廊下と仕切られた両側が、すべて部屋のようだ。

最初の部屋へ入った。

二段になった寝台が二つ置いてあり、四人の男が寝ていた。

「御大将、今日の御機嫌は？」

「悪い」

「おい、みんな。今日のテムジン様の御機嫌は、きわめてよろしいそうだ」

テムジンは、ひとりひとりの手を摑んだ。

「おまえら、早くここを出ていけ。もう傷は癒えているだろうが」

「御大将の傷は、癒えているな、間違いなく。御大将がこうだから、俺らの傷は、ほんとうには治らないのだ」

「うるさいぞ。俺は、機嫌が悪い」

次の部屋でも、その次の部屋でも、そういうやり取りがなされていた。

毎日一度、そうやって束の間、部屋を訪れる。ここにいる間は、ずっとそうしているという気配だった。

「ずいぶんと、兵を大事になされる」

「うわべだけだ。俺は、兵たちの名を、ひとりも知らん。戦では、何人死んだと、報告を受けるだけだ。ただ数をな」

「それにしても」

「宣弘殿、二十九名だ。この前の戦で、俺の身代りになって死んだ兵が、それだけいる。いまこの養方所にいる者も、あの二十九名と同じなのだ」

「そういう、お考えですか」

「情ないし、弱い。俺は、去年の戦だけで、二十九回も死んだ」

「お気持はわかります、テムジン様。しかし、戦の常であるというようにも、私には見えます」

「そう思って時が過ぎるのを待てば、楽なことはわかっているよ。俺はこれまで、とんでもない数の兵を死なせてきたので、ほんとうは、忘れてしまった方がいい」

「私も、そんな気がします。戦の死を背負える人間など、いるわけがないのですから」

「はじめから、うわべと言ったぞ、宣弘殿。これが終ったら、忘れるのさ。俺は時々、虫が良すぎる、という気がするのだがな」

　廊下の、突き当たりにあるのが、テムジンの部屋のようだった。

　寝台がひとつ。卓と椅子がふたつ。

「ここで、テムジン様は傷を癒されたのですか」

「ここでなくとも、傷は癒えた。二十九回死んだことだけが、忘れられん」

「ジャムカが相手です。私は会ったことなどないのですが、評判はよく耳にしたものです。テムジン様とジャムカが二人で並び立てば、草原に敵はいなくなると」

「昔の話だ。もう何年も、ジャムカとは敵同士なのだ」

「人の世のことが、思うようにならないのは、いやというほどわかっているのですが、惜しいと思います」

「なあ、宣弘殿。こんなことを言っても信じられないだろうが、敵同士になってからの方が、俺はジャムカを好きになっているかもしれん。そして、ジャムカもまた同じだ、という気がする」

「悲しすぎることを言われます、テムジン様」

廊下を、駈けてくる気配があった。戸が開けられ、ボオルチュが飛びこんできた。

「おう、宣弘殿、テムジン様を逃がさずにいてくださいましたか」

「おい、ボオルチュ。ひどく傷が痛むのだ。俺はもう、眠りたい」

「傷は、癒えております。桂成《けいせい》先生も華了《かりよう》も、戦へ行く前より元気である、と言っております。私が報告したいことをすべてすれば、いくらお眠りになっても構いません」

「わかった。まず、おまえに命じておかなければならないことが、ひとつあった」

「はい」

「陰山に、部下を三十名ほどやれ。俺が出動したあとだ」

「無理です。それに、なんのためです？」

「陰山は、西夏から離れる。占領するのではなく、こちらの国に加えるのだ。人々が、この国の民でよかった、と思ってくれなければならん。そのために、すぐにでも平等な民政が必要になる。だから、三十名だ」

「考えてもみてください、殿。旧ケレイト王国の民を、いまモンゴルの民にしているのです。それだけでも、手が足りず、家族のもとへ帰れない者が、続出しているのです」

「しかし、必要なのだ、ボオルチュ。ケレイトの統治も、同時に必要だ」

「決定的に、人の数が足りません」

「なぜ、増やさない」

「私が考えていることを、実践できる者が少ないのです」

「民の名簿を作るなどということは、慣れればできる、と俺は思うな。人数を増やすなと、俺は言ったことはないぞ。兵力を犠牲にしてでも、後方の人員は確保した」

「無理なものは、無理です」

「いや、人数をなんとかして、三十名を陰山だ。あちらには、ダイルがいるので、員数合わせでは納得しない」

「私に、死ねと言われているのですか、殿」

「いや、もっと生きろと言っている。いいな、これは命令だ」

「理不尽な」

ボオルチュが部屋から飛び出そうとするのを、テムジンが大声で止めた。

「どこへ、行くのだ?」

「鳩舎《きゅうしゃ》へ。アウラガ府の部下たちに、三十名を選抜せよ、と命じなければなりません」

「そうか、行けよ」

ボオルチュが、駈け出した。

「私は、大変なところに来たのですか」

「いや、めしを食いに来た。ただ、ボオルチュのお喋りにつき合って貰わねばならん」

「なぜ、ボオルチュの話を聞くのを、嫌がられるのですかな」

「簡単なことだ、宣弘殿。自分で決める習慣を作って、自分で失敗しなければならんのだ、あいつは。兵たる者は、戦でそれをしている。卓上で、文字や数字を相手にする者は、そこが戦場だ」

「テムジン様が、結局は戦に勝ち続け、草原最大の勢力になったのが、不思議ではない、という思いになっています、いま」

「そんなことより、ここのめしは、アウラガ府や本営の食堂のめしより、ずっとうまい。傷ついても生き残った者には、せめてうまいものを食わせてやりたい」

しばらくして、ボオルチュが駈け戻ってきた。

「よしボオルチュ、めしを食いながら、話を聞こう。ただし、三刻だ。亡くなられた宣凱殿の話を、俺は聞かねばならん」

宣弘の顔を見て、テムジンは口もとだけで笑った。

わが名はチンギス

一

雪解けまでは、穏やかな日々だった。

テムゲはひとつ営地を作り、そこにはツェツェグがいた。アウラガ府にも、家帳《ゲル》が四つあり、部下や下男がいる。

ツェツェグの営地は、移営する。雪解けで北にむかい、夏の営地を構えるのだ。

自分自身は、アウラガ府にいることが多い。麾下の軍も、本営にいる。それは、カサルのやり方を倣《なら》ったものだった。

義姉のボルテと母のホエルンの営地は、アウラガから動かない。

本営の、テムジンの営舎に呼ばれた。

大きな家帳で、奥にはテムジンの部屋があり、手前は人が集まれる場所や、小人数で話し合う部屋などがある。

「お呼びですか、兄上」

テムジンの居室の前で、テムゲは声をかけた。入れという声が返ってきたので、垂れた布を掻《か》き分け、テムゲは入った。

質素な部屋だが、卓があり、六名までは掛けられるようになっている。

壁際にぶら下げられた巨大な板には、チンバイが作った地図が張られていて、それは西も東も、海まで描かれていた。

アウラガ府がどこかはわかるが、それは点で記されているにすぎない。

交錯する様々な線と点。これは、いつかは作られるであろう道と、駅なのだ。

「どうした、座れ」

奥がテムジンの寝床で、それはモンゴルの普通の民が遣うものとあまり変りはない。

「また、道が増えたのですね」

「俺の、頭の中の道だ、テムゲ。実際にあるわけではない」

「アウラガの近辺、いやモンゴル族の地の道は、詳しく描かれています」

「すでに、あるものだ」

テムジンとむき合って座り、テムゲは一度、大きく息をした。

この兄を前にして、恐怖があるわけでも緊張があるわけでもない。昔から、そうだった。しかしなにか、自分ではどうにもならない、畏怖のようなものがある。笑いながら喋ることができても、どこかに笑っていない部分が残っていた。

「ツェツェグが、懐妊か」

「はい。俺も、ついに親父です」

「そしてダイルが、祖父《じい》さんか」

テムジンが、おかしそうに笑った。

この兄の心の色は、見きわめようがない。いつも、輝くようだ、と思ってきた。それは、傷を負い、運ばれてきた時でも同じだった。

色はなく、輝きだけがあるのだ。その点、もうひとりの兄のカサルは、色が変化するのをよく見きわめられた。

「テムゲ、中興府へ行け」

西夏の都だった。

ひとりで行けと、この兄が言うわけはなかった。

「西夏を攻められる、その先鋒《せんぽう》が、俺なのですか?」

「六千騎を率いよ。おまえは、主将だ。二日遅れた行程で、俺が麾下二百とともに行く。李純《りじゅん》佑《ゆう》が、どこかに避難すれば、それでいい。中興府を落とすのは、いまなら数万の兵力が必要だろう。兵力の無駄遣いになる。李純佑とその廷臣たちを、恐怖の中に突き落とせばいい」

この兄の命令に、逆らえるわけがなかった。註文をつけることもできない。

それでも、テムゲはいくらかほっとしていた。

中興府を落とすのは、相当の手間であり、半年以上はかかるかもしれない。それほどの堅固な城郭《まち》になっている。

腐りかかっている、と言われる帝とその廷臣をおののかせるには、素速い進軍があればいいのだ。西夏軍が遮ってくるだろうが、それを破るのに時がかけられない、というだけのことだ。

西夏との間には、広大な砂漠があった。それを越えれば、陰山山系にぶつかる。

兄は、陰山を安全な状態にしておきたいのだ。李純佑が、中興府の防衛だけに腐心するようになれば、陰山は安全である。

戦のことだけを考えて、突き進めばいい。

それはわかったが、どういう軍を率いていくのか、気になった。

「六千騎は、召集ですか？」

「四千騎は、召集する。二千騎は、常備軍を投入」

この冬で、常備軍は三千騎にまで増えていた。それは間違いなく、精鋭である。

「馬と、兵站は心配するな」

「わかりました。しかし、なぜカサル兄でなく、俺なのですか？」

「カサルには、別の仕事がある」

「わかりました」

どういう仕事か、訊くことはできなかった。

カサルと話せば、それははっきりするだろう。

「進発は、いつでしょうか？」

「五日後。召集はもうかけてあるので、明日あたりから集まりはじめる」

テムゲは立ちあがり、直立した。

それで終りだった。

自分の軍営へ戻ると、千騎を率いる常備軍の将軍が、二人待っていた。

「五日後に、進発の命を受けた。南へ、ひた駈ける。目指すのは中興府。渡河に時と手間をかけたくないので、常に河水を左に見て進軍する。あとの四千騎も、明日から集まりはじめる」

指揮官の二人は、直立し、去っていった。

質問のひとつもない。命令があれば、迅速に動く。いつか、軍はそんなふうになっていた。千騎単位、百騎単位で、いますぐにでも出動できるのだ。

いろいろなものが、気がつかないうちに変っていた。軍が大きく変っていたし、アウラガ府のボオルチュのところも、常に変化し、テムゲはなにかを頼むだけだった。

翌日から、兵が集まりはじめた。

テムゲは副官に命じ、百人隊ごとに集まってくる兵を、千人隊にまとめさせた。

移動しているので、ツェツュグの営地に行くことはできなかった。戦が男の仕事で、子を産み育てるのが、女の仕事と思うしかなかった。

三日目には全軍が集まり、千人隊長を集めた会議も終えた。

戦になった時、十人隊ごとにどう動き、どういう連係をするか。話し合うのはそれぐらいのもので、調練はもともとでき上がっている軍だった。

六名の千人隊長が部下で、百人隊長の中にも、知っている顔はいくつかある。それでも、寝食をともにした、という部下ではなかった。

アルタンとクチャルのことを、しばしば思い出した。

先の戦の最後のところで、アルタンとクチャルは、そうとわかる動きで、テムゲにその存在を知らせてきた。

二人とも二百騎を率いていて、それにむかい、テムゲは一千騎で、容赦なく攻撃をかけた。ためらいはどこにもなかった。短い時間で、二隊を殲滅させた。

アルタンもクチャルも、討たれる直前に、テムゲを見て笑った。そんな気がするというのではなく、はっきりとそうわかるように笑った。

あの二人は、まさしく寝食をともにした部下だった。それが、殺し合うめぐり合わせになったのだ。それも、草原が動乱の中にあったからだろう。

あいつらは死にに来たのだ、とテムゲはあとから思った。実戦の中で、そんなことは考えてはならないと、はじめに教えてくれたのも、その二人だった。

進発の前日、思い立って、テムゲはホエルンの営地を訪ねた。

移営しないので、床のある家に住みたがる者がいるだろうと思ったが、集会所がそういう建物で、あとは家帳が並んでいる。

ホエルンの家帳の前で、四十名ほどの子供が、農耕のやり方について、金国から来た者に教えられていた。

農耕のやり方もそうだが、字も教えられる。

遊牧の民に、その二つが必要なのだと、テムゲにはどうしても思えなかった。

しかし、テムジンがそれを許容していた。ホエルンの営地で育った者が軍に入ってきても、ほかの者に劣るということは、まったくなかった。だからテムゲも、不要だとは言えない。

母は、大きな傘で日陰を作り、椅子に腰を降ろして子供たちを見ていた。

「テムゲか。先の戦を終えても、顔を見せなかったな」

「申し訳ありません、母上。俺には、やることが多くあり」

「ツェツェグが、懐妊したのだね。また、孫の数が増える」

「生まれたら、最初に母上に見ていただきます」

「順序が違う。まず、ボルテと会わせなさい。私のところに来るのは、いつでもいいと、ツェツエグに伝えておきなさい」

「はい、わかりました」

ツェツェグとの結婚にむけて動いてくれたのは、ボルテだった。ボルテが言うので、ダイルもひと言も異議を挟めなかったのだ。

ダイルは、テムジン家の親戚ということになり、以前にも増して、厳しい任務を与えられるようになった。

「おまえは先の戦で、かつて幕僚だった二人の将校を、無慈悲に討ち果したそうだね」

「はい、あの二人が最後に浮かべた笑いを、いまでもしばしば思い出します」

「笑ったのですか？」

「はっきりと、俺にむかって笑いました」

「それなら、おまえに討たれることを、喜んでいたのだね」

「そうでしょうか」

「あたり前です。死ぬ前に、笑いかけられたというのは、その二人がおまえを愛していたということでしょう」

「敵になって長い歳月が過ぎましたが、俺も、やつらを愛していました」

「そうしながら、戦の残酷さをわかっていくのですよ」

母の言う通りだろう、とテムゲは思った。

なにかおかしなことがあったのか、子供たちが笑い声をあげた。

母が立ちあがり、丘の方へ歩きはじめたので、テムゲはついていった。

遊牧の民が、農耕について知る必要があるのか、とテムゲは考えながら歩いていた。

母の足取りは、しっかりしている。髪は銀色になっているが、眼の輝きは昔のままだし、喋る言葉もはっきりしていた。

丘に登ると、そのむこうには野菜の畠《はたけ》が拡がっている。種を播《ま》かれたばかりなのか、いまは土が剝《む》き出しになっていた。畝《うね》があるので、畠なのだとテムゲにもわかる。

「明日、出発するのですね」

「はい、南へむかいます」

「私は、華了《かりよう》から聞いたのですが、先の戦でのカサルの陣の組み方は、卓抜なものだったそうですね」

陣の組み方が、少し緩かったのではないか、とテムゲは思っていた。それでも、隙を衝かれたことはないので、あれでよかったのかもしれない、という気もする。

卓抜だったとは、思えない。

「カサルは、風の通る道を考えて、陣を組んだのだそうですね。敵は密集して陣を組んだので、疫病とまではいかなくても、流行《はや》り病には苦しんだようです」

「風の通る道、ですか」

「そうやって風が通ることで、流行り病は防げたそうです。長い滞陣になると予想して、カサルも考えたのでしょう」

「しかし、なぜ華了が」

「以前、疫病の防ぎ方を、カサルから訊かれたことがあるそうです。水が新しいこと。風が通ること。戦の陣では、それぐらいしかやることがない、と教えたそうです」

「水は、いつも小さな川の上流に位置取りをして、新しかったと思います」

疫病についても考えた上で、ああいう陣を組んだのだと、テムゲはようやく理解できた。そういうことを、考えすらしなかった自分を、いくらか恥じた。

「母上、俺に指揮官の素質などない、と思います」

「素質があるかどうかは、おまえが決めることではない。テムジン殿は、はじめての外征と言うべきもので、おまえに賭けたのですからね」

「やめてください、母上。そんなことを言われると、身が竦んでしまいます」

「おまえはもっと弾けた子だったのに、軍で経験を積むうちに、すっかり丸くなってしまったのだね」

弾けたところは、まだある。ただ、それを抑えられるようになっただけだ。そう思ったが、抑え続けていられるというのは、なくしたということなのだろう。

「畠では、作物が育つのに、ずいぶんと時がかかるのですね、母上」

「おまえやカサルが育つのにも、ずいぶんと時がかかったものです。テムジン殿だけが、なんの手間もかからなかった、という気がします」

「俺は、指揮官でいたくありません、正直なところ」

「誰もが、そう思うだろう。若いジョチなど、ほんとうにつらいのだろう。仕方がないことですね」

「俺も、半分は諦めているのですが」

「兵のことを、よく考えなさい。おまえが、養方所で、傷を負った兵たちと言葉を交わし続けたのは、ほんとうにいいことだったと私は思います」

養方所に行くのが、仕事だった時期もある。いまも、復帰した兵から、よく声をかけられる。

犠牲が何名、負傷が何名と、戦の情況とともに伝えられるが、数で割り切っていいことではないと、養方所で兵と接することで、やっとわかったのだ。

ひとりひとりが、負傷した。痛く苦しい思いをして、なんとか兵であり続けようとしている。百名いれば、百通りの負傷がある。死の恐怖との闘いがある。

養方所に通ったことで、テムゲは兵についてなにかわかった気がしていた。

畠も、遊牧の民には必要ない。羊が草を食《は》み、それを人が食えば充分ではないのか。

「母上も、耕作をなさるのですか？」

「ほんの少し。もう躰が動かない。腰を曲げてなにかやるのが、ちょっと無理になってきている」

「それにしても、お元気です」

「もう少し、息子たちを見ていたい。そう思うようになった。私は、どんな子を産んだのだろうと、時々、深く考えてしまう」

それはカサルや自分ではなく、テムジンのことだろう。

「母上、今日はお顔を拝見に来ただけです。もう行きます。遠いところでの戦ですが、戻るまで元気な母上でいてください」

「私は、いつでも待っている。おまえは、ツェツェグと子供のところに帰るのだろうが、三人でここへ来てもいいのですよ」

「つらくて耐えられない時が、俺にも来るかもしれません。その時に、母上がここにおられることが、救いになるのだろうと思います」

テムゲはホエルンに拝礼し、従者が待っているところに戻り、馬に乗った。

麾下百騎は、ものものしくならないように、離れたところで待たせている。出動の前日だから、麾下は決してテムゲから離れない。

軍営に戻ると、テムゲの幕舎の前で、カサルが千人隊長のひとりと、立ち話をしていた。

千人隊長は、テムゲが近づく前に、直立して立ち去った。

「母上のところへ、久しぶりに行ったのだな」

「兄上を、少し見習って」

「まあ、俺は習慣にしているからな」

カサルは、先にテムゲの幕舎に入った。

「兄上には別の仕事がある、と大兄上は言っていました。それで、西夏進攻の指揮が、俺の方に回ってきたようです」

「なにをやるか、わかっているのだな」

この兄は、自分のことを心配してくれているようだ、とテムゲは思った。

「中興府まで攻め寄せ、李純佑とその廷臣たちが、恐れおののくような状態を作ることです。できれば、朝廷が丸ごとどこかに逃げる、ぐらいのことは起こさせたいですね」

「中興府には、なかなかの軍がいる、という話だが」

「それらの情報については、狗眼《くがん》の者から報告が入りはじめています。とにかく、迅速に。速さが、朝廷や軍の判断を狂わせる、と俺は思っています」

「そうだよな。モンゴル軍がどれほどのものか、考える余地さえ与えない。そんな戦ができれば、それでいい。兄上は、おまえのことを相当買っておられるのだろう。なにしろ、はじめての外征になる。大事な戦だ、と俺は思う」

「大兄上は、兄上にどういう仕事をさせようとしておられるのですか？」

「歩兵だ」

「騎馬隊ではできない戦を、大兄上は考えておられるのか。まったく、ついていけませんね。あの頭は、どうなっているのだろう」

歩兵は、騎馬隊を凌ぐ働きをすることがある、とテムゲは思っていた。

たとえば、いまはまだ友好的な関係が続いている金国と戦になれば、城郭を攻めるということになる。そこは、歩兵の働きどころである。大軍で囲み、じっくりとひと月でもふた月でもかけられる。それは、騎馬隊の仕事に馴染《なじ》まない。

「しかし、歩兵と言っても、人数が必要なわけだし、いくら他の部族を併合していても、ほとんどすべてが騎馬隊です」

「そうだよな。この草原で、歩兵を編制するのは、どう考えても無理がある。もっと西にいる部族。特にキルギス族だな」

「あっ。大兄上は、先の戦で俺がやったことを、細かく御存知なのですか？」

「おまえが思っている以上に、把握しておられるな。おまえが助命し、故郷へ帰してやった山の民についても、ずいぶんと調べあげられているようだ」

「指揮官も兵も、見事でしたよ。助命したのを間違いだと、俺は思っていません」

「兄上はむしろ、よくやったと思っておられるよ。さておまえの進発の数日後、俺は西へ旅立つ。山の民の、ボレウという長に会って、話をするためだ」

「それなら、俺の方が適任だったかも。なにしろ、ボレウの助命をしたのは俺ですから」

「だからさ。おまえが行けば、貸しを取り立てに来たように思われる。俺は、そんな助命などなかったことにして、ただ長のボレウと話をする」

「確かに、やつらは歩兵にむいているかもしれません」

「俺は供回り十二騎、荷駄二十で、具足もつけずにむかうのだ。ちょっと、ふるえてしまうぞ。ボレウと会えたら、それだけでも成功と言えるな」

テムジンは、なぜ先回りしてそんなことまで考えられるのか。一瞬そう思ったが、いつものようにそれ以上の思考は諦めていた。

「おまえは適任で、それほど苦労もしないだろう。馴《な》れない任務で、俺の方が不安だったのかもしれん」

「どうして、俺が適任なのですか?」

「あのテムジンが選んだ指揮官だ。適任に決まっているだろう」

カサルが、テムゲの肩を叩いて笑った。

二

土煙が見えていた。

ダイルは、胡床《こしょう》から腰をあげた。

スブタイは、はじめから立っている。年寄扱いで、ダイルだけ胡床を出されたのだ。

「ほぼ、読み通りではないか、スブタイ将軍」

「将軍はやめてくれと言ったはずです、ダイル殿」

「ならば、俺を年寄扱いするのも、やめてくれ。この胡床のことだが」

「俺は大した軍人ではありませんが、ダイル殿は紛れもなく老人です」

「言ってくれるではないか」

「まあ、気持を抑えてください。テムゲ殿は、多分、六千騎の先頭を駈けてきますよ」

その通りだろう、とダイルは思った。

陰山山系の西麓である。

豊かな草原だから、ここには遊牧の民がいる。しかし、西夏の軍はもともといなかった。スブタイが撃ち砕いた、陰山の数千騎が、西夏軍のすべてだったのだ。

中興府に逃げ帰った西夏軍は、兵を養って陰山を奪回しようとしていた。しかし、奪回の軍が編制される前に、テムゲが進攻してくるのだ。

西夏は、北の防衛線を、砂漠そのものだと考えていた。長い間、砂漠を越えて侵攻してくる、草原の蛮族などいなかったのだ。

西夏の軍のほとんどは、金国にむけられているものだった。両国は、長い対立の歴史を持っている。

「この戦だが」

「それは、テムゲ殿の戦ですよ。俺は、テムゲ殿の副将として、命じられれば先鋒をやるつもりです」

「わかったよ。おまえらが行ってしまう。その後方を、殿も行かれる。そして俺は、陰山の酒場の親父に戻る」

「ダイル殿の酒場と、泥胞子《でいほうし》殿の妓楼は、この地の平定に役立ちましたよ。なにしろ、職人の十人のうちの八人は、ここに残ったのですから。その家族や、それを支えていた民は、ほとんど逃げることはなく、ここに留まっています。まあ、ダイル殿の力が大きかったのですが」

「スブタイ、おまえの言い方は、殿に報告する時のままだな」

「俺もダイル殿も、殿には報告しなければならない立場ですよ。殿は、それを聞こうともされませんでしたが」

テムジンが到着したのは、正午だった。計ったように到着するのが、テムジンの性格を表わして余りあるとダイルは思ったが、スブタイには言っていない。

テムジンの到着をダイルが知ったのは、スブタイがめずらしく狼狽《ろうばい》し、慌てていたからだ。沈着冷静な将軍だった。狼狽という言葉とは無縁だったが、十騎で現われたテムジンを見た時は、さすがにうろたえたらしい。

スブタイをうろたえさせようとして、テムジンは十騎で疾駆してきたわけではない。馬を替えながら進むと、どれほどで陰山に到着するのか、計りたかっただけだろう。

土煙の中から、騎馬隊が姿を見せた。

思った通り、テムゲが先頭を駈けている。

六千騎が縦列で、それは軍の移動としてはめずらしいものだったが、速く到着するには、最も効果的なやり方だった。

テムゲが、片手を挙げて進軍を止めた。

追いついた兵から、素速く隊形を整えはじめる。

テムゲが、一騎で近づいてきて、馬を降りた。

「どうも」

テムゲが、ダイルにちょっと頭を下げた。

「うむ、刻限通りだ」

会話が、ちょっとぎくしゃくしてしまう。

スブタイが、声をあげて笑った。

「俺ははずして、お二人だけにしましょうか」

「なにを言う、スブタイ。俺は主将を命じられているが、副将のおまえがいなければ、なにもできない」

「できますよ。見事な御大将です」

追いついてきて、整然と隊列を作る軍に眼をやりスブタイは言った。

「親父殿、報告が遅れました」

いきなり直立し、テムゲが言った。

「ツェツェグが懐妊しました」

「知っている。俺にだって知らせは来る」

「親父殿、ついに祖父様です」

「なんだと」

「そうだ、ダイル殿は、祖父様ではありませんか」

「親父殿、お願いがあります」

姿勢を崩さず、テムゲが言う。

「お願いと言われてもな」

「母上やツェツェグに言われているのです。生まれてくる子の、名を考えておけと。俺は、親父殿と二人で考えたいのです」

「うむ」

ダイルは唸《うな》り声をあげ、腕を組んだ。

「頼みますよ」

テムゲが、姿勢を崩して言った。

「俺は、すぐに進発したい」

スブタイにむかって、テムゲが言っている。

「遅れると、後方から来る殿に、追いつかれてしまう」

「昼餉《ひるげ》の用意があります。兵たちの分もありますので」

「しかし」

「実は、殿はすでに到着され、陰山の鉱山などを見て回られているのです」

「到着？」

テムゲは、しばらく考えるような表情をしていた。

「俺より二日遅れで進発され、途中で俺を追い抜いた、ということなのか。俺は、懸命の進軍をしてきたのだ。たやすく追い抜かれることなど、考えられん」

「殿は、二百騎で、替え馬を還いながら疾駆して、どれほどで到着できるかを、試されていたのです。六千騎が追い抜かれても、仕方がない、と思います」

「それにしても」

テムゲは首を振り、それから従者を呼び、全軍に馬の手入れをするように命じた。

テムゲも馬の手入れをしているので、ダイルは卓と椅子が出された方へ行った。

陰山の軍営の食堂には、料理人がひとりいて、十数名の部下を遣い、兵たちの食事を作っている。肉だけでなく、野菜があり、時には河水で獲れた魚が出ることもあった。

鉱山の方も、働く人間は食堂で食事ができるようになっていて、その方式は意外なことにスブタイが考えたのだ。

泥胞子と相談して、料理人を数名雇った。料理人の数だけ、食堂がある。

ダイルが部下に開かせている酒場に、客がやってくるのは夕刻で、それほど遅くならないうちに、客は少なくなる。坑夫も職人も、翌朝のことを考えて、決して飲みすぎたりはしない。

遅くまで飲んでいるのは、建物の中から動かず、書類などを見ている連中だった。

ボオルチュの部下が、三十名ほどやってきて、ちょっと離れたところに幕舎を五つ並べ、なにかやっていた。なにをやるつもりなのかは、見えてこない。

いま陰山では、耶律圭軻《やりつけいか》が見つけ出した、深く巨大な鉱脈に、坑道をつける作業に力が注がれている。いまある鉱山の規模とは較べものにならず、いつ掘り尽せるかもわからないのだという。

鉄音《ズルフ》からは義竜《ぎりゆう》がやってきて、西夏の製錬のやり方を徹底的に調べあげ、巨大な窯《かま》を作るために、いま煉瓦《れんが》を焼いていた。ただの煉瓦ではなく、相当の手間をかけた、熱に耐え続けるものだという。

以前は、ここには西夏の色があった。雰囲気も明らかに外国のもので、食べものも着物も住んでいる家も、モンゴルとは違っていた。それが短い間に、モンゴルの色になっていったのだ。

雰囲気が、変った。変ったのは、それだけだと思える。ほかはなにも変っていないのに、モンゴルの色なのだ。

不思議なものを見るように、ダイルはそれを見てきた。

スブタイは、わずか二千騎で西夏軍と闘い、この地を制圧した。そして守り続けた。

テムジンは、いまになってようやくやってきたのだ。

陰山を奪《と》ることに関してだけは、テムジンは急ぎ過ぎている、とダイルには見えた。いまようやく、急いではいない情況になったが、制圧した地を保持するのに、スブタイは二千騎でかなり苦労していた。

それについて、スブタイは語らない。

モンゴルと較べれば巨大な国家の中に、占領地をひとつ作ることは、至難と言ってもいいほどだったはずだ。

ダイルがいる卓に、テムジンがひとりでやってきた。従者や麾下は、ほかのところで食事をするようだ。

テムジンが来たので、スブタイも慌てて席に座った。

「テムゲ殿は、早い到着でした。スブタイ将軍は、ほぼ刻を読んでおりましたが」

「それよりダイル、おまえは祖父様になるのだろう」

「西夏進攻と、なにか関係があることですか、殿」

「なにもないが、祖父様というのはなかなかいいものだと、おまえに教えたかった」

「テムゲ殿は、生まれてくる子の名を、一緒に考えてくれ、と言っていますよ。それで、中興府まで攻めこめるのですかね」

「テムゲが指揮官であることに、俺は一片の不安も抱いていない。カサルにしろ、考えればいい弟を持ったものだ」

「殿は、ヤルダム様をかわいがっておられますよね」

「ああ」

「孫とはそれほどかわいいものか、一度、訊きたいと思っていました。殿は、ヤルダム様を前にした時、まるで殿ではない、とアチもツェツェグも言っています」

「自分を見るのだ、ダイル。息子が生まれた時、そこに自分を見る余裕などなかった。孫を前にすると、そこに自分を見る」

意外な答が返ってきたので、ダイルはうつむいて考えた。

「ただ自分が見える。それだけだぞ、ダイル。息子ほど、近くない。だから、見えた自分は、多分、本物なのだ」

「そんなに自分が見えるなら」

「誤解するな、ダイル。確かに自分が見えるが、それは俺の一部にしかすぎん。自分のすべてが、見えるわけではないさ」

「わかるような、わからないような話です、殿」

「ツェツェグが産んだ子を、抱いてみることだな、ダイル」

「俺は、殿のように無様にはなりません」

「そう思っているだけだよ、ダイル」

テムジンが、口もとに笑みを浮かべた。

この笑みは、どこかで見たことがある、という気がした。

記憶を探った。

自分には、父が二人いると思い定めてきた、と言った時に、テムジンが浮かべた笑みではなかったか。チャラカとモンリク。確かに、父が二人と思わなければ、自分が保てないような気がした。

「おう、連中が来たぞ。昼めしを食い終えたら、進軍だ」

テムゲが来て、千人隊の隊長たちもどやどやとやってきた。

出てきたのは、肉と饅頭《マントウ》である。兵の中には、肉だけ食う者もいるが、量は充分にあった。

軍人のめしは早い。それには、馴れていた。

ダイルが饅頭を半分食う間に、千人隊長たちは、饅頭と肉を平らげ、中には腰をあげている者もいる。

「兄上に、ひとつだけお願いがあります」

テムジンとむき合う席にいたテムゲが、姿勢を正して言った。

「これからは、敵を突き破りながら、中興府にむかって駈けなければなりません。俺を追い抜いて前へ行くことは、やめていただきたいのです」

「わかった。それはやらぬから、頭の中の危惧《きぐ》を消してくれ」

「無礼なことを、申し上げました」

「なんの。おまえを驚かせようと思って駈けに駈けた俺の方が、主将に対して無礼であった」

「それにしても、なんという速さですか」

「小勢だと、あれぐらいの速さが可能だ。おまえは、これからの戦がどうなる、と見ている」

「遮ってくる者は、まず問題なく蹴散らせます。中興府にいる西夏軍本隊が、つまりはこの戦の敵です」

「で、どういう闘いをする？」

「戦は、見ていただくしかないのですが、まず、敵の予測よりは一日早く到着し、ぶつかります」

「そうだな。見ているしかないな」

「では、俺は行きます」

テムゲが立ちあがり、直立して駈け去った。スブタイも続いた。

テムジンとダイルは、二人だけ残された恰好《かっこう》になり、しばらく新しい鉱山の話をした。

坑道が掘られているだけで、まだ鉄鉱石の採掘ははじまっていない。換気などを考えなければならないことは、鉄音で王厳《おうげん》と鄧礼《とうれい》という二人が、厳しく指導してきた。いまは二人とも、鉄音のそばの丘に、並んで眠っている。

「腰を据えられる」

テムジンが、呟くように言った。

「陰山を奪ってしまえば、無理をさせることも少なくなる」

陰山を二千騎で制圧し、西夏軍の攻撃はすべて撥《は》ね返し、冬の間も耐え続けた。相当に過酷な情況を、スブタイはいつもと同じ表情で耐えていた。

二千騎で陰山を制圧しようというのが、もともと無謀な話だった。

坑夫や職人が、侵攻してきたスブタイの軍に、あまり反撥《はんぱつ》を示さなかったのも大きく、それにはいくらか寄与したという自負が、ダイルにはあった。

そんなことはすべて、テムジンにはわかっているだろう。

どんなに無理をしても、陰山は奪りたかった。

そして現実に奪り、それをいま確乎《かっこ》としたものにしようとしている。

ダイルにわかるのは、そこまでだった。そこからテムジンがなにをするつもりなのか、まったくわからない。

幼いころから、一緒に育ったようなものだ。父が、チャラカなのかモンリクなのか、よくわからなかった。テムジンもそれに戸惑っていたが、まずはチャラカを父にしておく、という虫のいいところがあった。モンリクが、北の岩山にいて、ほとんど動くことがなかったからだ。

ダイルはだから、孤独に悩むしかなかった。父が二人いると思い定めてきたと言った時、テムジンは嬉しそうに笑った。チャラカとモンリクが、テムジンの中で、落ち着くべきところに落ち着いたのだろう。

「テムゲ殿の六千騎に、スブタイの千五百騎。西夏軍がいくら精鋭を出してきても、たやすく撃ち破る、と俺は思いますね」

「そうだろうか。俺は、戦の前から、それほど気楽になったことはない」

「ぎりぎりの戦を、反吐《へど》が出るほど続けてきた軍と、西夏という国に胡座《あぐら》をかいていた軍では、勝負という局面になった時、まるで違う力を出すと思うのですよ」

「そうであればいいなあ、ダイル」

「殿は、それを信じておられるはずです」

ダイルが言うと、テムジンは遠くを見る眼をした。

副官が来て、進発の準備が整っていることを伝えた。

テムジンの副官は、半年おきぐらいに替る。将校の力量を測っているように、ダイルには思えた。

「数日後には、ボオルチュがやってくる。そして、鉱山関係以外のものは、すべて変ってしまうことになる」

「ボオルチュは、五名で済む事務を、二十名でやっている、とよく言います。すると、余った人間を、別のことに投入できます」

「まあ、ボオルチュの才能だ」

テムジンが、腰をあげた。

兵が、馬を曳いてくる。

テムジンは軽やかに馬に跨《また》がると、駈けはじめた。麾下の二百騎が、それに続く。

「これで、西夏を黙らせることができるのですかね」

気づくと、義竜がそばに立っていた。

「おう、見物か？」

「このあたりに、風穴をひとつ開けなければならないのですよ。その場所の選定に来たら、軍がいたので遠慮していたのです」

「風穴か」

「何事にも、風穴というものは要るのですな」

「中で働く人間は、二、三百人か。その者たちが、きちんと息をしないと、大変なことになるしな」

「まあ軍が、ぎりぎりの戦をするのと較べると、楽なものなのですがね。死ぬ者だって、そう多くいるわけではありません」

「義竜は、殿に誘われて、ここへ来たのだったな」

「誘われた、というのかな。短刀を拝領していて、それを持って軍営を訪《おとな》ったら、すぐに会ってくださいました」

「そうか。そんな具合か」

「来てみたら、およそ寝る間もないほどの仕事がありましたよ。しかしこのところ、人が余り気味でした。鉄鉱石があまり出なくなりましたから。陰山に余った人間を投入しても、まだ足りません。もともとここの鉱山にいた連中も含めてです」

「そうか、耶律圭軻が見つけた鉱脈は、それほどのものだったのか」

「あの爺《じい》さん、横に掘った穴の奥に、三日三晩籠《こも》っていたそうです。鉄が、喋ってくれるのを待つと言ってね」

「まあ、そんなことをやりそうだな」

「いい鉄塊を作りますよ。それをどんどんと、アウラガや鉄音に送りこみます」

テムジンは、草原に立とうとした時から、鉄を欲し続けていた。それがいま、満足できるかもしれない状態で、手に入りつつある。それを手に入れたら、次にはなにをやろうというのだろうか。

「ボオルチュが、来る。それで、みんなが自分に合った場を得る。完璧ではないにしても、いまよりずっといい。そんなふうに、大きく人が動くぞ」

「もともといる職人は、親方の下に弟子がいるというかたちで、いくらか扱いにくいのですよ」

「そんなものも解体して、ほんとうに力を持った者が、それに合った仕事をするようになる。ボオルチュは、そんなことを実にうまくやるよ」

もう、軍の気配はどこにもなくなった。

陰山の城砦に、五百名の守兵がいるだけだ。

この戦がどうなるのか、ということを、ダイルはあまり深く考えなかった。

三

緑が満ちていた。新緑である。

眩《まぶ》しいほどだ、とアインガは感じていた。

この緑が、羊に食い尽されるのは、もう間もなくだろう。草の命が、羊の中で生きる。それは、ただ命の不思議と言うしかなかった。

荷駄を、一頭曳いていた。

草の中を進み、森に入ると、ひんやりした空気が肌に触れてきた。

森の中に、道が刻まれているわけではないが、馬に乗って通れる場所はかぎられている。そこを道と呼べば、道なのかもしれない。

前に来た時よりも、枝がのびている。誰かが通ったのか、その痕跡を捜したが、見つからなかった。

森はやがて、急な斜面になってきて、山に入ったのがわかった。

暗くなったので、平らな場所で荷と鞍を降ろし、馬体の手入れをした。蹄《ひづめ》には、おかしなところはなかった。小刀で、きちんと切ってきたのだ。

馬に秣《まぐさ》を食わせてから、小さな焚火《たきび》を作った。

荷駄に遣っているのは、若い馬だった。

森の気配が落ち着かせないのか、首を振り続けている。

アインガはそばに立ち、首を抱くようにして、馬に語りかけた。ここは、森だ。さまざまな気配がある。どれもが、命の気配なのだよ。死の気配など、ない。

しばらくそうしていると、馬は落ち着いてきた。

アインガは、途中で獲った兎の肉がすっかり焼きあがっているのを確かめ、食らいついた。メルキト族がよく遣うようになった、香料もふりかけてある。焼く前に塩はふっていて、新たに足すことはしない。

兵には塩が必要な時があり、いまはそうではなかった。

焼いた兎の肉は、半分だけである。明日のために、あと半分は残してあった。

アインガは、砥石《といし》を出し、鏃《やじり》をひとつ研いだ。鉄の鏃を三十持っていて、遣ったのは研いでいるひとつだけだ。

研がなければならないわけではなかった。ただ、命をひとつ奪った。それを清めようと、研いでいるだけだ。

矢柄《やがら》は、三本持っている。獲物を見つけ、鏃をつけ、射るのである。その間に、逃げる機会が、獲物にはあるはずだった。

移動中は遣っていなかった、毛皮の套衣を躰にかけ、眠った。

明るくなった時に、眼醒《めざ》めた。

闇と光が、入れ替る時刻。それが好きだったかどうか、よく思い出せない。ここしばらくは、ようやく夢から醒めた、という思いがあった。

いい夢を見なかった。そうなのだろうか。

夢の細かいことを、思い出せるわけではない。ただ、冷たい汗をかいて、驚愕《きようがく》の中で眼醒めたのだ、という思いは強くあった。

馬に、荷と鞍を載せ、進みはじめた。移動の間、朝食も昼食もない。一日一度だけの食事。それで、充分に命を守ってはいけるのだ。

時々、岩肌が現われてきて、アインガは馬を降り、手綱で導いた。

近づいてくる。あの男。

馬に乗った。

山全体が、いくらか平坦になった地域。馬乗で、どれほど進めばよかったのか。

眼の前を、狼がよぎった。

おい、ダルド。せめて、先導ぐらいしたらどうだ。そう声に出した言葉が聞えたのか、ダルドは姿を現わし、前を歩きはじめた。

営地。そう言っていいのか。住《すま》い。そう呼ぶのが、適当なのかもしれない。

「おう、アインガ殿」

はっきりと、声が聞えた。

トクトアは、石に腰かけて、木を削っていた。ひと抱えもある幹を、膝の上に載せている。

「なにを作っておられるのです?」

「臼《うす》のようなものだ。森で穫れる木の実を、この中で搗《つ》く」

「なんにされるのですか?」

「いろいろだ。鍋の味つけであったり、壺《つぼ》に入れて水を満たし、毎日搔き回すと、やがて弱い酒ができたりする」

「なるほど」

アインガは、二頭の馬を繋《つな》ぎ、鞍と荷を降ろした。トクトアの老いた馬は、放し飼いにされているようだ。木立の中で、草を食んでいた。

木の幹は、真中が丸く抉《えぐ》られていて、トクトアはそれを大きくしようと削っているようだ。

「薬草を粉にするための石は、山中で探した。真中が抉れていて、別の丸い石を遣うとたやすく粉にできる」

洞穴の奥には、焼いた大小の壺が並べられていて、その数は増えていた。ほとんどが、アインガにはわからないものだ。

狼が、藪《やぶ》の中に入っていく。

「女、というわけではありませんよね」

「女か。いや立派な男だ。かなり臆病《おくびよう》で意気地がないが」

藪の中に、仔《こ》がいた。だから一瞬、ダルドが雌だと錯覚したのだ。

「冬の終りに、ダルドはあいつをくわえてきた。放っておくと、死んだだろう。躰を暖めてやり、乳の代りに、薄い粥を食わせた。それに、少しずつ肉汁を加えた。人よりもいいものを食っていたかもしれん」

「なけなしの米を、よく遣われたものです」

「そうよ、自分でも不思議なのだが、最後のひと握りを、あいつに与えた。それがよかったのか、元気になった」

「荷駄のほとんどの荷は、米ですよ」

「アインガ殿の顔が、米の袋に見えたさ」

「追い返されない、唯一の手立てですから」

「米とは、縁がなくなると思っていた。ありがたいな」

トクトアは、抱いていた木を置いて、立ちあがった。

熾《おき》だけだった焚火に薪《たきぎ》を足し、鍋をかけた。

肉と野草を煮たものだろう、とアインガは思った。ひとつの鍋で、何日か食うのだ。最後に、わずかな米を入れる、というのも聞いたことがある。

「米の袋は、奥に運びこんでおきます」

焚火を挟んで、座るための石が二つあった。

「客人用ですか？」

「甘いな。どちらかで煙を避けられる、というだけのことだ」

洞穴の外側には、柱が立てられ、屋根と壁がある。相変らず、肉をぶら下げておくために、横に渡した丸太がある。木と木の間に張られた紐には、黒貂の皮が一枚干してあった。

「猟は、どうなんですか？」

「駄目だな。ダルドがよく働かなくなった。仕留められる黒貂を、二匹逃がした。もう歳で、動きが鈍くなっている」

「代りを連れてきた、ということですかね」

「ダルドが、なぜ食わずにあいつをくわえてきたのか、俺にはよくわからんよ。群を拡げたつもりかもしれん」

「俺を憶《おぼ》えていて、先導してくれましたよ」

「それぐらいは、やるさ」

トクトアは、蓋《ふた》を取って、鍋の中を一度掻き回した。やはり、肉と野草だった。

「草原の話をしたくて、来たのです」

「草原の戦か」

「いまは、テムジン一色ですね。ついこの間、西夏に進攻し、中興府の郊外で、西夏軍の主力を撃ち破ったそうです」

「ほう、西夏へ」

「主将は、テムジンの弟のテムゲでした。副将にスブタイがついていましたが。勝利を誇示するように、最後にテムジンが出てきて、中興府のそばを駈けて、陰山に凱旋《がいせん》しています。陰山が、もう凱旋するところになっているのです」

「鉄が、ふんだんにテムジンのもとに流れるのだな。いや、もう領地で産み出すのか」

「戦は、問題にならなかったようです。これまでの戦のやり方では、テムジン軍の速さについていけないのです」

「ついていけるのは、アインガ殿とジャムカというところか」

「タヤン・カンとテムジンの戦では、ジャムカの奇襲で、テムジンが命を落としかけています。

何人もの部下が身代りになって、テムジンは生き延びています」

「ジャムカの奇襲か。それでも、テムジンは死ななかったのだな」

「テムジンは、巧妙な戦をやった、と思います。自領の奥深くに、長い時をかけて誘いこみ、兵站を切って、大軍を弱らせています」

自分がなにを喋りたいのか、アインガにはわからなくなった。トクトアにむかって、戦の解説をすることに、一片の意味も認められはしない。

トクトアが立ちあがり、洞穴の奥から、木の容器を持ってきた。匙も木で作られている。

トクトアは、鍋の中のものを器によそい、アインガに差し出した。

鍋は、くつくつと音をたて、煮えていた。

それすらも気づかず、ただ戦の話を続けている。周囲が暗くなりはじめていることにも、気づいていなかった。

「ダルド」

トクトアが呼ぶと、藪からダルドが出てきた。干してあった肉の塊《かたまり》をひとつ、トクトアは石の上に置いた。近づいてきたダルドが、肉をくわえて藪の中に戻った。

「あいつも臆病でな。新しいものを見ると、驚いて竦んでしまうのだ。人がひとりと、若い元気な馬が二頭。これだけ新しいものが揃《そろ》ったら、身を隠したくもなるのだろう」

「ふだんは、ここで食うのですか」

「俺も甘いし、ダルドも甘い。隠れたら食わせないのが一番いいのだが、それができん。俺に懐きすぎていて、厳しいことをなにひとつしてこなかった」

「明日の朝には、ここに出て来て食うと思います。そうするはずですよ」

「面白いな。それは、アインガ殿に馴れたということではないか」

「ダルドは、俺を嫌ってはいませんし」

アインガは、木の匙で器の中のものを掬い、口に入れた。辛いというより、熱いような味だった。香料なのだろうか。

「森の中で見つけた。干して乾かし、粉にして少しずつ舐《な》めてみた。とんでもなく辛いが、食い物に混ぜれば、うまいかもしれない、と思った。少々舐めても躰に害はなく、ただ汗が噴き出してくるだけだった」

「俺はいま、汗をかいていますよ。しかし、こんなのを試すと、危険なことがあるのではありませんか？」

「あまり、やらない。これと思った時にやり、はずれたことはない」

「慣れてくると、うまいと感じそうです」

「無理はするな。ぶら下がっている肉を切り取り、焼いて食ってもいいのだ」

「いや、これを俺は気に入るかもしれません」

二回、三回と口に運んでいる間に、辛さは口に馴染んできた。肉の味も、引き立ってくるような気がする。

「テムジンが深傷《ふかで》を負ったのは、戦場からいくらか離れたところです。五百騎でいて、五十騎に襲われたという話です」

テムジンがなにをしようとしていたのか、アインガには読めなかった。細かいことはわからなくても、ジャムカの奇襲は見事だった、という気がする。

「メルキトの中に、主戦論を唱える者がいて、強引に出撃するのを、俺は止めませんでした。およそ、一万騎ほどです。タヤン・カンは集められるだけ兵を集めようとしていましたが、その中でも大きな勢力だったはずです」

散々に撃ち破られ、六千騎ほどに減って戻ってきた。おめおめと帰れない、と考えた者もいたようだ。

大軍で引き回され、かつてはケレイト王国だったモンゴル領に引きこまれ、兵站を断たれて、飢えた。暑い季節だったので、流行り病にも苦しめられた。決戦の時は、集まった者それぞれが、勝敗はどうでもいいので、戦を終りにしたいと考えていたのだろう。

「俺は、戻った者を罰することもしませんでした。なにもできない族長だ、と言う者もいるはずです」

「戦に出ない民は、それなりに豊かな暮らしを手にしたのだろう。アインガ殿に従った方がいい、とも考えていると思う」

「俺は、これ以上はない、というほどに負けたのです」

「その戦については、詳しく知っている。実はタルグダイが、妻のラシャーンに連れられてここへ来た。瀕死であったが、ここで回復した。その間に、あの戦のことについては、詳しく聞かされた。タルグダイの、最後の戦だな」

「タルグダイ殿と、ラシャーン殿が」

「戦を語るタルグダイの眼は、透徹していたな。負けるべくして負けただけでなく、あるいは勝てたかもしれない局面もあった、と言っていた」

「俺は、あの戦のことは、なにもわかっていないのです」

「アインガ殿とアルワン・ネクの押し合いが、あの戦の本質だった、と言ってもいいそうだ。ラシャーンも、頷いていた」

「俺は、あれ以上長く続いたら、耐えきれなかったと思います」

「耐えたさ。アルワン・ネクの方が、終ったな。アルワン・ネクは、その人間のすべてを決するような敗北を、俺に味わわされた。最後にはそれが顔を出す。そういうものだ」

アインガはうつむいた。なんとも言い様がなかった。

腹は満ちている。小さな焔《ほのお》の明りが、闇をいっそう濃くしていた。

藪の方で、かすかに動く気配があった。仔狼が、ダルドにじゃれついているようだ。闇に興奮しているのかもしれない。

まだ名がないらしい仔狼を、トクトアはなんと名づけるのだろう、とアインガはふと思った。

「俺は、タルグダイから聞いた戦を、知っているだけだ。日が経って、タルグダイも、戦の全体を見直すことができたのだろう」

「俺は、耐え切れなかったと思います」

「アインガ殿はそう思い、アルワン・ネクはある意味終った。それだけのことさ」

「酒が、飲みたいです」

「木の実から造った、俺の酒を飲んでみるか。長く生き過ぎた男の、人生の味がするかもしれん。強い酒は、ない」

「つまらないことを、言われる」

トクトアは立ちあがり、低い声で笑った。

洞穴に、明りが灯《とも》った。獣脂を遣っているらしい、灯台があった。トクトアは、木の容器に満たした酒を持ってきた。

焚火の明りの中で見ると、それは白く濁っていて、かすかに酒の匂いも漂わせていた。

味は、なんとも言えなかった。酔いそうでも、酔えない。そういう酒だ。それぐらいがちょうどいい、とトクトアは考えたのかもしれない。

「戦のことなど、俺はどうでもいいのだが、ひとつだけ知りたい、と思っている。トオリル・カンの最後の戦についてだ」

「それについては、俺はかなりお話しできるかもしれません。この眼で見たわけではないのですが、テムジンがケレイト領を制圧した時に逃げてきた者を、領地の南で捕えました。俺はそれを連れてこさせて、自分で訊問《じんもん》しました。テムジンに奇襲をかけた時も、ジェジェル山にむかった時も、トオリル・カンの馬回りにいた者でした」

「ならば、トオリル・カンの様子も見ているのだな」

アインガは、ケレイト軍がテムジン軍の背後につこうとした時、いきなり攻撃の命令を受けて驚いた、という兵の話からはじめた。

「将校でもなんでもない、ただの兵でした。逆に、戦を肌で感じているところもありましたね」

テムジン軍の武器、武具が放棄されていて、それを喜びながら集めた。ただ、物は放棄されていたが、屍体《したい》はほとんどなかった。それが奇妙だった、と兵は語った。

武器、武具の鹵獲品《ろかくひん》を集めると、大きな山が四つできた。トオリル・カンはそれを二度、見に来たのだという。

「トオリル・カンは、草原の武人だ。闘って奪う。それが戦だったのだ。その旧い戦を、テムジンは狡猾《こうかつ》に利用したのかもしれん」

「次には、アウラガへ進軍という命を、自ら出しています」

「それは、間違いではない。逃げたテムジンも、看過できずに追ってくるであろうし、アウラガを餌に、テムジンを討ついい機会だ」

その進軍の間も、トオリル・カンは馬上で眠っているように見えたり、常になく逸《はや》っているように思えたり、その姿は不動ではなかったようだった、と兵は語った。

ジェジェル山を奪って、そこで腰を据えた。というより、兵も馬も疲れ過ぎていた。

「昔だったら、兵を死なせても、トオリル・カンはアウラガを攻撃しただろうな」

与えられた丸一日の休息がありがたかった、と兵は言った。限界まで駈け、落伍《らくご》した兵も少なくなかったという。指揮しているのはトオリル・カン自身で、セングムは黙って側《そば》につき、アルワン・ネクはいるのかいないのかわからない、と感じるほどだったらしい。

陣を組んだケレイト軍に、すぐさまテムジン軍は襲いかかってきた。その指揮を執っているのがテムジン自身だと知って、その兵にも、軍全体にも動揺が走ったのだという。

「きちんと迎撃の指示を出したのは、トオリル・カンとアルワン・ネクだけだったようです。セングムがうろたえているのを、その兵は見ています。迎撃の指示が出ても、兵馬は疲れ果てていて、応じられるのは半数ほどだったようです。そして迎撃は、あっという間に粉砕されています。テムジン軍の馬が元気だったのです」

それでも、果敢に攻めこんでいく軍がいて、その指揮はアルワン・ネクだった。アルワン・ネクが討たれたところで、ジェジェル山の戦の勝敗は決した、というところがある。

トオリル・カンとセングムの死は、戦の余韻のようなものだった。

「わかったよ、アインガ殿。トオリル・カンは、草原の旧い戦を体現して滅びた。俺には、ジェジェル山の戦が、眼の前で展開したもののように、鮮やかに見えている。まさに、草原の新旧が入れ替った瞬間だった」

「俺も、そう思いますが」

「俺はまた、違う感慨も持っている。トオリル・カンは、戦については考えに考え抜く男だった。それも、人の裏をかくような方法をな。実にいやらしく、友だちにはなりたくない、と思わせるものがあった。それが戦利品に狂喜し、そしてテムジンの本拠を衝こうとした。草原の軍同士なら、勝ったかもしれない。馬を限界まで駈けさせ、休ませる。それが草原の民だ。テムジンは、馬が限界に達すると、新しい馬に替えた。草原の民がやらない方法だ」

「やはり、旧い戦と新しい戦なのですね」

「草原では、ジャムカとテムジンが、その新しさを希求した」

「俺など、ついていけないはずですね」

「あと三年あれば、アインガ殿は追いついていた」

「勝負は、一瞬の話です。トクトア殿、俺はもっと強い酒を飲みたくなりました。革袋がひとつあるのですが」

アインガは立ちあがり、荷の中から革袋を持ってきた。まずトクトアに差し出し、それからアインガは顔を上にむけて飲んだ。胃が灼《や》けた。

「俺は、草原の男の最期を聞いて、なんとなく頷くような気分だ。テムジン軍の兵に両側から持ちあげられたセングムに、無意識にむかったのも、草原の男だ」

「そうですね」

「戦を捨てたいのか、アインガ殿」

「自分を守ること、メルキト族の民を守ること以外の戦は、やりたくありませんよ」

「無理だな、メルキト族だけがそうしようというのは。メルキトもモンゴルもない、そういうことにしようとしているのだろう、テムジンは」

「それが俺にはなんとなくわかって、魅力も感じてしまっているのです。しかし、メルキトの族長という立場もあります」

「テムジンは、話し合える男なのかな」

「わかりません」

「答を求めて、ここへ来たわけではあるまい、アインガ殿。ま、答などありはしないのだが」

「俺は」

アインガは、革袋から酒を呷った。

「微妙な時に、族長を押しつけられた。そんなふうに、酔ってトクトア殿に絡みたかっただけですよ」

「それなら、それでいい」

トクトアが革袋を呷った。

「いつまでいてもいいぞ。気が済むまで、俺に絡んでいろ、アインガ。あいつらも、おまえに馴れて、つきまとうさ」

アインガは、うつむいた。あいつらというのは、ダルドと仔狼のことだ、と思った。

四

天の声が、そうやって聴こえてくるのだ。

天が意思を持ち、民の間にその意思が降り、声となる。誰もが、それに耳を傾ける。いや、自らの声として、それを聴く。

テムジンには、自らの声は聴こえない。

オノン河のほとりで、大会議《クリルタイ》が開かれる。

モンゴル族の長たちが、そこに集まる。

テムジンも、二百の麾下とともに、そこへむかった。生まれ、育った地である。天から、命を授けられた地、と言ってもいい。

どの長も、百名ほどの民を伴っていて、ほかにもただ集まってきた民もいて、オノン河沿いの静かな草原が、数万の民で溢《あふ》れていた。

テムジンが往く。民が割れ、歓声が全身を包む。テムジンは、ただ前を見ていた。

十数名の有力な長が、並んでテムジンを迎えた。ひとりひとりの前に立ち、テムジンは名を呼んだ。名を呼ばれた長たちは、恐懼《きようく》したように拝礼する。

祭壇の前に立った。拝礼し、そして膝をつき、祈った。

なにを、祈るのか。天を崇《あが》めてはきたが、頼ったことはない。運に恵まれた、と思うことはあった。それが、天佑《てんゆう》だというのか。運はただ、自分の小さな命が拾った、めぐりあわせである。

ただ、祈ればいい。天の照覧があるのかどうか。それがわかるわけがないのだ。

天は、もしかすると自らの心の中にある。

祈りに託しているものは、なんなのか。おぼろに、それは見える。夢。違う。与えられた、命の終り。おぼろにしか、見えない。

どれほどの時を、祈り続けていたのか。

立ちあがり、拝礼し、導かれた場所に座る。

大会議は、話し合いを終えれば、あとは儀式だった。眼の前の儀式を、テムジンはただ見つめていた。

やがて終り、テムジンは立ちあがった。

銅鑼《どら》が打たれ、長老が立ちあがり、テムジンをカンに推戴し、チンギスという尊称を贈ることを、告げた。

テムジンは、差し出された銀の杯に満たされた、羊の血を飲み干した。

歓声が、空を揺り動かすようだった。

呪術師が七名、祭壇の前で祈りを捧げる。

呪術師になにかを頼ったことはないが、モンゴル族の歴史を知るということについては、大事な存在だった。

民が、呪術師に頼るのを、禁じたことはない。なにかに縋《すが》らなければ生きていけないような苦難を、時には民は味わうのだ。

呪術師の祈りの中で、座が少しずつ緩んできて、テムジンは長たちの挨拶を受けた。

長の大部分は、かつてはテムジンの敵だった。そんなことも、呪術師の祈りが、過去は泡のようなものだ、と消していく。

テムジンの幕僚で、都合のつく者は来ていた。ボオルチュやカチウンや、十数名の部下たちも来ていた。

カサルやテムゲ、そして息子たちもいる。そこでそれぞれの手を握ったあと、ホエルンのところへ行った。

「母上、輿に乗ってこられたのですね。正しいことでした」

「ボルテ殿が、気を遣ってくれたのです」

「俺は、チンギスという名になりました」

「いい名ですよ。私は聞いた時、躰がふるえました。チンギス・カン。これから、その名がなにを創るのでしょうね」

「俺は、与えられた命を、生きるだけです」

「そうですね。それが創るということだ、と私は思いますよ」

「長たちが、挨拶に来ましたか。かつて敵に回った長たちが」

「それが、人でしょう。私は、彼らを責めようとは思いませんでした」

「母上、ありがとうございます」

「なにを言われる、チンギス殿。私たちは、家族だけで寄り添って、なにか貴重なものを手にしたのですよ」

「俺は、出来の悪い長男ですか」

「そうですね。だけれども、チンギス殿は、モンゴル族の長男になられた。いまは、モンゴル族だけでなく、草原の長男になられようとしている。長男はいつも、家族のことを考えるものですよ」

「出来のいい長男は、ですね」

ホエルンが、笑った。カサルから聞いていたが、ホエルンには前歯がなかった。

テムジンは笑顔から眼をそらし、拝礼して、ボルテがいる方にむかった。

ヤルダムが、立って拝礼した。

「おい、男の再会は、そんな拝礼ではないぞ。来い」

ヤルダムが、頭から突っこんでくる。それを持ちあげ、地に叩きつけた。容赦はしなかった。五度、それを続け、ボルテの方へ行った。

「祖母《ばあ》さまは、ちょっと怒っておられるかな？」

「なにをです？」

「孫を、痛めつけた」

「それでこそ、祖父さまです。つらい思いをしてうつむいた時が、祖母さまの出番ですから」

「なるほど。家族というのは、よくできているものだな」

ボルテが、声をあげて笑った。

ヤルダムはコアジン・ベキの方へ行き、相手にされないので、ボルテの脇に座った。

しばらく、草原の草の生育について話した。コンギラト領の北でも、生育はいいらしい。ブトゥの家では、三千頭の羊を飼っているという。

幕僚たちがいる場へ行った。

五十名ほど来ているので、ボオルチュが焚火のまわりの席を指示していく。そういう人間がいないと、お互いに譲り合ってなかなか決まらない。

テムジンの隣はボオルチュで、反対側の隣がジェルメとクビライ・ノヤンである。めずらしく、黄貴《こうき》、黄文《こうぶん》の兄弟が並んで座っている。はじめて会った時は、顔の区別がつかず、双子とはそういうものかと思ったが、やる仕事が違ってくると、顔もいくらか変る。特に学問所を差配している黄文は、明らかに教師という顔になっているのがわかる。

「南のスブタイ将軍の三千騎は、すぐに編制できたようです」

ボオルチュが、余計なことを言った。ほかの将軍たちに聞かせるために言っているのだ、とテムジンは思った。

スブタイの軍は、南に駐屯である。したがって、志願した兵で構成されている。もともといた二千騎のうち、千八百騎は志願し、千二百騎も旧ケレイト領を中心に、すぐに集まったようだ。

草原の男たちは遊牧をなし、戦の時に武器を携えて集まるというかたちを、長く続けてきた。テムジンがやっていた常備軍の考え方など、全体から見るとわずかなものにすぎない。

三千騎の駐屯軍は、画期的なものだが、第一歩だとテムジンは考えていた。

志願兵を出した家の、税の軽減が確かなものとして行われ、志願兵は飢えや貧困とは無縁でいられる。そういうことで、これからも志願兵を集めるのは、難しいことではなくなりつつある。

陰山の製鉄や、鉄音《ズルフ》の鍛冶に関わる職人も、志願兵と同じ扱いになる。そのすべてを統轄するボオルチュとその部下たちは、身を削るような慌《あわただ》しさの中にいるのだ。

横に長い焚火が作られていた。テムジンの正面にはカサルとテムゲとジョチが並び、その後ろに、チャガタイ、ウゲディ、トルイの三名が並ぶ。

火を囲む輪は三重になっていて、ボオルチュの性格では、最後のひとりの座る場所まで指示したはずだ。

陽が傾きはじめていた。

方々の焚火で、羊肉が煮られているようだ。

祭壇での呪術師の祈りはまだ続いているが、それを気にしている者は、もうあまりいない。

テムジンは、立ちあがった。

座が、しんとした。全員の顔を、ゆっくりと見渡した。

「ここは、オノン河の源に近い地だ。俺はここで生を受け、育った。思いは深いが、いまそれを語ることはやめよう。俺が育つ間、モンゴル族は、キャト氏、タイチウト氏、ジャンダラン氏などに分かれていた」

それを父のイェスゲイが統一しかかり、悲運に倒れた。それから時を置いてテムジンは起《た》ち、徐々に力をのばし、やがてモンゴル族統一も果した。

「モンゴル族も、もうない。草原の民だ。かつて、タタル族がいたが、それもない。草原の民だ。ケレイト王国があったが、もうない。草原の民だ。このテムジンの下にいるかぎり、すべて草原の民で、なんの違いもない。モンゴル国という名は、俺がそこの出身だから、ついただけのことだ。やがて、あたり前のことになるが、いまはおまえたちが、それを心せよ」

テムジンは、もう一度、ゆっくりと全員を見渡した。

「新しいことが、はじまる。俺は今日、チンギスという名になった」

ボオルチュが立ちあがった。それに続くように、全員が立ちあがった。声をあげる者も、手を叩く者もいない。

「チンギスという名で生きる。みんな、よろしく頼む。テムジンもチンギスも、同じ人間と言えばそうだが、チンギスではじめられることがある、と俺は思っている。みんなの力が、必要になる」

テムジンは、頭を下げ、しばらくじっとしていた。

「さて、宴《うたげ》をはじめようか」

ボオルチュの声で、張りつめた空気が緩んだ。腰を降ろす。涙を拭《ぬぐ》いながら腰を降ろす部下たちを見つめることはなく、テムジンはぼんやりと炎に眼をむけた。

酒が回ってきた。煮た羊肉も、テムジンの前に置かれ、テムジンがひとつ取ると、ボオルチュが手を出し、ほかの者も続きはじめた。

ほかのところの輪は賑《にぎ》やかだが、ここは言葉少なで、笑顔もなかった。

四刻ほどで、宴は終った。

テムジンは、自分のために張られた幕舎に入った。すぐに、ボオルチュがやってくる。

「早いな」

「あまりさまざまなことをお考えになる前に、チンギス・カンになっていただこうと思いましてね」

「そうか。俺は考えこむ男か」

「それが大事な時もあれば、無用の時もあります。私など、考え過ぎて眠れぬ夜があるのですが、翌日は判断力が鈍りますね」

「おまえが、眠れないだと、ボオルチュ」

「眠れないのは、ひとり殿ばかりではありません。考え過ぎると、私も眠れないのです」

「では、なにも考えていない、ということだな」

「昔、私が眠ってばかりいたころのことを、殿はあげつらっておられる」

「忘れないさ。眠らずに俺を守るからと言いながら、先に眠った。出会ったばかりのころだぞ。第一、守るなどとよく言えたものだ、と思うよ」

「守ると言ったのではなく、見張ると言ったのです。私はあの時、殿について砂漠を越えたことを、時々後悔したりします。二人で砂漠を越えることで、切っても切れない仲になってしまったのですから」

「なにをやるにも、おまえは足手まといだった。なぜ捨ててこなかったのか、大同府でもよく後悔したものさ」

「お互いに、後悔ばかりですね」

テムジンは、敷かれた不織布《フエルト》に横たわった。

ボオルチュも、横たわる。

「なんだ、おまえは？」

「どちらが先に眠ってしまうか、確かめようと思いましてね」

「どちらが先に死ぬか、という恰好だな、これは」

「私が、先に死にます。殿は、私に冷たくしたことを、ひとりで悔むのですよ」

幕舎の中には、明りがひとつ入れてあった。油を燃やす、灯台である。獣脂を遣うと、じりじりと音がするが、無音に近かった。

木や花などからも、油が採れる。テムジンはそれを知識として知っていたが、どんなものをどうやって油にするのかは、知らなかった。

ボオルチュなら知っているはずだが、訊かなかった。

「殿、地平は遠かったですね」

「なんの話だ」

「殿の、行先の話ですよ。私はいつも、殿が進まれる方向に、地平を見ていました。あそこまで行けば、終るのだというふうに」

「そして俺はおまえが言う地平に到達し、チンギスとなった、ということか」

「ならば、楽なのですがね。地平というやつは、どこまで行っても地平なのですね。俺がはじめに見た地平など、とうの昔に通り過ぎていて、それから何度越えたか、数えきれないほどです」

「ならば、地平など見るなよ、ボオルチュ」

「ですよね。ほんとにそう思うのですが、性分というのですかね、見えてしまったものに、眼をつぶることができないのですよ」

「地平を見る一生か。つらいのか、ちょっとおかしいのか、俺にはわからん」

「どちらでもありません。多分、愚かなのだと思います」

「おまえに愚かなことをさせている俺は、もっと愚かか」

「私は、勝手に愚かなのですよ、殿」

ボオルチュが、大同府にいたころの話をはじめた。二人きりの時、ボオルチュはあのころを語るのが好きだ。テムジンも、それを聞くのが好きだった。

一刻ほど、相槌《あいづち》を打ちながら聞いていると、ボオルチュの口調が怪しくなってきた。この話題の中にいることが、ボオルチュにとっては、なによりも安息なのだ。

寝息をたて、ボオルチュは眠りはじめた。

蹴りつけて起こすことはせず、テムジンは幕舎を出た。

並んだ幕舎の入口には、さまざまな色のついた布が出されていて、テムジンはそれを見ながら歩いた。哨戒《しょうかい》の兵がテムジンの姿を認めて硬直するが、テムジンは手で制して歩き続けた。

ジョチの幕舎があった。中には、まだ明りがある。

「入るぞ」

言って、テムジンは幕舎に入った。

兄弟が、四人でいた。ジョチがなにか言おうとするのを、テムジンは手で制した。

「俺の寝る場所を作れるか？」

「はい。俺たちは起きていますので、躰をのばしてお休みください」

「少々狭苦しいが、五人並んで寝られるだろう。五人で眠ることが、俺の希望だ。おまえたちも、寝ろ」

テムジンは中央に横たわり、言った。

ジョチが、手だけで指示を出した。

右隣が、ジョチとトルイ、左隣がチャガタイとウゲディだった。幕舎の中が、人いきれでいっぱいになった。

「おまえらの、祖父さまが、俺に言ったことだ。俺はまだ幼くて、憶えていることは少ないのだが、これだけははっきり憶えている」

息子たちが、どういう顔で話を聞いているのか、見えない。四人とも迷惑がっているのかもしれない、とテムジンは思った。

「ひとりで強いだけでは駄目だ。強い軍を作れ」

確かに、イェスゲイはそう言った。コンギラト族の地へ、嫁になる女を捜しに行く旅でのことだ。

「そのころ俺は、男は強ければいい、と思っていた。祖父さまの言葉の意味がわかったのは、テムジン軍を作ろうとした時だ」

はい、とジョチが小さな声を出した。ほかの三人も、頷いたような気配がある。

息子たちと、話をしたことがあっただろうか、とテムジンはふと思った。ジョチとは、話した憶えがある。まだ歩けないほど幼いころ、営地へ行くと、仔犬をかわいがるように扱っていた。

トルイとも、わずかだが、喋ったことがある。

二男のチャガタイ、三男のウゲディは、生まれた時のことは憶えているが、あとはなにも知らない。気づくと、いつの間にか育って大きくなった、という感じしかなかった。二人が育つころ、テムジンはぎりぎりのところで闘っていた。

「今日の大会議を、おまえたちはただ見物するだけだったな。それでも、モンゴル族の長老の顔など、見ることができただろう」

はい、とジョチがまた言った。

長老とはなにか、ということについてテムジンは語りはじめた。

「老いていることは、敬うべきである。長く生きてきたので、智恵もある。人としては、それで充分なのだ。その上で、部族のありようや将来について考えられる老人を、長老と呼んだ」

喋りはじめると、止まらなくなった。

「大会議は、モンゴル族の中ではいまだ権威があるとされているが、もう大きな決定をすることは難しいだろう。氏族が対立する歴史があったからな。もっと大きな力で、ものごとを決定しなければならなくなっている」

喋りながら、テムジンはふっと眠気を覚えた。こんな状態で眠れるはずがない、と思った。しかし、いつの間にか、眠っていたようだ。

外が、明るくなっていた。テムジンが身を起こすと、四人とも跳ねるように立ちあがった。

「すまんな。おまえたちから、眠りを貰ったようだ。俺だけが、気持よく眠ってしまったのだな」

外に出た。

歩きはじめると、四人が直立して見送った。

テムジンの幕舎は、ほかのものの二倍はあった。

「ボオルチュ様が、走り回っておられます」

「放っておけ」

眼醒めたら、自分ひとりしかいなかった。それで慌てふためいているのだ。その間の抜けたところは、昔から変らない。

「殿」

汗をかき、息を乱したボオルチュが、駈け寄ってきた。

「おまえが気持よさそうに眠っていたので、起こさないように外に出たのだ」

ボオルチュは座りこんでいる。嘘《うそ》ではない、とテムジンは思った。

五

陰山とアウラガ府を結ぶ道は、通るたびにどこか変っていた。

つまり充実しているということだが、ボオルチュは旅に苦労がなくなって、そこが一番ありがたかった。

陰山とアウラガ府を、今年になってもう二度も往復していた。砂漠が難所だが、そこをゆっくり進むことも、駈け抜けることもできて、旅は苦にならない。

砂嵐などで、景色はしばしば変った。なにがなされているのか、道だけは変らない。大きな泉があるところでは、集落ができていて、泊るための設備もあった。

駅は道の途中に五つあり、そこで馬を替えることができた。

大会議《クリルタイ》が終ってふた月が経ち、ボオルチュが陰山にむかうのは、三度目ということになった。

陰山には、部下が三十名いて、地域の施政は本格的にはじまっている。すでにボオルチュをあまり必要としていないが、気になることがひとつあり、冬になる前にはっきりとさせておきたかった。

供は、従者が三名、警固の兵が十騎である。アウラガ府では、みんなが少な過ぎると言ったが、カサルに頼んで、精強な兵をつけて貰った。

スブタイは、陰山の麓に、五百騎を駐留させていた。陰山の北側一帯を哨戒する部隊で、鳩も運ばれてきている。

ボオルチュはそこも素通りし、スブタイの城砦にも寄らず、鉱山がある集落の酒場に行った。

「どこの意を受けているか、わかったか、ヤク」

「どこの意も受けていない、といまの段階では言うしかないのですよ」

集落百二十戸。それが、スブタイの支配に従っているようで、従っていない。露骨にそれを示せば、軍で押し潰せばいいのだが、こちらの命令も、半分従って半分受け流してしまうという巧妙な方法で、だいぶあとになって半分受け流されていることがわかったりするのだ。

扱いは、難しかった。百二十戸で六百名ほどの、民の集団なのである。

それがなぜ、微妙に反抗的な態度をとるのか。どこかの意を受けていないとすると、目的はなんなのか。

「チンカイ、という若い男だな」

「長がいたのですが、どうやら拘禁されているようで、潜入しても姿は見えません」

「潜入は、できているのだな」

「チンカイは、どうやらそれにも気づいているようで、民はあくまで普通に暮らしているだけです」

「やはり、ダイル殿の仕事ではなく、私の仕事だな、これは」

「どういうかたちで、行く気です」

「アウラガ府から、きれいにまとまった集落を見物に来た。実際、見物するさ。伴うのは、従者一名にしよう」

酒場は、いかにも酒場らしく見え、強い酒を水で割って出す。一杯の値は安いもので、仕事を終えた坑夫たちが、よく二、三杯飲んでいくのだという。

ここが、情報を集める場所のひとつになっているが、チンカイを知る者はいないという。もとからの集落の人間ではなく、外から来たという可能性が大きい。ならば、なんの目的なのか。

ボオルチュは、従者をひとり連れ、集落へむかった。警固の兵十騎は、半里の距離を置いてついてくる。

残った二人の従者は、ボオルチュの部下が仕事をしている営舎で、命じられたものの点検をする。

五十里ほどを駈けた。

集落は、ごく普通の様子で、二騎で入っていっても、特に警戒されてはいないようだった。

集会所のような建物があり、ボオルチュは無断でそこへ入り、腰を落ちつけた。

四半刻待った。十名ほどがやってきたが、別に殺気立ってはいなかった。

若い男が、進み出てくる。

「御用件を、お伺いします」

「別にない」

「近くに、警固の兵らしき十騎がいます。ただ者ではないだろう、と村のみんなは言っております」

「長か？」

「いえ。長は、病で臥《ふせ》っております。もうずいぶん長いのです。俺は、長と話しながら、いろいろなことを決めております」

「なるほど。私はボオルチュという。名は？」

「チンカイです。金国にいたころは、鎮海と中華名で動いていました」

「この集落には、問題がある。それを是正しようか、と思っている」

「どういう問題か、詳しく教えていただけないでしょうか。いつ、どこで、どういう不正があったのか？」

「常に、ここで、村人がいることが」

「それが、不正だと言われるのですか？」

「つまり、不正などいくらでも作ることができる、と教えている」

「理不尽な」

「力だからな。それ自体が理不尽なのだ」

「そうですね。力で、この村を殲滅させてしまうかもしれないと、村人は恐れております」

「大事な民だ。そんなことをすると、チンギス・カンに申し訳が立たない」

「あなたは、チンギス・カンの第一の側近と言われる、ボオルチュ様ですか？」

「そうだよ」

「ボオルチュ様の理不尽は、チンギス・カンの理不尽ですよね」

肚は据っているようだ。頭も回りそうだ。そういう男が、この村で反抗に似たことを指導している。十名の顔ぶれを見ても、若い者が年寄を押しのけている、という恰好なのだろう。

「チンカイ、面白いか？」

「なにがです？」

「村人を人質に取って、権力とやり合ってみるのがだ」

「なんということを言われる。俺は、反抗などという気分はありませんし、実際に反抗もしていません」

「それについては、自分が最もよく知っているだろう、チンカイ。姑息《こそく》な反抗しかしていない。だから目立ちもせず、咎《とが》められもしない。そして、軍でこの集落を押し潰すことは、ほかの民の眼があるので、できはしない。そう読んでもいる」

「たとえそうだとしても、俺はなんのためにやっているのですか？」

「なんのためでもない。自分を持て余しているだけだ」

「俺は、大した男ではありませんよ」

「大した男だなどと言ってはいない。自分を持て余し、世に受け入れられない恨みを抱き、大きく反抗する気力も胆力もなく、民に紛れこんで、ちょっとした悪戯《いたずら》をしてみる。小さな虫のような男ではないか」

「なんとでも言ってください」

「なにも言わないよ。この村を、誰も制御できないということが、私には信じられない。おまえを、この地から追放する。そしてこの村の民は、塗炭の苦しみの中に落ちることになる」

「塗炭の苦しみとは」

「この村の税を、すべて見直すのだ。運送の業についている者が多いそうだな。村の民は移動を禁じ、税はこれまでの数倍になる」

「そんなことを、この周辺の民が許すものか。ほんとうの叛乱が起きる」

「起きるわけがあるまい。税が苛酷なのは、この村だけだ。なにかあったのだろう、と人は考える。税を取られる、それなりの理由がある、と思うだろうな」

チンカイは、しばらく考える表情をしていた。時々、唇を嚙んでいる。

「もういい。これ以上の問答は無駄だ。私はおまえに、理不尽この上ない力を行使する。おまえが、なぜ得意になっていられたか、わかるか。誰も、力を行使しようとせず、話し合いでなんとかしようとしたからだ。その意味で、おまえよりずっと良質な連中であった。私は、酷薄だよ。この村の民を、絶望の中に突き落としながら、死なせぬ」

「税で苦しめるなど、卑怯《ひきょう》千万ではないか」

チンカイの心の中には、民を大事にしたいという思いはあるようだ。ただ、歪《ゆが》んでいる。この男がどれほどのものか、ボオルチュの部下を論破し続けた、ということひとつをとっても、見当はつく。

「俺を追放するのは、いいさ。追放すればいい。村民には、なんの重圧もかけないでいただきたい。それが、大人しく追放される条件です。村民にはなんの関係もなく、俺ひとりがいなくなる。それでいいのでしょう?」

「虫がいい男だな、チンカイ。おまえがいようといまいと、この村にかかる税は、これまでの数倍になる。それも、きちんとした理由がついてだ」

ボオルチュは笑った。こういう男は、よくいる。しかし、現実に村民を巻きこんで、ひそかな反抗をするなどという変り者は、まずいない。

「軽率にやりすぎたな、チンカイ。その結果がこれだと言ったところで、おまえにはそれを見ることはできん。私を警固してきた者たちに、砂漠まで送らせよう」

チンカイが、躰をふるわせた。うろたえはじめたが、ボオルチュはチンカイの方をむかなかった。

「待ってくれ。俺は追放でなく、死罪になってもいい。村民は、見逃してくれ」

「新しくここを統治する者が、どこまで大目に見るか、などと試していいのか。才気に任せてやるにしては、ちょっとばかりかわいげがなかった」

「あんたは、権力を剝き出しにしただけだ。これまで来ていた若い連中の方が、ずっと誠実だった。俺は、追放されない。追放を拒んで、ここで首を打たれてやる。そして死後も、あんたやチンギス・カンを呪ってやる」

「おいチンカイ。そこまでだな。おまえは声どころか、躰までふるえさせている。小心者の証しだ。たやすく死ねるとは思うなよ。この村の民が、考えられないほどの苦しみに陥る姿を見てから、自分がやったことを深く後悔しながら、死んでいくのだ」

「どこまでも、むごいな、あんたは」

「とにかく、おまえは私と来い。この村に戻ることは、もうない。別れをしたい者がいたら、許そう。ただし、長い話はさせんよ」

従者が、十騎の兵に合図を送った。

騎乗のまま、十騎は集落に入ってきた。それだけで、相当の威圧感がある。チンカイとともに来た十名ほども、うなだれて村の民の方へ戻った。

「さあて、チンカイ。死出の旅に出よう。見送る者もいないようだから、別れは必要ないな」

ボオルチュは、馬に乗った。

チンカイは両手は縛られず、腰縄をつけた状態で、自分の脚で進んだ。

躰が軟弱ではないことは、歩く姿を見てわかった。底の底に突き落とされれば、持ちあがってくる気力もあるらしい。

半日歩いて、ダイルの酒場に戻ってきた。

スブタイの城砦は遠くないが、ボオルチュはまだそこへ行っていなかった。

酒場の建物の外には、幕舎が三つ並んでいて、ボオルチュ用と従者用、そして十名の兵が交替で眠るところである。

従者二名は、ボオルチュが命じたことを果すために駈け回っていて、戻るのは明日の夕刻だろう。集落にも、従者をひとり残してきている。

酒場の卓に座ると、ボオルチュは揚げた山菜と、小鳥を焼いたもので、酒を飲みはじめた。

ダイルがそばへ来て、同じものを運ばせる。

「遣いものになりそうか、ボオルチュ」

「確かなことは言えませんが、私の意見では、よく追放せずに残しておいてくれた、と思います。場所を与えられず、鬱々《うつうつ》としている若者ですよ。なまじ能力があり過ぎて、逼塞することさえできなかった、というところでしょう」

「才気で先走りした、ということか」

「才気もそこそこですが、人を集めまとめる力があります。人々の中に食いこんでいく才は、捨て難いものですよ」

「人はできるだけ残すというのが、殿のお考えであるしな」

「人とは、職人たちだけではありません。ダイル殿は、いいところに眼をつけてくだされた、と思います。私はあの男を、思い切った遣い方をしてみようと、考えているところですよ」

「まあ、ここから厄介払いができるようだな。ほかの集落にまで、影響を与えはじめていたのだ」

「今年に入って、三度目の旅ですが、来た甲斐はあった、と思います。いま、チンカイは連れてこられますので、ダイル殿も御覧になればいい」

言っている時、チンカイが連れてこられた。

揚げた山菜と小鳥で、さらにいくらか酒を飲み、ボオルチュとダイルはチンカイの卓に移った。

「チンカイ、おまえに五名の部下を与えよう。それをうまく遣って、アウラガ府の西に拠点をひとつ作ってみろ。駅ではなく、拠点だ。大工事になりそうだったら、別の部隊が行く。おまえの仕事は、斥候というか、瀬踏みというか、要するに城砦になる場所を捜し、細かい計画を提出することだ」

「なにを言っているのだ。俺をどう扱おうと勝手だが、意味のない言葉など、聞きたくない」

「大きなことが、考えられない男だな、ボオルチュ」

「そうなのです。つまり、その辺に放し飼いにしておいて、心配のない男ですよ」

ダイルが笑い、チンカイの方へ上体を乗り出した。

「おまえ、ボオルチュに見込まれてしまったようだな。これから、難儀な人生だな。俺は同情するぞ」

「もう一度、頼む。村民を苦しみに追いこむことなど、やめてくれ」

「おまえ、まだ事態が呑みこめないのか。そして、自分以外の人間のことを考えるのか。ボオルチュの部下には、最適かもしれん。心を掻き回しに行ったボオルチュに、ものの見事に掻き回されたのだからな。いいか、ボオルチュには、おまえを罰する気など、最初からなかった。見きわめたいものがあって、それは見きわめたのだろうよ。いいか、ボオルチュは、チンギス・カンのそばにいる男だぞ。おまえのようなやつを罰するために、わざわざ出てくるわけもないだろう」

おかしそうに言うと、ダイルは酒を注ぎ飲みはじめた。チンカイは、横をむいたまま、眼を閉じている。

「酒でも飲めば、いまの自分の状態をわかろうという気が起きてくるかな。だったら、飲むか?」

チンカイは、まだ横をむいている。

すべてを理解させるのに、二、三刻はかかりそうだ、とボオルチュは思った。

二日後、ボオルチュは十騎の警固だけを連れて、陰山軍の本営にむかった。三人の従者は、与えられた任務をこなすために、駈け回っている。

陰山軍本営は、ほかのところと較べて、緊張感に満ちていた。指揮官のスブタイが、自軍が置かれた情況をよく理解しているからだ。

西夏軍の攻撃があれば、鉱山地帯への侵入を許さず、撃退しなければならない。

金国軍が、陰山に関しては同盟の範囲外だということで、西夏軍と協力して圧力をかけてくることも考えられる。

金国と西夏は、歴史的に不仲な国同士だが、共通の敵がいれば手を結ぶ。

いまは同盟中の金国が、いつチンギス・カンが敵である、と考えを変えるかだった。かつてダイルが築いた城砦のあたりでは、しばしば金国軍との悶着《もんちやく》が起きている。

金国から追われた賊徒などが、北の砂漠へ逃げ城砦を頼ることが、しばしばあったのだ。城砦に入れはしないが、北へ逃げるのを黙認するぐらいのことはやる。

「あと三年かそこらだと、私は思う。その間、いまの三千騎の兵力で、耐えて貰わなければならない」

「三年、ですか」

「おまえには苦労をかけている、と殿も思っておられる」

「俺は、アウラガの本営にいて、殿といつも会えるということがないのが、つらいだけですよ」

「領地は、広大になった。私の、どんな想像をも超えている。もう、想像はするまいと思うよ。領地の各地には、殿のそばにいた将軍たちが送りこまれている。それは、領内だから納得しやすいのだが、遠い領外も、殿は見ておられるようだ」

「カサル殿のことですね」

わずか十数騎だけを率いて、西へ行った。どこでなにをしたか、知らされていない。三兄弟の中では、なにか同意があるのかもしれなかった。

「どのような主君に仕えているのだろう、と俺はよく考えます」

「私は、もうそれすらも考えないな。喘ぐように、駈け続けている。いずれ、どこかで倒れてしまうのだろうな」

「ボオルチュ殿は、駈けることを楽しんでおられる、というふうに見えますよ」

「損な性格なのだな」

この城砦は、東にダイルが築いた城砦の数倍はあった。いま駐屯している兵は半分の千五百騎ほどで、残りの半分は、陰山の各地で、小さな砦を作っている。

「陽山寨《ようさんさい》か。いい名だよ」

「せめて、名だけでも明るく。ここが暗い土地というわけではないのですが」

「三年だ、スブタイ」

それぐらいで、チンギスは金国に対する態度を決めるはずだ。

この陽山寨が、不要になるような決定とは、ボオルチュには思えなかった。

爪牙《そうが》のみ

一

急がなければならない理由は、前方から迫っている黒い雲だけだった。

前方に、土漠《どばく》の中の木立が見えた。そういうところには湧水《わきみず》があり、集落がある。ジャカ・ガンボはちょっと馬腹を蹴って、木立にむかって駈けた。旅の途中で手に入れた荷駄を曳いている。それには幕舎なども積んであったが、遣うのは周囲に人家などが見えないところだ。

子供が数人、岩のまわりで遊んでいた。

まずは安全な集落だろう、とジャカ・ガンボは思った。

流浪をはじめて気づいたことだが、自分は思った以上に用心深かった。人を、心の底から信用もしなかった。それで身が守れたことなど、二年余の流浪で、一度もなかった。

それでも、ジャカ・ガンボは、相手を測った。それはもう、習性のようになっていて、笑いながら懐《ふところ》に刃物を呑んでいるようなものだ、と自嘲する気分もあった。

木立が近づくと、家の屋根が見えた。

このあたりでは、遊牧の民はいないわけではないが少なく、農耕をなしている者が多かった。収穫した物は、近隣の市場へ運べば売れる。そしてそこで、さまざまなものを購《あがな》うこともできる。

木立の中に路《みち》があり、そこは馬で進んでも、枝が顔に当たらないようにしてあったが、ジャカ・ガンボは下馬して馬を曳いた。

「長の家は？」

最初に会った老人に、ジャカ・ガンボは訊いた。老人は、ちょっと眼をくれ、池の水際にある、大きな家を指さした。

礼を言い、ジャカ・ガンボはそこまで歩いた。それまでに、家は十数軒あって、女たちの姿も見えた。水際がいい土地で、離れているほど貧しいという感じだ。

長の家に訪《おとな》いを入れると、少年がひとり出てきた。

「旅の者だ。この村のどこかに、泊めて貰いたいと思っている」

「はい、お待ちください」

それから初老の男が出てきて、ここに泊るといい、と言った。厩に遣われている小屋もあったが、馬はいなかった。

そこで馬の鞍を降ろし、馬体の手入れをした。荷駄も、同じようにしてやる。

「ほう、草原の方から来られたか」

覗《のぞ》きにきた初老の男が言った。遊牧の民の馬の扱い方は、身についてしまったものだ。

「かつて、ケレイトと呼ばれた地から」

「ほう。あのあたりは、すべてモンゴルという国になったそうですな」

「チンギス・カンが、戦で平定したのです」

「ここは、西域《さいいき》への道から、いくらかはずれておりまして、旅の人が寄ることはあまりない村なのですよ」

大きな道からは、できるだけはずれるように進んできた。たまには、岩陰で二、三日過ごしたりする。

テムジンの軍営から解放され、一旦は西にむかったが、それから南下し、西夏に入った。半年ほど、西夏の田舎で暮らした。特に目的があったわけではなく、中興府にも近づかなかった。

ただ、山中を歩き回り、青や赤の貴石と呼ばれるものを買った。それほど高価ではなく、革袋が子供の頭ほどに膨れたものが、荷の中に入っている。

なぜ貴石を買ったのか、と時々思う。商いのようなことが、できると思ったのか。気紛《きまぐ》れで、儲けることができるのか。

馬にくくりつけられた荷の中に、砂金の包みが二つと、銀が十粒あるのに気づいたのは、出発して四日経ったころだ。テムジンの陣営で、馬とともに与えられていた。

もともと持っていたものではなく、テムジンの気遣いなのかもわからなかった。

それを遣ってしまいたかったのか。しかし、貴石は銀二粒ほどの値だった。

荷駄にする馬を買い、旅をするのに欲しいと思うものを整えたが、それでも銀ひと粒で銭の釣りがきた。

「宿賃は、どれほど払えばいいのですか?」

「おやおや、ここは宿ではありません。私の家にお泊めするだけですので、客人というわけです」

「ささやかなことしかできませんが、礼はさせてください」

「律儀なお方ですな。それでは、私のお願いを聞いていただけますか、思いついたら」

「なんなりと。その場で応えられるかどうかは、わかりませんが」

村長は、ジランという名だった。ジャカ・ガンボは名だけ伝えた。

ジランの家は、相当大きく、部屋がいくつもあった。

ジャカ・ガンボは、池に面した部屋に案内された。寝台があり、椅子と卓があり、壁には飾りがあった。客を泊めるために、こういう部屋をいくつも設けているとも思えた。

ただ、ほかの客の気配はない。

西夏を出てから、西へむかった。西遼《せいりょう》であり、そこでもひと月ふた月と、小さな集落に滞留した。

剣は佩《は》いていたし、身のこなしなどがそうだと思わせるのか、旅の武術家と思われることが多かった。

青年たちに武術を教え、半年その地に滞留したこともある。ジャカ・ガンボを慕いはじめる青年たちが出てきたので、その地を離れた。

ジャカ・ガンボは漠然と流浪ということを考えていたが、それは意外に難しいことだった。誰とも接しないというのなら別だが、人と関わると、その地にしばらく留まるきっかけが、いくつもあったのだ。

池のほとりは、歩けるようになっていた。

ジャカ・ガンボは、池を一周する小径《こみち》を歩いてみた。小径の両側の草は、きれいに刈り取られている。ところどころに石が敷かれていて、濡れていてもぬかるみにはまることはなさそうだった。

きれいな池だった。一周するのに、四半刻もかからなかった。水は小川となって流れ出しているが、どこからも流入している気配はない。池の底に泉があり、そこに水が湧き出しているのだろう。

建物の脇の東屋に、ジランが腰を降ろしていた。少女がそばにちょこんと座り、紙になにか書いている。筆ではなく、硬いもので書いているように見えた。

「孫ですよ、ジャカ・ガンボ殿。父親は楡柳館《ゆりゆうかん》というところの事務官をしていて、半年に一度しかここへ戻りません。母親は食堂の差配や、女たちの統轄をしていて、しばしば耕地にも出かけていくのです」

「それで、ジラン殿が面倒を見ておられるのですな」

「たまりませんな。男の子がいて、それは学問所に通い、夕刻に戻って参ります。この子は、学問所に入るための準備をしているわけで、字などは教えられるのですが、計算となると、とても」

女子《おなご》も、学問所に行くのだろう。

ケレイト王国に学問所はなかった。学問というものを草原に持ちこんだのはテムジンで、アウラガに学問所を作った。なにを教えているか、知らない。

養方所や薬方所もあり、ちょっとした病を治したり、怪我の手当てをしたりで、その話はケレイト王国にもしばしば伝わってきた。

雨が降りはじめた。

ジャカ・ガンボが西の空を見て予測したより、かなり遅い雨だった。

もともと予測したのは砂嵐だったが、山なみをひとつ越えると、砂嵐はなくなったようだ。

「しかしこの地は、のどかですね。俺は空を見て、砂嵐を予測したのですが、雨だった。どうやら、ここより西に、砂漠はないのですね。賊徒の噂も聞かず、襲われた痕跡もありませんでした」

「このあたりは、村と村の結びつきが強く、百や二百の賊徒なら打ち払ってしまいます。それに、街道を守る軍もいて、私が知るかぎり、この十年、賊徒の姿はありません」

下女が母屋に姿を現わし、声をかけてきた。

ジランが頷くと、少女は書きかけの紙を残して、駈け出していった。東屋から母屋へは屋根のある回廊があり、ほとんど濡れることなく行ける。

「兄も戻ってきたのでしょう。食事の時に、お目にかかります、ジャカ・ガンボ殿」

残された紙を折って懐に収《しま》いながら、ジランが言った。そして母屋の方へ歩いていく。

ジャカ・ガンボは、東屋の石造りの椅子に腰かけ、しばらく雨を眺めていた。

部屋に、下女が声をかけてきた。

泊めて貰うだけでいいと思っていたが、思わぬ世話をかけそうだった。

食堂と呼ばれる建物は、母屋とは離れていて、屋根のある廊下で繋がっていた。

長い卓に着いているのは、男が六人と女が十数人だった。一番端でジランが手招きをしているので、そちらへ行った。

「賑やかですね。村人は、みんなここで食事ですか」

長い卓がもうひとつ作られていて、そちらには子供が二十人ほどいる。

「ここにいるのは、夕刻まで働いている者たちです。男は力仕事で、女は畠の仕事と、収穫した野菜などを籠《かご》に詰める仕事をしています。籠は、明日、男たちが市場に運びます」

泊めた客には、みんな同じような説明をしているのだろう。ジランの口調に淀みはなかった。

ジランの隣に、多分、孫だと思える少年と少女がいた。

その隣に、いくらか年嵩《としかさ》の、不機嫌な表情をした少年がいた。眼が合った。なにかが、ジャカ・ガンボの気持の中を駈け抜けた。見つめ合ったまま、少年は表情を変えず、しばらくして眼をそらした。

「大したものはお出しできないのですが、野菜は畠で育ったものです」

「流浪の身にとっては、贅沢すぎる食事です。旅人を、みんなこんなふうに迎えているのですか？」

「ほかの土地の話が聞けますし、どうせ余るほど作っている食事ですから」

「豊かなのですね。草原と較べると、土地そのものが肥沃なのかもしれない」

「草原は、草を育むのではありませんか。その草が、思いがけないほどの羊を生かしている。それも肥沃ということです」

草原が貧しいと感じたことは、一度もなかった。流浪をはじめ、草原以外のさまざまな土地で日々を送ってきたが、時には草原の豊かさが、懐かしくなったりもした。

トオリル・カンの弟で、わが身を守るために、懸命に生きた。弟であろうが従弟であろうが、気持にひっかかった人間を、トオリル・カンはすべて殺してきた。

その緊張の中で、草原の豊かさに眼をむける余裕はなかった。

また、少年と眼が合った。
十一、二歳のころの自分。兄に殺されるのを恐れながら、殺されてもいいと、どこかで開き直った日々。
結果として、兄のトオリル・カンは、ジャカ・ガンボの父親代りをやってくれた。それでも、殺されるかどうか、紙一重のところにいる日々で、それが自分から表情さえも奪った。

そのトオリル・カンも、テムジン軍に殺された。呪縛からは名実ともに逃れたはずだが、しばしば少年のころのことが浮かんできてしまう。自分で、自分を呪縛しているということなのか。

「ああ、これはタュビアンと申しまして、もう三月も私のところの食客をしております」

「三月」

「河のそばに倒れていたのを、農耕をしていた女たちが見つけ、自分たちが寝泊りする小屋で手当てをし、それからここへ連れてきたのです」

「そうなのですか」

細かいことを訊くのは、タュビアンという少年に対して失礼だという気がする。

「タュビアンは、どうもキルギス族から出たようですが、それ以上のことは本人も知りません。ここに三月もいるのは、私が無理に引き止めているようなものなのです。出て行って死ぬことが、眼に見えていますので」

タュビアンが、運ばれてきた料理に眼を落とした。肉と野菜を煮つけたものが、ひと皿。硬い饅頭《マントウ》のようなかたちをしたもの。これは似たようなものがずっと出されたが、場所によって呼び名が違い、ここではナンと呼ばれているようだった。

大鍋で煮られた肉と野菜は、いい味をしていた。ナンは硬いが、嚙めないほどではなく、嚙んでいると口の中で溶けて甘くなる。

食事は子供たちが早く、一斉に食いはじめると、食堂の中は静かになった。大人たちは、無言というわけではないが慎《つつま》しやかで、食器の音もあまりさせなかった。

「楡柳館というのは、どこですか？」

「ずっと西です。巨大な湖のそばにあって、ここからでは馬で十日の行程です。だから息子も、頻繁に戻ってくる、というわけにはいかないのですよ」

「天山山系のむこう側、ということになりますね」

「楡柳館は、東西の交易の、大中継点と言われています。その複雑な役割については、息子に訊かなければならないのですが」

「ここの男の人たちが、楡柳館で働いているわけではないのですね」

「息子だけですよ。この村の男は、畠を拓《ひら》く仕事をしたり、街道で働いたりしています。街道で、輸送に関わる者が、一番多いかな。街道へ行くと、西へむかおうが東であろうが、どちらでもいいのですが、五日間、輸送隊につきます。帰りも同じで、十日働くと、村に戻ってくるのです。差配する人がいて、適当な輸送隊の仕事をくれるのです」

「なるほど。村の成り立ちが、なんとなくわかってきました。街道の輸送があるかぎり、この村は安泰ですね」

「そう思ってばかりはいられません。戦があると、輸送が止まりますしね。河の近辺で畠を耕すのが、案外、最も確かなことなのかもしれないのです」

タユビアンが、ジャカ・ガンボを見ていた。眼が合うと、下をむく。

ジャカ・ガンボは、皿の肉に食らいついた。煮こんで、やわらかくなった肉だ。それでもジランはほとんど口をつけず、野菜が少し減っているだけだった。

食い終えた子供たちが、外へ飛び出していく。いつの間にか、雨があがっていることに、ジャカ・ガンボは気づいた。ジランの孫二人も、食い終えると外に飛び出した。

陽が傾いているので、すぐに暗くなるだろう。

「一番星を、誰が見つけるか競っているのですよ」

「さっきまで、雨でしたが」

「ジャカ・ガンボ殿は、あまり空を見上げたりはされない。雨あがりの空が、青く晴れていったのですよ」

ジャカ・ガンボは、笑って頷いた。

タュビアンが、また眼をむけてきた。おかしくもないのに笑うな、とでも言っているようだった。

「おまえは行かないのか、タュビアン?」

ジャカ・ガンボが言うと、タュビアンは横をむいた。

「おまえの気持はわかるが、お客人にあまり失礼にならないようにな」

「はい」

タュビアンが、小さな声で言った。

「おまえがどこへ行きたいかわかるが、まだ無理だ。その脚では、行けないよ。まず、脚を治すことだな」

「この脚は、治りません」

「脚をどうかしたのか、タュビアン？」

「右の脚が、萎《な》えてしまっているのです。それでも出かけて二日で倒れ、またここに運んで来られた。ここがあるから、よかったのだよ。街道には、この村の大人たちがいるし」

「どこへ行こうとしているのだ、タュビアン？」

「巡礼ですよ、ジャカ・ガンボ殿。何年もかけて、聖地へ旅をするのです」

このあたりは、もうムスリムの地だった。それを強く感じさせることはないが、ジランもムスリムのはずだ。

「聖地というのは、遠いのか？」

「子供のひとり旅では、まず無理です。脚が丈夫でも」

「遠くありません」

「遠い近いは、気持の問題だよな、タュビアン。何年も旅を続けている俺には、よくわかるよ。おまえにとって聖地は、指呼の間《かん》だな」

「すぐそこということだ」

ジランが言った。子供を相手に、どういう言葉を遣えばいいか、わからないところがある。

ケレイト王国の営地には、妻や娘がいる。

もともと、トオリル・カンに命じられた結婚で、あまり顧みることはなかった。一緒にいる時も、言っていることが伝わればいいと思い、それ以上のことは考えなかった。

すでに、テムジンの支配下に入っている。

チンギス・カンとわかっていても、ジャカ・ガンボにとってはいつもテムジンだった。

妻は、自分たちがジャカ・ガンボの家族だと、迷わずに言うだろう。そういう女だった。よくも悪くも、家柄だけで生きて、それが唯一の誇りなのだった。

いま思い出したが、流浪の間、まったく忘れていた。

テムジンの支配下に入り、自分の家族だと知れたら、モンゴルではそこそこ大事にされるだろう、とジャカ・ガンボは思った。

「どんなふうに、脚が萎えたのだ、タュビアン？」

「膝から下が、細い棒のようになってしまっています。まず、右脚はないも同然でありましょう」

「ジラン様、俺は杖をつけば歩けます。それは御存知でしょう？」

「外にいる子供たちのように、駈け回れはしない。よいか、おまえがそこの池をひと回りする間に、外にいる子供たちは、十周もするだろう。その前に、飽きてしまうだろうが」

タュビアンが、うつむいている。ジランが言うことは、正しいようだ。

「これで、俺をしばらく泊めていただけませんか、ジラン殿」

ジャカ・ガンボは、懐から銀をひと粒出して言った。

「何日、お泊りになっても構いませんが、これは受け取れません」

「泊るためだけではありません。タュビアンを、しばらく俺に預けていただけませんか？」

「奴隷にしても、大して役に立ちません」

「まさか。俺は、タユビアンの躰を、鍛え直します。膝から下は死んでしまっているようなので、腿《もも》を鍛え上げます。それから、腕の力も」

「なんのために？」

「馬に乗るためですよ。戦で膝から下を失った兵が、馬の背を腿で締めつけて、見事に制御するのを、俺は見たことがあります」

「ほう、腿で馬の背を」

「タユビアンの場合、左脚は普通よりは強いでしょうから、もっとたやすく乗りこなせるはずです」

「なるほど。わかりました。お預けします」

卓の上に出した銀の粒を、ジランは懐に入れた。

「ところでタユビアン。なんのために聖地への巡礼をするのだ？」

「それについては、いくら訊いても言わないのです。自分から喋るのを、待つほかはありますまい」

「わかりました。すぐにでも、はじめたいのですが。明日からでも」

ジランが、顔を上にむけて、嬉しそうに笑った。タユビアンは、機嫌の悪そうな表情を動かそうとはしない。

二

ボロクルが指揮する、常備軍を中心とした五千騎が、西へむかって進発した。

二日遅れで、チンギスも麾下を率いてボロクルに続いた。

ほぼ同時に、三千騎を率いたテムゲが、陽山寨《ようさんさい》にむかう。

こちらから出向かないかぎり、草原で大きな戦はもうなかった。

西夏については、たえずモンゴル軍に対する防御の動きがある。それは、陰山と中興府の間に、大規模な城砦を築くというようなところに見えた。防御の城砦は、なにかあれば攻撃の拠点に変るのだ。

それを叩くこと、三千騎の召集兵に、実戦を体験させること。その二つの大きな目的がある。

それ以外には、チンギスが気に入った職人を、モンゴルに連れてきて定着させるということがあるが、軍には伝えていない。

西の戦を終えたら、その足でチンギスは陰山にむかうつもりだった。

その時、かなりの職人は集められていて、チンギスが間に合わない時は、ダイルが代りに選別する。

ダイルは、すっかり西夏に入りこみ、酒場の持主とか商人とか、さまざまな顔を持ち、陽山寨のスブタイに情報を流している。

西夏では、昨年、帝だった李純佑《りじゅんゆう》が殺された。李安全《あんぜん》による、帝位簒奪《さんだつ》である。それによって、モンゴルに対する態度は、いくらか強硬なものに変った。

帝が誰であろうと、大した問題ではない。西夏という国のしたたかさは、無視できなかった。何度も金国に服従し、機を見て造反する。場合によっては、すぐに同盟も結ぶ。

いま西夏は、金国と暗黙の不戦協定を結んでいるようだ。モンゴルがあって、金国とも戦をすることは、無理である。

金国にしても、チンギスと一応の同盟関係にあり、西夏と表立った同盟はできない。

金国は、草原を統一したチンギスに眉を顰《ひそ》めながら、それでもまだ下に見ているところがあって、大会議《クリルタイ》の後のチンギスに、祝いを送ってきていた。それは、下賜《かし》するというものだったが、チンギスは恭しく受けた。

いまは陰山と、旧ナイマン王国である。

タヤン・カンは討ちとったが、息子のグチュルクが逃げ、山間部で大きな勢力を持っていた、叔父のブイルク・カンを頼った。

ブイルク・カンは、タヤン・カンとの不仲で、山に入り、そこで力をつけた。タヤン・カンが死んでも、ナイマン王国を継ぐというかたちはとらなかったが、営地を草原に移した。

叔父・甥のもとに、どれほどの兵が集まるか、チンギスは見ていた。

かなり時が経ち、遊牧民の帰趨がはっきりしてきた。何度か、全軍召集をしたようだが、ほとんど集まらず、三千騎という、もともとのブイルク・カンの勢力がいるだけだった。

以前は五千騎以上が揃っていたが、モンゴル軍の侵攻を知ると、二千騎は消えたのだ。

遊牧の民の帰趨のあてどなさを、責めることはできない。強い方へつく。自分を守ってくれる方へつく。

モンゴル軍が進攻し、領土に加えた土地の遊牧民が、どういう扱いをされるか、ケレイト王国でみんな見ていたのだ。

遊牧民のあてどなさは、父が死んだ時の、キャト氏の民の動きで、いやというほど知っている。

「伝令です、殿」

ソルタホーンが前方を指さした。

旧ナイマン王国領に入った、というボロクルからの報告だった。

ボロクルには二日遅れて進発したが、すでに半日の距離にまで近づいていた。

「ソルタホーン、タルバガンを食いたい」

「はい、見つけたら、射ます。一里ほど、先行してもよろしいでしょうか」

「いいぞ。俺が見えるところで、矢を放て」

ソルタホーンが、駈け出していく。

麾下には、若い兵を揃えていた。その中で、気づくとそばにいるというのが、ソルタホーンだった。いまでは、麾下を動かす時の、チンギスの副官のようになっている。以前は、麾下に副官は置かなかった。できるかぎり、多くの兵をそばで見たかったからだ。

ソルタホーンは、もう一年近くそばにいる。

大会議を終え、軍を再編制した。麾下も新しくしたが、ソルタホーンほか三十名ほどは、残っていた。麾下は、二百騎である。それが、戦場で手足にするには、適当な数だった。ソルタホーンは、母のホエルンの営地の出身である。ホエルンは、戦で親を失い、孤児になった子供を集めて、育てた。

十五歳になると自分の道を選べるが、大抵は軍を志願した。ボオルチュのもとで、文官のような仕事をしたい、と望む者も時々はいた。

ジェルメが、自分の従者に選んだ。そこで、武術を反吐が出るほど仕こまれた。弓については、あまり新兵を好まないクビライ・ノヤンが、直々に教えた。

ジェルメとクビライ・ノヤンという、最も古参の将軍が、ソルタホーンの中に、なにかを見たのだろう。

ソルタホーンは、二十歳になる。それで完成されたものを備えていたら、ただ優秀な将校だと遠くから見ているだけだったろう。

制御できない情念の荒々しさを、自分で持て余していた。死すれすれまで、武術でジェルメに追いこまれても、それは消えなかったようだ。

前方にいるソルタホーンが、頭上で弓を振った。それから馬が奇妙な駈け方をし、ソルタホーンは矢を放った。

馬は、側対歩をやったのである。右の前脚が出た時、右の後脚も出る。それで鞍上《あんじょう》は安定して、駈けながらかなりの遠さでも矢を当てることができる。

側対歩ができる者は少なく、クビライ・ノヤンでさえ、遠くを射る時は馬を停める。疾駆したソルタホーンの姿が、一瞬、鞍上から消えた。再び現われた時、片手にタルバガンを摑んでいた。

兵たちが声をあげる中、ソルタホーンが駈け戻ってきた。

「旗を出せ、ソルタホーン。ナイマンとの国境《くにざかい》で夜営するぞ」

ソルタホーンは、旗手に旗を出させ、先頭で駈けはじめた。

チンギスが、これぐらいの速度で行きたいと考えたままの速度で、ソルタホーンは麾下を先導している。こういうことは、黙っていてもできる。

小川のそばで、ソルタホーンは馬を停め、夜営の準備を命じた。薪が集められ、火が燃えあがったころ、昼と夜が入れ替った。

チンギスは、自分で馬の手入れをした。それは従者の仕事だと強く言う者もいたが、チンギスは頑《かたくな》に譲らなかった。

「幕舎の用意ができております。具足は解かれますか?」

「小川を越えたら、旧ナイマン領か。今夜まで、具足は解くぞ、ソルタホーン」

チンギスは幕舎に入り、ソルタホーンに具足を解かせた。

革の上衣を着る。剣を佩き、兜の代りに帽子を被《かぶ》る。以前は、行軍中に服を着たりはしなかった。具足で通していて、脱ぐのは兜ぐらいだった。

なぜこうなったのかを、ジャルメとクビライ・ノヤンに訊いてみた。

チンギス・カンは、もはや軍人ではないのだ、と二人とも言った。

チンギスは、そのことが抵抗なく自分に入ってきて、驚いた。軍人ではない、というのは誤りだが、軍人であることは、ごく一部なのかもしれない、と思った。

移動が麾下だけというのも、二人はやめさせたがっている。領内にいる時の移動は、供揃えが一千騎以上ということもあり、本営の大家帳《ゲル》には儀仗《ぎじょう》兵もいるようになった。

儀仗兵についても、チンギスは諦めて受け入れたが、戦闘部隊の兵と同じ力量を持つことだけは要求した。

大会議の日から、すべてが大きく変った。チンギスが予想していたより、ずっと大きな変化だった。それを拒絶しようとは思わない。もうひとりの自分がいて、それを眺めて喜んでいる。

幕舎を出ると、火のそばへ行き、出された胡床に座った。

タルバガンが、焼かれている。

ソルタホーンが、軽く香料をふりかけた。

草原では、肉は煮て、そこで遣うのは塩だけだ。焼いて香料をふりかけるやり方は、かなりめずらしい。ただ、最近では香料は出回っている。

「お飲みになりますか?」

もう敵地だ、とソルタホーンは言っているようだ。

チンギスは、ただ笑った。それで、容器一杯の酒が出てくる。ついこの間まで、革袋を頭上に翳して飲んでいたような気がする。

ちびちびと、チンギスは酒を飲んだ。

哨戒の兵が、駈け回っている。

タヤン・カンとの戦で、チンギスは重傷を負った。いや、戦というより、ジャムカの奇襲を受けたのだ。本隊とは、ずいぶん離れた場所にいて、奇襲になんの対処もできなかった。

将軍たちは、二百騎だけの移動は危険だ、と言い募った。最後は、ジェルメとクビライ・ノヤンが認めた。もともと、そういう移動をすることは多かったのだ。奇襲を受けて死ぬなら、とうに死んでいる、とジェルメは笑いながら言った。

兵たちが、干し肉を食いはじめた。

麾下の兵に加えられると、みんな寡黙になる。モンゴル軍のほかの兵たちともあまり交わらなくなり、自分たちだけで肩を寄せ合って過ごす。

麾下となった時から、死のそばに立つ。なにかあれば死ぬのがあたり前だ、と心に決めているのだ。

麾下にそんなことを強要したことはないが、ずっと以前からそうだった。受け継がれてきたもの、と言っていいかもしれない。

チンギスは、脂を滴らせているタルバガンの肉に眼をやった。火に落ちた脂が燃える音がするが、チンギスは昔からその匂いの方が好きだった。

匂いに包まれていると、唾が出てくる。腹が音をたてる。

「ソルタホーン、そろそろ焼きあがるころだろう」

「はい」

短く言って、ソルタホーンは仕上げの香料をふりかけた。それから肉を回しながら炎に当て、小刀を遣った。見とれるほど、見事な技で、気づくと串に刺した肉が差し出されていた。

「いまの小刀の技は、どこで覚えた？」

「自分で、身につけました」

「いつ？」

「殿の麾下にお加えいただいた時です」

「そうか。俺のための技か」

「遣う機会があって、嬉しいです」

チンギスは、肉に食らいついた。口の中に、じわりと肉汁が滲《にじ》み出してくる。うまいな、と思わず声をかける、そういう相手はいなかった。

酒の量は、いつもより減らした。

ボロクルが、二十里先にある軍の、野営の構えを伝えてきた。明日から、どうやって進軍するかも併せて伝え、許可を求めてきた。

すべては自分で判断しろ、とチンギスは返した。

狗眼《くがん》の者たちから、ブイルク・カンの軍の様子が伝えられてきた。

三千騎は、減っていない。ナイマン王国は事実上潰れているのに、ブイルク・カンは三千騎を堅持している。それは大したことで、兵も精強なのだろう、とチンギスは思った。

タヤン・カンの息子のグチュルクの動きは見えるが、それ以上の報告は届かなかった。

ボロクルの五千騎とぶつかるのは、二日後になるだろう。

チンギスは、幕舎に入り、毛皮が敷かれた寝台に、横たわった。やはり、すぐには眠れない。さまざまな思いが、頭の中をよぎる。

それだけだった。なにが想念に混じりこんでくるかも、あらかじめわかっているような気がする。

束の間まどろんで、眼醒めたと思ったが、四刻は眠ったようだ。

幕舎の外は、明るくなりかかっていた。

ソルタホーンを呼ぶと、水を入れた桶《おけ》を運んできた。チンギスはそれで、顔を洗った。朝、起きて、顔を洗うことなど、カンになってからの習慣だった。

アウラガの本営にいる時は、従者が五名はついている。昼も夜も控えていて、チンギスの一挙手一投足に眼を配っているようだった。それにも、チンギスは馴れはじめていた。

進発して二刻ほど経った時、ボロクルからの伝令が、次々に入った。

「ほう、ブイルク・カンは果敢な男か。兄のタヤン・カンに、実は戦では勝っていたという話だが、ほんとうかもしれんな」

ソルタホーンにむかって、チンギスは言った。

ブイルク・カンの三千騎が、ひとつにまとまって、駈けてきているようだ。

数で勝る敵に、正面からぶつかろうとする時、大将は勝ちを狙っているか、名を汚したくないと思っているかだ。

そして小細工など、臆病者の方法だと思っている。

敵の状態としては最も厄介なもので、ボロクルはてこずるかもしれない。

二日の距離だったはずが、半日に詰められている。まずそこから、してやられている。

「ボロクル将軍は、殿の警固に一千騎を回したい、と俺に言ってきました」

「聞いていた。俺に言うと、断ると思ったのだろうよ」

「いかがいたしますか。俺は、ボロクル将軍に返事をしなければなりません」

「警固はいらぬ。自分の戦に専心せよ。俺が言ったこととして、ボロクルに伝えよ」

伝令が、駈け出していく。

「ソルタホーン、旗を出せ」

「はい」

こういうところで、ためらいを見せないのが、ソルタホーンのいいところだった。

チンギスは、いくらか馬の脚をあげた。

正面からぶつかろうというのが、ブイルク・カンの意思なのか。別のなにかが、働いていないか。チンギスは、しばらくそれを考えていた。

狗眼の者からの報告に、特別なものはない。

ブイルク・カンは、夜を徹して疾駆し、明るくなってから、馬を新しいものに替えたのだという。それぐらいの準備は、前からしていたのかもしれない。

「ボロクルに伝令。ブイルク・カンを討ち果せ。タヤン・カンの息子もいるはずだ。それも、討ち果せ」

伝令が、また駈け出していく。

戦は、すべてボロクルに任せる。そういう気分になっていた。

誰かに戦を任せてしまう。いつからか、チンギスにはそれができるようになった。すると、別なことに自分のすべてを注ぎこめるが、それが必ずしもうまくいってはいない。

「ソルタホーン、おまえはどう見ている」

「ブイルク・カンについて、予見を持つのは危険だ、と思いました」

「ボロクルの意表を衝いたところで、その考えは、当然出てくるべきものだ。俺は、ブイルク・カンをどう見るか、おまえに訊きたい」

「正面からぶつかってきて、それを正面から受けても、われらの軍が劣るとは思えません。ブイルク・カンは、死にに来ています。見事に死なせてやるのが、われらのなすべきことだと思います」

ボロクルも、そう考えているだろう。だから、戦は短いが苛烈なものになる。

旗を出し、二百騎で駈け回りながら、チンギスは別のものを待っていた。いや、別のものなのか。いまの自分にとって、戦のすべてではないのか。

待っているのは、ひとり。ジャムカ。

しかし、待っていれば現われるほど、ジャムカは甘くない、という思いもあった。

チンギスは、駈けた。駈けながら、昔を思い出した。駈けることに、なんの疑問も抱かなかった。ジャムカもそうで、並んで駈けることには、言葉で言えないような思いの迸《ほとばし》りがあった。おい、ジャムカ。駈けるのは、生きることだったぞ。俺と、もう一度、駈けてみろ。そして、命のやり取りをしよう。

チンギスは、風で旗が鳴る音を聞きながら、駈けては止まることをくり返した。ボロクルとの距離は、十里ほどである。

陽が中天にかかったころ、ぶつかり合いの気配が伝わってきた。静かな、しかし確かな争闘の気配だった。

最初のぶつかり合いで、ボロクルは五里ほど押された。軍の後部が、チンギスのいるところから見えてきた。乱れはない。押し返しはじめる。しかし、無理をしてはいなかった。

二里ほど押し返して、膠着《こうちやく》した。

「どう見た、ソルタホーン」

「ボロクル将軍は、敵を測っておられたと思います。犠牲を多く出したようには見えませんし、押されてもどこも崩れていません」

ソルタホーンが言うことは、多分、正しい。しかし、動きだけを見ている感じもある。ボロクルは、恐れていた。どこかで意表を衝かれるのではないか、とこわがっていた。それで、押された。犠牲を出さないためには、退《さ》がるしかなかったのだろう。

意表を衝く男が、敵の中にいるのかもしれない。それは、チンギスが最も気にしていたことでもある。

しかし、最初に意表を衝かれたのだ。

気づかぬ間に接近され、それから真っ直ぐにぶつかってきた。

これも、ジャムカの戦ではないのか。とすると、後方を駈け回っていたチンギスは、影に怯《おび》えていたのかもしれない。

陽が落ちかかっている。

両軍は、距離をとったようだ。戦場の緊迫感が、ふっと緩んでいる。

チンギスが片手をあげると、ソルタホーンは夜営を命じた。幕舎が張られる。

馬の鞍を降ろすかどうか、ソルタホーンは伺うようにチンギスを見た。鞍はそのまま。ソルタホーンが声をあげる。

草原が、翳《かげ》りを帯びる。ひやりとした風が吹いてきた。

ひとつの影がチンギスのそばに立ったのは、まだ闇が濃くなる前だった。

「おい、ヤク。ソルタホーンが気づいて、剣の柄《つか》に手をかけたぞ」

「私がこの陣に入るのは、阻止できませんでした。殿のそばに立って、はじめて気づいたのです」

「気づいただけ、ましか」

「なかなかの若者ですよ」

ヤクは、さらに声を低くした。

「ジャムカの所在は、今日一日でも、わからずじまいです」

「いたよ、敵の中に」

「そう感じられましたか。ジャムカが往くところ、六臓党《ろくぞうとう》の者たちが必ずいるのですが、この戦では姿が見えないのです。何日も前から、手の者がブイルク・カンのそばに潜りこんでいるのですが」

「もういいぞ、ヤク。ボロクルの戦は、次の段階に入る。いくらか、時がかかるな。陰山に急行するつもりだったが、戦には間に合わん」

「ここの戦に、それほど時が？」

「ボロクルは、念入りにやるさ。五千騎の中には、常備軍三千騎がいるのだ。どんな戦でもできるさ」

「それはそうでしょうが」

「俺がまた、奇襲を受けるのを、みんな心配しているのか？」

「いえそれは」

「ムカリが、来ているな」

「気がつかれましたか。殿が奇襲を受けた時、間に入るのが雷光隊の任務です」

「やはりな。俺は、気がついていなかったが」

「これは、お人が悪い」

「ジェルメが命じなくても、ムカリは勝手に来るだろう。ソルタホーンはムカリを慕い、あてにしているところがある。もしかすると、示し合わせているぞ」

「あの二人なら、ありそうなことです」

明日から、ボロクルは丁寧な戦をやる。戦場から、一兵も逃さないような戦だ。ジャムカは、それに耐え抜くだろうが、それからどうするかはわからない。

敵の軍の中にジャムカがいる、と決めてかかっている自分が、おかしかった。一度も、ジャムカの気配すら感じてはいないのだ。それでも、いる。出会う時に出会い、ぶつかる時にぶつかってきた男なのだ。

闇が、濃くなった。その中に、ヤクは紛れるようにして、消えた。

三

狼は、群で生きる。

自分とダルド。それが群だったが、いまは、死にかかったところをダルドがくわえてきた、仔狼が加わったというところか。

仔狼は育って、成体と変らないほどになった。しかしどこか臆病で、機敏さにも欠ける。この群は、いつも死に損いばかりだった。自分が、一番、死に損いだ、とトクトアは思う。

仔狼には、オブラという名をつけた。ダルドが死んだら、ダルドになるということは、何度か言い聞かせた。

オブラが名前だとわかっているらしく、呼ぶとこちらを見た。

冬の間、狩には一度しか出なかった。煙に晒したもの、煮て干したもの、雪に埋めたものなどで、肉は余っていた。

ものぐさになったのだろうか。ダルドは明らかにものぐさになり、寝てばかりいるが、自分もそれに似ているのではないのか、としばしば思うようになった。

モンゴル族、タイチウト氏のタルグダイ、妻のラシャーンがここへ逃げこんできて、ひと冬を過ごした。

アインガがやってきて、十日ほど暮らしていった。

その二つのことが、きのうのことのように鮮やかなのだ。逆に言えば、はじめは新鮮だったここでの暮らしが、いつの間にか、けだるくものういものになっているのだった。

狩も、肉が欲しいだけで、以前のように、なにがなんでも黒貂を獲るという、執念のようなものは消えてしまっている。

雪解け間近になり、狩に出ようと思って、弓の弦を張り、矢柄を用意して、鏃《やじり》をつけようとした。鉄の鏃に、薄くだが錆《さび》が浮いていたのだ。

そんなことは、この山の森に入って、一度もなかった。冬の間、心を研ぐように、鏃を研いでいたのだ。

「俺たちは、この森にとって、どうでもいいものに成り下がっているな、ダルド」

夜、焚火のそばで寝ているダルドにむかって言っても、なんの反応も見せない。時々、鼻を鳴らしてオブラが寄ってくるだけだ。

ダルドには、どこか頑固なところがあり、寝る時には決してオブラを寄せつけないのだ。オブラは、トクトアに躰を押しつけて寝るのを、習慣にするようになった。

狼が人に懐くことはない、と言われていることは知っていたが、違うとトクトアは思っていた。ほんとうに、そうなのか。ここでは、独りで生きることができない死に損いが、ただ群を作っているだけではないのか。

ダルドもオブラも狼ではなく、自分も人ではない。そう思い定めると、いっそここは居心地がいい。ただ腐っていけばいいのだ。

トクトアは、わずかだが、肥《ふと》りはじめていた。それは、信じられないようなことだった。草原の民であったころは、肥るなどということは、およそ想像の外にあった。日々が闘いだ、と思っていたのだ。

いつの間にか、冬は肉をたらふく食らい、焚火のそばで、二枚の毛皮を躰に巻き、とろとろと眠るのが、あたり前になっていた。

トクトアは、ダルドとオブラを見ていた。

ほとんど同時に、二頭が首をあげ、立ちあがったのだ。

狼に、絶対にかなわない、と思うものがある。気配を察知することだ。人で言うと、五感が、狼にもあるだろう。それのどれかが、人よりもずっと鋭い。

虎や熊を察知すると、姿を消す。舌打ちしたくなるほど露骨に、姿を消す。危険がまったくなくなってから、平然とまた姿を現わすのだ。

ダルドは、再び寝そべった。オブラはまだなにか気にしていたが、ダルドが寝たので、自分も寝そべり、前脚に顔を載せた。

なにかが、近づいている。しかし、大きな危険はないのだろう。

それでもトクトアは、剣を脇に引き寄せていた。二刻ほどすると、トクトアにも気配を感じることができるようになった。

ほどなく、御影《スーデル》が現われた。

いつもとはどこか違う気配だと思ったが、人ひとりを担いでいて、躰の大きさが二倍ほどにもなったからだ、と思った。

御影は、担いできた人間を、焚火の脇に降ろした。

「なんだ、これは？」

「二日前に、こいつは俺の獲物と正面からむき合って立ち、一撃で飛ばされた。あいつはそれ以上追おうとせず、ゆっくりと立ち去っていった」

「つまり、おまえと同じ猟師か」

「と言えないところがある。この男の噂は、だいぶ前から流れていた。豊海《バイカル》の西の山なみで、獣を倒していたようだ。ただ、毛皮を売った、という話は聞かない」

「腕が悪いのだろう」

「いや、虎も熊も猪《いのしし》も、倒したらそのまま放っていくのだ。小さな獣だけは、食うためなのか、持っていく。なんとなく、狩をしているのではない、と俺は思ったよ」

「それなのに、おまえの獲物を横取りしようとしたのか？」

「いや、こいつが先に、あいつとむかい合った。正面からだぞ。俺は、かなり離れた岩の上にいて、あいつが下を通りかかったら射ようと思っていた。そうさ、もう離れたところからじゃなきゃ、俺は勝負をかけられなかった」

御影が、大虎と闘って、ひどい傷を負った。あれは、どれほど昔のことだっただろうか。いま眼の前にいる御影は、髭が真っ白である。そして慎重に、いや臆病になった。

「おまえができない闘い方をした、ということか」

「昔は、できた」

「そして、死ぬほどの傷を負った」

「そうだな」

「まだ若いな、こいつ」

「胸に傷がある。横にひと筋。つまりあの大虎の、一番長い爪にやられた。剣で斬られたような傷だったよ。しかし、ほかの爪も一緒に食らってたら、傷はひと筋なんてものじゃないさ。胸が抉り取られ、上体はかたちがなくなってる。こいつは、ぎりぎりのところで、大虎の一撃をかわしかけていた」

それを見て、心がふるえたのだろう。

「手当てをしたのか？」

「傷を縫った。相当出血していて、死んだら棄てようと思ったが、息をしているのだな。ついに、ここまで来てしまった」

「俺に、どうしろと？」

「わからん。もう死ぬかもしれないし、それだといささか迷惑をかけるだけになる」

「置き去りにするのか、こいつを」

「置き去りではないさ、おまえがいる。俺は、煙を当てた肉を少し貰ったら、行くよ」

「勝手なやつだ。俺は知らんぞ」

「いいさ。死んだら、どこかへ棄ててくれ。剣はここにある。包みは、こいつのものらしい。生きるも死ぬも、こいつの運次第だよ」

御影は、横にわたした丸太にぶらさげた肉から、ひと塊切り取ると、食らいつきながら立ち去った。

ダルドとオブラが、灌木の繁みのかげから出てきた。

横たわった男を、じっと見ている。

トクトアも、顔を見降ろした。まだ子供だと思い、不意に胸を衝かれた。髭すらも、生え揃ってはいない。出血のせいか、青白く、唇は紫がかっていたが、かすかに感じられる呼吸は、規則正しかった。

胸を開いてみた。確かに、真横にひと筋の傷があった。そして、傷に沿って白いものが浮いたようになっていた。膿《う》んでいる。しかし深いところではなく、縫ったところだ。

ここで、ラシャーンがタルグダイの傷の手当てをしたのを、思い出した。膿んでいて、それは見るからに深かった。タルグダイは死ぬだろう、とトクトアは思った。

しかし、ラシャーンが傷に小刀を刺し、膿《うみ》を出した。

「おい、オブラ。こいつ、手当てをすると、生き返るかな」

ダルドは関心を失ったのか寝そべっていて、そばに立っているのはオブラだった。

「おまえ、俺が助ければいい、と思っているな。しかしな、これほどの傷だ。もう助けられないところに、行っているのかもしれん」

オブラが、トクトアの方に眼をむけた。

見慣れた、狼の眼だ。しかしどこかに、見知らぬ光もある。

トクトアは、鉄鍋に水を汲んでくると、竈《かまど》にかけ、焚火から火を持ってきた。薪を数本足す。

湯が沸くまでの間に、トクトアは胸の傷の糸を抜いた。傷は塞《ふさ》がりかかっていたが、数カ所から膿が噴き出してきた。鮮血が出てくるまで、傷を両側から押した。

それから、木の実を壺に入れて毎日掻き回し、弱い酒になったものを煮て、湯気から強い酒を造った、その酒で、傷を洗った。

鍋の中で、湯が煮え立っていた。そこに小刀を入れ、糸のついた針も入れた。

もう死んだかもしれないと思い、鼓動を確かめた。弱いが、止まりそうでもなかった。トクトアは、見あげているオブラに、ことさら大きな溜息《ためいき》をついてみせた。

「生きてるんじゃ、仕方がないな。御影が縫った糸を抜いたのは俺だし、縫い直すしかなさそうだな」

小刀と針を、鞣した羊の革の上に置き、強い酒でもう一度傷を洗った。

「縫い直してやろうか。俺は御影より縫うのはうまい。御影は、俺が縫った自分の躰の傷を見て、こいつをここへ運ぼうと思ったのかもしれん。ひどい縫い方だったものな」

トクトアは、自分の指を、酒で洗った。それから、針を持った。

ひとつ縫うたびに、糸を結んで切った。それを八回くり返した。そうした方が、傷はひきつれないと思ったのだ。

口に小さな布を押しこみ、水を垂らした。傷を負って出血した時は、とにかく水を飲むことだった。ただ、腹の傷だと、水を飲めばすぐに死ぬ。

「これで終りだ、オブラ。この傷は布などを当てるより、乾かした方がよさそうだ」

傷からは、いくらか血が滲み出していたが、トクトアはそれを拭わなかった。

男の顔を、もう一度見た。やはり、子供のような気がした。ただ、引き結んだ唇に、なぜか凄絶と感じられるような線が、くっきりと浮かびあがっている。

「もういい。あとは、こいつの運だ」

トクトアは、竈に別の鍋をかけた。木の実や野草と一緒に、肉を煮ていた。

「熊の肉だ、オブラ。おまえ、間違っても、こんな肉は食えないさ。逆に、おまえらが食われる」

矢を三本射こみ、苦しみはじめたところを、剣で突いた。最後は、剣で頭を両断して、仕留めたのだ。

ダルドが、起きあがって、トクトアのそばに立った。

ダルドは、なぜか米を好む。トクトアも同じだった。米はなかなか手に入らず、アインガが運んできたものを、大事に遣っていた。

「おい、この鍋に、米は入っていないのだ。知っているよな。熊の肉さ。おまえらが逃げて、俺がひとりで闘って斃《たお》した、熊の肉だぞ。苦胆《にがぎも》は干してあるが、完全に乾ききってはいない」

冬眠から醒めたばかりの熊で、まだ動きが鈍かったのだ。それでも、仕留められたのは、僥倖《ぎょうこう》と言えた。三矢射たうちの　矢が、熊の小便袋を貫いていた。

煮えてきた鍋の中身を、木の匙で掬い、三つに注ぎ分けた。熱いのを知っているので、ダルドもオブラも、じっと見つめている。

トクトアは、息を吹きかけて、口に入れた。さすがに、息を吹きかける知恵は、二頭とも持っていない。

熊の肉を食ってしまうと、トクトアは水を飲み、ついでに男の口に突っこんだ布にも水を垂らした。

剣があった。ただの剣ではない、というふうにトクトアには見えた。

手にとり、鞘《さや》を払ってみる。いい剣だが、無数の刃こぼれがあった。錆が一切出ていないのを見ると、手入れは怠っていなかったようだ。砥石を持っていないのだろう。それに、これぐらいの刃こぼれがあった方が、実はよく斬れる。

それにしても、いい剣だ。自分の剣と較べても、遜色はない。荷の中には、黒貂の皮が二枚あった。自分で獲ったものだろう。売るために持っている、とは思えなかった。

男の呼吸は、小さいが規則正しい。鼓動もだ。傷は、出血した血がかたまって、もう乾きはじめていた。大きな出血は、起きなかったということだろう。

まだ成長しきっていない、と思える躰だが、無駄な肉はなく、機敏そうだった。大虎の前に立って闘う、という胆力もある。御影はそれに心を動かされたのだろう。

顔の彫りが深い。しかし、間違いなく、草原の男の顔だ。

身じろぎひとつ、しなかった。やはり、死の際に立っているのだ。生き延びるかどうかは、この男の運次第だろう。

陽が傾いてきた。

トクトアは、男の上に天幕を張った。柱になる木に不織布《フエルト》はついていて、組み立てるだけでいいのだ。

口の布に、水を垂らした。垂らすというより、注いだと言った方がいいかもしれない。

布の水が、すぐなくなるのだ。躰が水を求め、それに応じるように、自然に口や舌が動いているのかもしれない。トクトアは、布に水を注ぎ続けた。

夜半に、男は小便を出した。水が足りている、ということだった。

口の布に、肉の煮汁を垂らした。五度それを続けると、トクトアは毛皮に横たわり、眠った。

深夜に、眼醒めた。

男が、眼を開けてトクトアを見つめている。

トクトアは焚火に薪を足し、男の口に布を入れたままだったことに気づいて、引き出した。それから、匙で水を口に入れた。のどを鳴らして、男は飲んでいる。

「俺は、死んでいない」

「ああ、運がよかったようだな」

「ここは？」

「俺の住いだ」

「あんたが、俺を助けてくれたのか？」

「助けたのは、御影という猟師だ。おまえを担いできて、ここに棄てていった」

「俺は、死んでいない」

「すごい大虎と闘ったそうじゃないか」

「よく、憶えていません」

「胸の傷は、大虎の爪にかけられたものだ。横一文字の、きれいな傷だ」

「虎の爪ですか」

「肉汁を飲むか。それとも、肉を食らうか」

「肉を。ただ、俺はまだ起きられない、と思います」

「刻んだものを匙で口に入れてやる。あとは、自分で嚙み、呑み下せ」

鍋の肉は、まだ温まっていない。その方がいいだろうと思い、匙で掬うと、小刀の先でほぐし、男の口の中に運んだ。男は、しっかりと咀嚼《そしやく》していた。次は、塊をひとつ、そのまま入れた。

夕刻まで死にかかっていた男が、もう肉を嚙み続けている。これが、若さというものではないのか。

肉を呑みこむと、男は眠りはじめた。これは気を失ったのではなく、眠ったのだとはっきりわかる。

朝になっても、男はまだ眠っていた。

トクトアは起きて、オブラを連れて住いの周辺を歩いた。異常はない。毎朝の習慣で、もとはダルドと歩いていたが、このところオブラがついてくる。

男が、眼を開けていた。

「内臓がやられていなくて、よかったな。傷は深いが、肋《あばら》がそれ以上、爪が入るのは止めたようだ」

「俺を、助けてくれた人は、どこへ行ったのですか？」

「さあな。大虎を追っているが、実際に遭遇すると、脚が竦んでしまうらしい。昔は、そんなことはなかったのだがな」

「追っているのでしょう、虎を」

「そう思いこみたいのだ。ほんとうは、昔から黒貂を狙っているのかもしれん。虎を追っていると思わなければ、もう生きていけないのだろう」

「あなたは？」

「俺は、ここに住んでいる。森がなければ、生きていると思えないのでな」

「俺は」

男は、しばらく考えるような表情をした。朝の光の中で見ても、やはり若い男だった。頬に、まだ凍傷の痕が残っていて、それが幼さを際立たせている。昨夜、唇に見えた凄絶な線は、朝の光に紛れている。

「自分が何者か、語れません。まだ、森の底を這い回っている、薄汚れた男にすぎないと思っています」

「誰であろうと、それはいい。おまえは、しばらくここにいた方がいいな。傷は、一応、乾いて塞がっている。しかし、無理をすると、また開く。そして、膿を持つ」

「構いませんか、しばらくいても」

「ほかにいるのは、狼が二頭だけだ」

「さっき、一頭が俺のそばに来ました。じっと見ていたので、助けてくれてありがとう、と言ったのですが、返事はありませんでした」

「黙っていれば、頷いたということだ。ダルド、狼の名だが、頷く気がなかったら、のど笛に咬《か》みついていただろう」

トクトアは、水の入った革袋を、男の脇に置いた。

「ずっと忘れていたような気がしますが、俺の名はマルガーシといいます」

「トクトアだ。草原から逃げて、ここにいる。ほんとうに逃げたのか、と時々、自問する。答はないな。狼たちが、群をこわすな、と俺に警告するだけさ」

「狼が、人に懐いているのを、俺ははじめて見ました」

「懐いているのではなく、群を作っているのだ。俺はずっと、ここで狼と群を作ってきた」

「トクトア殿、俺はその群に入れますか。まだ十九歳の小僧ですが」

「見た感じより、歳を食っている。傷がきれいに癒えたら、速やかにここを出ていけ」

「わかりました。傷が癒えたらですね」

「そうだ。そしてお互いに、昔のことなど訊いたりはしない。それが、群の掟《おきて》のようなものだ、マルガーシ」

「わかりました。しかし、俺は昔のことを、ほとんど憶えていない気がします」

剣は、大事に遣っていた。黒貂については、なにか特別な思い入れがある。

それでも、大虎と闘って、傷を負ったのだ。男の傷、と言っていい。

「マルガーシ、夕方には動ける。おまえの回復は驚くほどだよ。そこに、流れから引きこんだ水がある。躰を洗え。糞尿《ふんにょう》の臭《にお》いを漂わせているやつと、一緒に暮らしたくない。ダルドやオブラは、臭いに敏感だから、もっといやがるさ」

「御影という猟師の人と、会えますか？」

糞尿の話は受け流し、マルガーシはそう言った。

「わからんな。別に、会って礼など言わなくてもいい。御影は傷を縫っていたが、ひどくひきつれ、膿を持っていた。あやうく、おまえは殺されるところだったのだ」

「それでも、ここへ運んできてくれたことの礼は、言いたいのです」

そのうち、現われるかもしれない。御影がいつ現われるかは、トクトアにも読めない。いや、読もうとしてこなかった。

「いいぞ。御影は、この森の主みたいなものだからな。いずれ、必ず現われる」

「出ていけと言われるまで、俺は待ちます」

人と喋ったのは、久しぶりだった。

いや、きのう御影と喋ったか。御影は、人の匂いが、驚くほどの速さで失《う》せていた。次に会えるとしたら、人ではなくなっている、という気もする。

トクトアは、壺を洞穴の外に出し、中を棒で掻き回した。それで、いい酒になる。煮つめて、集めた湯気を冷やせば、強い酒ができる。

「マルガーシ、俺が言ったら、気持をこめて動けよ。狩をやる。俺は黒貂ぐらいでいいと思っているが、ダルドとオブラが、兎の肉などを欲しがる」

「つまり、狩に連れていって貰えるのですね」

「おまえ、狩の日々だったのだろう。いや、獣と闘う日々か。そして、負けずに生き延びている」

マルガーシは、もう気力も回復させているようだった。トクトアは、自分が若いころのことを思い出そうとしたが、靄《もや》のようなものに包まれていて、はっきりとはしなかった。

四

ボロクルは、確実にブイルク・カンの軍を撃ち砕いていった。

一度のぶつかり合いで、百騎か二百騎か、それぐらいを倒し、こちらの犠牲は皆無なのだった。

チンギスはいくらか、不思議なものを見る気分だった。

はじめと較べると、ブイルク・カン軍は、強固なものを失っていた。それは、後方で見ても、はっきり感じられる。攻めかけてくることはなく、小さくかたまり、ひたすら守ろうとしていた。

守った先に、なにがあるのか。ただ潰滅《かいめつ》が待っているだけではないのか。

相手の立場から見てみると、狙えるものがひとつだけあり、それで勝敗さえも逆転できる。チンギスの、首である。

やはり、ジャムカはブイルク・カン軍の中にいるのだ。目立たないように息をひそめながら、一度だけある機会を狙っている。ボロクルに、少しずつ兵力を削り取られながら、耐え続けている。

ジャムカが戦を主導していると考えると、見えてくるものは多くあった。

ブイルク・カンは兄のタヤン・カンの二つ下で、すでに老境とも言えた。武人らしい腰の据え方はできるが、粘り強さなど失っているのではないのか。

ジャムカが、支えている。軍師としてか、あるいは大将としてか、とにかくブイルク・カン軍は兵力を失いながら、しっかりとひとつにまとまっていた。

ひと息で潰そうとすれば、ボロクルはかなりの犠牲を出す。乱戦にならざるを得ないのだ。乱戦になれば、ジャムカの戦場離脱がたやすくなる。

自分の首を奪りに、ジャムカが出てくる。チンギスはそう予測していたが、それもまたジャムカは読んでいるのかもしれない。

「殿、本隊と離れすぎてしまいます」

ソルタホーンが、馬を寄せてきて言った。

「これでいい」

「そうですか。やはり、ジャムカを誘っておられますか」

「ソルタホーン、余計なことは言うな。俺は、いまこの時に集中していなければならん」

「申し訳ありません」

「話すのはいい。思うことを言ってみろ」

「ボロクル将軍は、用心深く闘っておられます。一兵も失わずに敵を殲滅させる、と考えて指揮をしておられるように見えます」

「構え直してから、失った兵は十騎に満たないようだな」

「まるで調練のように、淡々と戦をこなしておられると、俺には見えます」

「ここまで、実戦で淡々としていられるやつは、まずいないな」

「どういう人生だったのだろう、と俺は思います」

「おい、ソルタホーン。おまえはいきなり、おかしなことを言うのだな」

「申し訳ありません」

「いや、戦場で聞くとは思わなかったが、それほどはずれているわけではない、という気もする」

「俺らが接するボロクル将軍は、いつも穏やかでした」

ボロクルも、ホエルンの営地で育っていた。つまりは、ソルタホーンなどの兄にあたる。ホエルンの営地で二人が一緒だったことがあるのか、チンギスは知らない。

「殿、ほんとうに本隊と離れすぎている、と思うのですが」

「俺が待っているとわかれば、ジャムカは来ない。そうだろうな。別の方法を、考えなければならないのかもしれない」

思わぬところで、ジャムカは来る。それは重傷を負わされた時も、何度目かの確認をしたのだった。それでもまた、構えて待ってしまう。

アウラガに帰還し、本営の家帳の自室で眠っている時、酒と剣を持って現われる。それがジャムカではないのか。

さすがに、アウラガの自室で襲われるとは思えないが、それぐらいの意外性のある動きをするのが、ジャムカではないのか。

ならば、こちらはどう構えればいいのか。あるいは、構えなどということを、思慮の外に追い出した方がいいのか。

翌日は、もう一度、戦場に近づいた。

孤立した恰好でジャムカを誘うのは、無駄だと思ったからだ。

その時、チンギスは、敵の中から三十騎ほどが飛び出し、西にむかって疾駆するのを見た。

ソルタホーンも、同じものを見た。チンギスに、馬を寄せてくる。

「あの三十騎を、追う必要はない」

「殿、われわれだけで追っても、届きます。届いて、ジャムカの首を奪れます」

「ジャムカは、あの中にはいない」

「しかし」

「合力したブイルク・カンは、ボロクルと対峙している軍の中にいる。ジャムカは、それを捨てない」

「しかし」

「俺にはわかるのだ、ソルタホーン」

「そういうものなのでしょうか」

「そうさ」

「考えてみます」

離脱した三十騎がいると、ボロクルから伝令が来た。放置しておけ、とチンギスは返した。

ボロクルは一度押しこみ、数十騎を討って後退した。

こうやって敵を細らせ、自滅させるような戦は、チンギスが好むものではなかった。一気に、勝負をつける。それを、ジャムカは待っているか。

「ボロクルに、伝令。合流する」

孤立を装って、ジャムカを誘う。邪魔を入れず、一対一の勝負をしようではないか、とジャムカに伝える気分もあった。しかし、もうそんな勝負の時ではない、とジャムカはチンギスを無視することで伝えてきたのか。

「殿が来られるまで、ぶつかるのは待つという、ボロクル将軍の伝言です」

「よし、ソルタホーン、隊列を組め。ボロクル軍の中央から前衛に出る。誰と闘っているのか、ブイルク・カンがその眼で見られるようにしよう」

駈けはじめた。

軍が二つに割れ、駈け抜けて、チンギスは前衛に出た。

戦場が静まり返る。

「殿、離脱した三十騎が、戻ってきたそうです」

ソルタホーンが、小声で言った。

その三十騎がなんだったのか、チンギスはちょっと考えた。自分が思った通りの三十騎だったのか。

敵が動いた。

すでに二千騎にも満たないのに、ブイルク・カンの旗が中央から前に出てきた。先頭にいるのが、ブイルク・カン自身だろう。並々ならぬ闘気を、全身から迸らせている。

「殿、おやめください」

ボロクルが、そばに来て言った。

「いや、やろう。一度だけだ、ボロクル」

「せめて、俺が先に駈ける、ということにしてください」

「俺の左脇を駈けろ、ボロクル。右脇は、ソルタホーンが駈ける」

有無を言わせない口調だったので、ボロクルは黙って脇についた。

チンギスは、馬腹を蹴った。ブイルク・カンはまだ動かず、じっとチンギスに眼を注いでいる。

千数百騎の敵の、左翼が動く気配を見せた。その瞬間に、ブイルク・カンが動いた。まともに、愚直に突き進んでくる。

目前に、老いた顔が見えた。

チンギスは、剣を抜いた。動き、こちらにむかいはじめた左翼が、ムカリの雷光隊に遮られるのが見えた。

ブイルク・カンとぶつかった。チンギスは、ブイルク・カンの渾身《こんしん》の一撃を、吹毛剣《すいもうけん》で弾き返した。

馬を回す。これこそが戦だ、という快感に似たような思いが、チンギスを包みこんだ。ブイルク・カンが、馬を回している。大将同士の撃ち合いになったので、誰も手を出さない。

馳《は》せ違った。吹毛剣で下から斬りあげると、かろうじて剣で受けたブイルク・カンの躰が、鞍から浮いたようになった。

それでも、馬を回す。討つ気になれば、ボロクルにもソルタホーンにもたやすくできることだったが、やはり大将同士の一騎討ちに手を出そうとはしなかった。

剣を撃ち合わせ、馳せ違う。もう一度、馳せ違う。ブイルク・カンが、息を乱しているのが、はっきりわかった。

ここまでだろう、とチンギスは思った。老雄の闘気は、見事なものだった。いいものを見たが、これ以上見続けると、ブイルク・カンは無様になるかもしれない。

鐙《あぶみ》に立ちあがり、チンギスは剣を構えた。

駈ける。ブイルク・カンも、鐙に立ちあがる。チンギスは、声をあげた。ブイルク・カンの老いた頑な顔。斬り落とした。そう思ったが、なにかが違った。馬を回す。ブイルク・カンが、地面から立ちあがるところだった。

ブイルク・カンの馬の背には、首に抱きついた別の屍体があった。

どうやったか、わからない。ただ、身代りで死んだ。ブイルク・カンが、馬上の屍体にむかってなにか言った。顔が歪んでいる。

「ブイルク・カン」

チンギスは、声をあげた。

「今日は、ここまでだ。結着は、次に会った時にしよう。それまで、兵を養っておけよ」

ボロクルに合図をすると、全軍は退がりはじめた。

「帰還なさいますか、殿」

ソルタホーンもそばへ来た。

「一騎討ちなど、今後はやめてください。ジェルメ将軍に報告すると、俺は蹴り倒されます。二度目の報告の時は、片腕を斬り飛ばされます」

「すまなかったな、ボロクル。若いころを、ふっと思い出した」

「しかし、二度はなりません」

「大丈夫だ。そう、若いころのことばかりを、思い出してもいられまい」

「ジャムカが、やはりいました」

この戦は、ジャムカを炙《あぶ》り出すためのものだった。ジャムカは、ブイルク・カンという老雄の心を、しっかり摑んでいたようだ。

ブイルク・カンは、確かに、ジャムカに機を与えた。ムカリが横槍を入れなければ、チンギスとぶつかった。それは、どちらが勝つかわからないぶつかり合いだ。

そのぶつかり合いだけは、周囲の者たちが止める。いまは、ジャムカとチンギスでは、立場が違うと言うだろう。旧い友との結着だと思っているのは、チンギスだけだ。

「逃げたのは、グチュルクです。三十騎は、グチュルクをあるところまで送り、引き返してきたのでしょう」

タヤン・カンの息子は、父親が討たれる時も逃げた。そしてブイルク・カンを頼った。

「アウラガへ、帰還する。常備軍の三千騎は、俺が連れて帰る。おまえは二千騎で、この地に留まっていろ」

「いつまででしょうか？」

「結着がつくまでだ、ボロクル」

誰との結着なのか、ボロクルは訊かなかった。

麾下の二百騎が、いつでも進発できる態勢をとっていた。

常備軍を指揮している、三名の将軍がテムジンのもとに来て、アウラガの本営へ帰還という命令を受けた。

チンギスは、駈けはじめた。旗が続き、その後方に麾下の二百がいる。

常備軍の三千騎は、一千騎ずつまとまって動くようだ。

「ソルタホーン、帰還すると、アウラガ府には伝令を出しておけよ」

「出してあります」

自領内の移動になるが、十日近くはかかりそうだった。それを六日で行こう、とチンギスは思った。旧ケレイト領に設けた駅も、充実しはじめている。チンギスの麾下が馬を替える余裕は、充分にあった。

五日で、アウラガの本営に到着した。

さすがにチンギスは疲れを覚え、具足を解いて、従者に運ばせた湯で、躰を拭った。

布の着物に替えて寝台で躰をのばしていると、ボオルチュが来た、と従者が知らせてきた。

チンギスは舌打ちをし、躰を起こすと、ボオルチュを呼んだ。自室に呼び入れる者は、家臣の中では数えるほどだ。

「いろいろと面倒な報告がありますが、ただ聞いていていていただけますか。四半刻で終ります。すべて解決していて、殿への報告が必要なだけですから」

「なら、聞いた。もういいぞ、ボオルチュ」

「四半刻の我慢も、できないのですか、殿。ものぐさにも、程があります」

「おまえを信用している、というだけのことではないか、ボオルチュ。俺は時々、疲れを覚えるようになった」

「あたり前でしょう。あそこからアウラガへ戻られるのが、伝令と同じ速さだったのです。伝令は、到着して任務を果すと、自分の脚では歩けないほどになり、アウラガ府の営舎に連れていかれました」

「相当、大袈裟に言っているな、おまえ」

「次の報告は、大袈裟ではありません、殿。金国から使者が来て、トオリル・カンを討ち、ケレイト領を併合したのなら、その挨拶に殿自身で来るように、と言ってきたのです」

無法な言いようではなく、むしろ当たり前の要求だった。挨拶に、いつにも増した貢物があれば、それで許される。

しかしチンギスは、金国へ赴き、帝や廷臣たちに辞を低くするのは嫌だった。

「なにか、考えてあるのだろうな、ボオルチュ」

「私の下に加えた、生意気な男がおります。その男は、金国で暮らした経験も持っております。無意味に、弁が立ちます」

「無意味にか」

「金国朝廷に対しては。われらにとっては、難題をこなす、有意義なやり方ができるということで」

ボオルチュが、あえて下に加えたと言うからには、それなりの人物なのだろう。

「一度、謁見《えつけん》していただけますか？」

「嫌だ。その謁見という言葉が、気に食わない」

「殿は、御自分で立場を作ってしまわれました。謁見というのはいい例で、これからしばらく、殿が耐えなければならないことです」

「とにかく、連れてこい。明日だぞ。俺は眠れそうだったのに、おまえの顔を見て、眼が醒めてしまった」

「それはいいことです、殿。私が来なければ、眠れそうで眠れない、という苦しい時が過ぎたはずです。私がここを出ていくと、なぜかあっさりと眠れてしまいますよ」

「そうだといいがな」

「ところで、その男、外で待っております」

「なんだと」

「その男と会われると、もっとよく眠れますよ。なにしろ、大きな穴がひとつ開いて、そこからなにもかもが流れ出している、というような男です」

ボオルチュは、チンギスが人に会うことを好んでいるのを、よく知っている。そして、ボオルチュが無理矢理チンギスに会わせた男は、みんないい働きをしている。

チンギスが承知する前に、ボオルチュは外へ出て、男をひとり伴ってきた。

ちょっとふてぶてしい眼の奥に、微妙に繊細な光がのぞいて見える。

チンギスがじっと見つめると、男はうつむいた。

「俺は眠い。燕京《えんけい》、いや中都《ちゅうと》の金国朝廷へ行き、俺は眠いので、自身で参上できない旨、おまえが申し開きをするのだ」

「いきなり、私に金国朝廷でございますか？」

「おまえならできると、ボオルチュが言ったのでな。むこうで廷臣たちの怒りを買い、首を刎《は》ねられたところで、惜しくもないとも言った」

「理不尽な命令には慣れたつもりなのですが、正式な使者として中都へ行くのでしょうか？」

「そうだ。そして俺が行けない申し開きをしてこい。納得させるまで、帰ってくるな」

「至難でございます」

「至難を、顔だけは楽々とこなした。そんな顔が見たい。名は？」

「チンカイでございます」

「この任務は、選ぶことはできぬ」

「かしこまりました」

「よし、もう行け」

チンカイが、出ていった。

「無理なことを命じられますね、殿」

「もういい、ボオルチュ。それで、やつを買った理由は？」

「西に、兵站の基地を造らせたのです。すると、鎮州《ちんしゅう》、カラコルム、ホクシンテールと、かなり離れた三カ所に造ったのです。兵糧を蓄えるところ、武器、武具を蓄えるところ、それ以外の、戦に必要なものを蓄えるところ。防壁などなく、広大な地に倉などを建てているのです」

「なるほどな。意外な才覚か」

「緊急の時に、物資が紛れて混乱することもありません」

離れていても、さまざまなことがなされている。

ブイルク・カンとの戦に日数をかけている間に、テムゲは西夏に進攻し、築かれつつあった、巨大な城砦を打ち壊してきていた。テムゲにとっては、二度目の道である。

「殿、今年はもう、戦は終りですよね」

「いや、ジョチに出動させる。五千騎で、西へ。いや、豊海《バイカル》の西、ということになるかな。ケムケムジュートへ」

「ハカス族ですか」

「タヤン・カンとの戦で、三千騎を出してきた。もう一度、ここで叩いておく」

なんのために叩くか、ボオルチュは訊かなかった。

ジャムカが、ハカス族を味方につけると、面倒になる。ブイルク・カンはジャムカと通じ合い続けるだろうし、旧ナイマン領から北にむかって勢力を拡張すると、厄介なことになる。

幕僚の将軍たちにそれを言うと、杞憂《きゆう》だと問題にしないだろう。西へのさらなる進攻の準備と言えば、全員が納得する。

「ジョチはケムケムジュートでハカス族を叩き、雪が来る前に帰還する」

ボオルチュは、なにも言わない。

チンギスがジャムカを恐れていると、ボオルチュひとりだけは気づいているのかもしれない。

チンギスはボオルチュを追い払い、寝台に横たわった。

大家帳は、天井が高すぎる、と思った。

五

右腕がないから、右側に座るのである。

習慣というようなことではなく、タルグダイの右腕でなければならないからだ。

楼台の椅子も、タルグダイの右側だった。

ラシャーンは礼忠館《れいちゆうかん》から戻ったところで、楼台を見たらタルグダイがいたから、自分の部屋にも入らず、椅子に腰を降ろした。

「また、海が荒れる季節になってきたのですね。漁師の船などは、あまり出漁しないようです」

「うむ、漁師は用心深い。臆病とも言うが。商人の荷を運ぶ船は、時々無謀だと思うこともある」

ラシャーンは手を打ち、下女を呼んだ。鉦《かね》のようなものを卓に置いておこうとしたが、タルグダイが嫌がったのだ。下女を呼ぶには、大声を出すか手を叩くしかない。

下女が飛んできて、卓の前に立った。

「あなた、まだお酒には早すぎますか？」

「いや、酸蜜《レモン》を搾って、酒に入れてくれ」

「二つだよ。それから、厨房に行って、なにか肴《さかな》を見つくろって貰って」

明るく返事をして、下女は母屋へ駈けていった。

常に五、六人の下女がいるから、家の中はいつもきれいで、なにか不自由をするということはなかった。しかし、タルグダイは下女に世話をされるのを嫌がった。

酒が、運ばれてきた。

タルグダイとラシャーンは、なんとなく器に口をつけた。陶器で、江南《こうなん》では有名な陶工が焼いたものだ。

ラシャーンはそれをいくらか買いこみ、北へ運んで売った。

大した儲けになるわけではないが、陶器を運んで売る、という道はできた。二人か三人の若い陶工のものを、大量に買い、金国へ運んで売ると、かなりの儲けになる。

かつての宋は、金国と南宋の二つに分かれている。金国は女真《じょしん》族の国で、そこで暮らす漢民族の人間たちは、どこか萎縮しているような感じがあった。

戦になれば金国が圧倒的に強いようだが、南宋には戦の強弱では測れない、豊かさのようなものがあった。

いま酒を飲んでいる器は、買いこんだものを並べている時、めずらしくタルグダイが手にとったものだった。

草原の遊牧の民は、ぶつかると毀《こわ》れてしまう焼物など遣わず、革を絶妙に細工し、食器などにするのだ。

干した貝を湯で戻して味つけしたものが、肴として運ばれてきた。

料理の豊富さも、眼を瞠《みは》るものがあった。火が、炭や薪《まき》ではなく骸炭《がいたん》（コークス）なので、火力が強い。火力によって、食材は大きく変化するようだ。

タルグダイは、左手で器用に箸を遣う。

昔は、戦に負けてしばしば力を失った。それは生きる力とでも言うべきもので、取り戻すために、さまざまなものを食べさせた。自分で咀嚼したものを、タルグダイの口に流しこんだこともある。

「ラシャーン、潮陽の大商人は、相変らず小さなことを言って、おまえから月々砂金を搾り取っているのか」

三度ほど、愚痴のようにして話した。

船で商いをする権利を持っていて、それだけで充分なはずなのに、月々、まったく根拠のない金を、周辺の商人に要求するのだ。

ラシャーンは、はじめは銭で済んだが、商いの規模が大きくなるに従って、砂金を要求されるようになった。

話など聞いていないと思っていたが、タルグダイはちゃんと聞いていてくれた。

「気になさらずに。それも商いの一部だと思っていればいいのですから」

「その男は、船の権利もいいように扱っているのだろう？」

誰もが迷惑をしていたが、私兵を五十名ほど抱えているので、いやいや言うことを聞いていた。

「あなた、うちは儲かっているのです。礼忠館では、二十名以上の者を雇っていられるのですし」

「おまえは、まともに働き、自らの才覚で商いをして、儲けてきた。青臭いことを言うようだが、その利を、働きもしない者がかすめ奪るのは、愉快ではない」

「それは、私も」

「では、愉快にならないか」

「えっ、なにを言われているのです」

「そいつのところへ、話をつけに行くのさ。おまえはそうしたいと思い、すでに役人などはひとりふたり抱きこんだのだろう。荒事をやる男たちを、雇えばいいだけだが、なかなかそれが見つからん」

役人を三人抱きこんだのは確かだが、誰にも言っていなかった。役人の方も、ラシャーンがいまの状態を動かそうとしないかぎり、やるべきことはなにもないのだ。

自分の気持の底まで、タルグダイは見通しているのか。愛されているから、そういうことになるのか。

不意に、歓喜のようなものが、ラシャーンの中に拡がった。

「明日、話をつけに行こう。私兵が何十人かいるのだろう。剣を佩き、馬に乗って行く。おまえもだぞ。ひとりでは、無理かもしれん」

タルグダイは、剣は遣える。一日に二刻、剣三本分ぐらいの重さのある丸太を、左手で持って振り回している。

使用人たちは、なんのためにそんなことをしているかわからず、呆《あき》れて肩を竦めているだけだ。

「明日の朝、行こう。不意討ちはしたくないので、話をつけに行くと、使いを出して知らせておけ」

「はい」

自分が、はい、と言ったことが、ラシャーンには信じられなかった。

いま、タルグダイは、草原で一、二を争う武人なのだ、とラシャーンは思った。

それ以上、タルグダイはなにも言わなかった。淡々と酒を飲み、うまそうに肴を口に入れた。

夕餉の時も、寝台に入る時も、タルグダイには、なんの変化もなかった。

ラシャーンは眠れなかったが、タルグダイは気持のよさそうな寝息をたてていた。

朝方、ラシャーンはまどろんだ。眼を開くと、タルグダイは立っていて、剣を佩いていた。起きあがり、ラシャーンも剣を佩いた。

外へ出て厩で馬に鞍を載せるまで、ラシャーンはなにも考えなかった。

馬を駈けさせはじめた時、これは戦なのだ、と思った。奪い合っている。いまは領地ではなく、わけのわからない権利というものを、奪い合っている。

「ラシャーン。いいな、戦だぞ」

タルグダイが、そう言った。

戦だと思うと、躰を駈けめぐる熱さのようなものがあった。その熱さには動かされず、冷静でいよう、とラシャーンは思った。

三刻で、潮陽だった。

万高利《ばんこうり》の屋敷は、城外にあり、広大なものだった。

きのうのうちに使者を立ててあったので、私兵たちは迎える構えを取っていて、万高利は、すぐに肥った躰を現わした。

「一緒にいる片腕は、亭主か、礼賢《れいけん》？」

万高利は、半分白くなった髭を撫《な》で回しながら言った。ちょっと顔に笑みを浮かべている。

タルグダイが、鞍の上に立ちあがった。

「これから言うことを、よく聞け、万高利。いままで稼いだものを持ち、船商いの権利の証文をここに残し、城郭《まち》を出ろ。おまえが選べる道は、二つしかない。去るか、死ぬか」

万高利が、腹を突き出して笑った。

私兵のひとりが、鞍に立ったタルグダイの、脚を払おうとした。鞍から跳びあがり、下りる勢いで、その男の頭蓋を両断した。

自分たちの子供だと、魂をこめて二人で打ちあげた剣は、いまでもよく斬れる。

ラシャーンは、二人斬り倒していた。

私兵たちは呑まれたようで、退がって剣を構え直した。

「久しぶりだな、女房殿」

「はい、殿」

「次のぶつかり合いで、全員倒す。止《とど》めを刺す必要はない。面倒だからな。闘えなくするだけで、充分だ。万高利は、殺さずに捕えろよ。見ればこいつら、剣を持っているだけの、人形のようなものにすぎん。よし、行くぞ」

タルグダイが、踏みこんだ。老人で、しかも片腕である。最初に見たのはなにかの間違いだ、と無理に思いこんだ者が、踏みこんでくる。剣を握ったままの腕を斬り飛ばし、次にいた男の腹を突いた。相手の動きは、よく見えているようだ。頭株らしい男が、叱咤《しった》するように声をあげた。数人を弾き飛ばし、タルグダイはその男のそばに立った。

いきなり身を寄せられて、男は驚いたような声をあげかけた。叫びが途中で切れ、男の頭が宙に舞った。

ラシャーンは十名以上を斬り倒していたので、立っているのは数人になっていた。身を硬くし、ふるえ、しばらくすると喚《わめ》き声をあげて逃げ去った。

万高利は、蒼白《そうはく》な顔で、眼を見開いている。

いかにも、小悪党が追いつめられた時に、見せそうな姿だった。その姿が、タルグダイの気に障ったようだ。

「やっぱり、おまえも死ぬか」

万高利に近づいた。石垣に寄りかかっていた万高利が、躰を大きくわななかせ、ずるずると腰を下げ、尿で着物を濡らした。

「いいか、よく聞け。俺はおまえのような小悪党相手には、出てくることはないのだ。今回は、女房殿のことだったから、出てきた。暇潰しにもなりそうだったからな」

万高利は、まだ言葉すら発することができずにいる。

「船商いの、権利証を出せ。斬り刻んで遊ぶのは、それからだ。おい、万高利」

どこから出てきたのか、手代らしい男が、這うようにして、包みを差し出してきた。

「女房殿、これが海門寨《かいもんさい》の商人を苦しめている証文か」

「そうです、殿」

「ならばもう、こんなところは去るか。どこかで、血を拭いたい」

ラシャーンは、着替えを持ってきていた。なぜか、必要になるような気がしたのだ。

「いいか、万高利。おまえの選ぶ道は二つ。改めては言わん。次にここで会ったら、首が飛ぶだけだ」

ラシャーンはタルグダイの左手から剣を取り、自分の着物できれいに血を拭ってから、鞘に収めた。

片腕なのに、タルグダイは実に軽やかに馬に乗る。

「斬り合いの間、ずっと殿を見ていました。なにも変っておられません。昔のままです」

「おいおい、おまえも斬り合いをしていたのだ。もっとも、あの程度の男たちの斬撃なら、気配だけで察して、斬り返すことはたやすかっただろうが」

「私は、殿が剣を振るわれるたびに、気を遣《や》ってしまいそうでした」

「家へ帰るのか、ラシャーン」

「一度帰って着替え、礼忠館へ行きます。海門寨の商人たちを、集めておりますから」

「手回しがいいのだな。まあいい。礼忠館で、俺は一度だけ喋ろう」

道には、人が行き交っている。タルグダイやラシャーンの着物の血のしみは、黒地の中ではほとんど目立たなかった。

屋敷へ入り、下女に水を運ばせると、ラシャーンはタルグダイの着物を脱がせ、全身をきれいに拭った。

タルグダイの男のものが、頭をもたげてくる。

「夜だ、ラシャーン」

ラシャーンは、タルグダイに絹のいい着物を着せた。

それから、自分も裸になって躰を拭い、身づくろいをした。

タルグダイはまた、気軽な表情で馬に乗った。

礼忠館まで駈ける間、なにも言わない。

大広間には、海門寨の商人たちが、ほとんど集まっていた。どうして集められたかも、タルグダイは訊かなかった。

タルグダイが、懐に手を入れ、船の商いの権利証を卓に置いた。

「これが、船商いの権利証らしい。らしいと言うのは、細かいことを俺はなにも知らないからだ。普通は、こういう小悪党の相手などしない。今回は、妻の礼賢が苦しんでいたから、ちょっと手を出した。あとは、うまくやってくれ」

それだけ言い、タルグダイは部屋を出ていった。立って話を聞いていた、ウネだけがついていく。

権利証についての話し合いがはじまったので、ラシャーンはタルグダイを追うことはできなかった。

話し合いに五刻ほどかかり、海門寨には組合を作り、船はそこですべて公平に遣わせる。差配は、交替でやる、ということなどが決まった。

散会する時に、タルグダイに、今後どういう時に出てきて貰えるかと、有力な者たちに訊かれた。

一切、出てこない。大きな志の中で生きている人間だ、とラシャーンは言った。

外へ出ると、ウネが立っていた。

「屋敷に帰られました。生で食せる魚を奥方様に所望なされていました。私が、市場へ行って、購って参りましたので。まだ、生きている魚です」

「それはありがたい。時として、殿は生を食される。死んだ魚の生は躰に悪い、と厨房でも言っている」

ラシャーンは馬に乗ると、屋敷まで駈けた。

厨房に魚を渡し、自室で普段着に着替えると、楼台を見た。

いつものように、タルグダイは椅子に腰を降ろし、海を眺めている。

「今日の荒れ具合はどんなですか、あなた」

「うん、あの漁船が、港に戻るのに難渋している。夕刻に、風のむきが変ったな」

ラシャーンは、椅子に腰を降ろし、下女に酒と酸蜜を命じた。酸蜜は自分で搾るので、二つに切ったものを器に盛ってこい、と言った。

すぐに、酒と酸蜜が運ばれてくる。酸蜜を握りこみ、ラシャーンは酒の中に汁を注ぎこんだ。

「酸っぱすぎるぞ、ラシャーン。俺は見ていて、唾が出てきてしまった」

「頭がしっかりするのです。あなたもやってごらんになれば」

「俺は、別に頭がすっきりしなくてもいい」

「そうですか。私はもうひとつ」

「呆れたな」

「なかなかのものなのですよ」

酸っぱさに身をふるわせながら、ラシャーンは海に眼をやった。

ところどころに、白波が立っている。それが全部白くなる前に、漁師たちは慌てて港へ帰ってくるのだ。

生の魚を薄く切ったものと、醤《ひしお》が運ばれてきた。

「うまいぞ、ラシャーン」

「そうですか。私もいただきますよ」

はじめは、生の魚に抵抗があった。

タルグダイが食しているのを見て、少しずつ箸をのばし、いつか食えるようになっていた。タルグダイがうまいと感じるものを、自分もうまいと感じられるのが、嬉しかった。

「そろそろ、ここも寒くなりますね」

炭を、椅子の下に入れ、脚には毛皮をかける。それを、タルグダイは嫌がらなかった。

「鳥だ」

タルグダイが、指さす。

楼台のそばまで舞ってきた鳥が、高く上空にあがっていった。

冬に鳴く虫

一

往復するのに、ふた月、という道はほぼ作っている、とカサルは思っていた。

最初の旅は、天山の山中に達するまでに、ひと月半を要した。そこから戻る時は、ひと月で済んだのだ。次の旅では、ひと月で天山の山中に達することができるはずだ。

最初の旅は、ボレウという男に会っただけでよしとした。

ボレウとは、二日、語り合った。草原の強い酒を土産に持参し、一日目の晩はそれを飲んだ。

カサルが、テムジンの弟で、テムゲの兄であることを語っても、ボレウの態度は大きく変ることはなかった。じっと見つめてくる眼差しに、なにか深いものが漂いはじめた、という気がしただけだ。

山中で発見されると、そのまま小さな砦のようなところに連れてこられた。別に拘束するという感じはなく、食事を出されたし、馬の手入れも許された。

翌日、砦にやってきたのが、ボレウだった。馬に乗っていたが、伴っていたのは徒《かち》の兵五十名ほどだった。

その徒にカサルは強い関心を持ったが、態度には出さなかった。

名乗り合い、テムジンの弟であることを伝えた。ボレウも、山の民の軍の、指揮官だと言った。

二日目、カサルの一行は十里離れている、大きな砦に案内された。そこが、ボレウの軍の本拠ということではなさそうだった。

そこにいるのは、五十ほどの兵だと思えた。兵については、ボレウはなにも語らなかった。その晩も、草原の話と山の話に終始した。

そして三日目には、カサルは東へむかって進発した。

アウラガに戻ってしばらくして、大会議《クリルタイ》が開かれ、テムジンはチンギス・カンと呼ばれることになった。

天山山中の山の民については、ボレウをどう見たかという話以外、カサルは兄に報告らしい報告はしなかった。まだなにもはじまっていないということを、兄はただ了承した。

テムゲは、西夏に入り、中興府まで進攻して、戻ってきていた。

チンギス・カンとなった兄がなにをするのか、カサルはじっと見ていた。

まず、軍の編制が行われた。編制と言っても、もともとあった軍と、かたちを揃えるということだった。

草原の軍の兵は、全員が百人隊長の下にいる。それはこれまでの百人隊ではなく、さまざまな集落を跨いで構成されているものだった。百人隊長はしばしば交替するが、上に千人隊長を仰いでいる。

千人隊長も、交替はする。そうやって、モンゴル軍は編制され、ほぼ草原全体に及ぶ規模の編制でも変らなかった。

つまり草原の兵は、召集を受ければ、等しく自分が所属する百人隊がいる、モンゴル軍の軍営へ行く。そこでは、どこの部族の兵かなどは、まったく関係がない。少なくとも、そう扱われる。

モンゴル軍は、ひとりの兵の力より、百人隊の力が優先される。

カサルは、ずっと兄の百人隊の考え方に従い、同時にそれを見てきたが、きわめて効率がいいということが、いやというほどよくわかる。

特に、ジェルメとクビライ・ノヤンの、兵の選別が、それぞれの能力を重視するものだったので、きわめて特徴のある百人隊が、多く存在した。たとえば弓に優れている、夜でも疾駆できる、短槍の扱いに秀でている、というような具合だ。

全軍召集で、カサルの指揮下に入る百人隊は、百を数える。半数ずつを二名の将軍が指揮し、その下には千人隊が五つずついる。

カサルの指揮下の軍がそれほどの規模になったのは、ケレイト王国のトオリル・カンを倒してからだった。あの時から、草原はテムジンに雪崩《なだれ》を打ち、ほぼモンゴル一色になった。

そして、兄はチンギス・カンとなった。

テムジンであろうがチンギスであろうが、カサルには同じ兄だったが、周囲は王たる存在の権威を作りはじめた。兄は、それを拒絶するでもなく、喜んで取り入れるというのでもなかった。兄の視線が別の方向にむいているのを、強く感じはしたが、その視線の先を追うことを、カサルはもうやらなかった。

軍営のカサルの幕舎を、ジョチが訪《おとな》ってきた。ケムケムジュートへの出動が命じられ、雪が来る前に戻らなければならない。

「明日、進発ではなかったのか？」

「はい。叔父上も、進発なさるのでしょう？」

「俺は数日後で、しかも軍を率いてはいない。気楽な旅だな」

ジョチは五千騎を率い、ケムケムジュートのハカス族に痛撃を与え、雪が来る前に帰還しなければならない。およそ三月の間に、それをやることになっている。

相当過酷な任務を、いきなり与えられていた。

自分やテムゲは、かなり経験を積んでから、独立して一軍の指揮を任されたのだ。弟に対しても厳しかったが、息子に対しては残酷とも思える。

「つらい任務だと思うが」

「いえ。泣き言は自分に禁じています。死ぬ気で駈ければ、雪とともに帰還できる、と思っています」

タヤン・カンとの戦で、ジョチはテムゲの下にいて、地を這うようなつらい戦をした。そこでテムゲは、山の民のボレウが兵糧を運んでいるのを捕え、俘虜《ふりょ》にしたが、すぐに許して解放している。

「無理はするな。兄上が言われたのは、あくまで目標で、雪中を帰還したところで、お叱《しか》りはあるまい」

「はじめから、そう考えたりはしないようにしています。五千騎の部下の犠牲を極力少なくして、帰還しようと思います」

「俺は、兄上の弟であることが、たまらんとしばしば思ったが、おまえは息子だからなあ」

「俺は、進発を前に、叔父上と少しだけ話をしたかったのです」

「酒でも飲むか」

「いえ、水をいただきます」

カサルは手を叩いて従者を呼び、水を命じた。

「ケムケムジュートと言っても、よくわかっていないのだな。金国ではあのあたりを謙謙州《けんけんしゅう》と呼んでいるようだし、ケムケムジュートとも言われる」

あの地にいる、ハカス族と呼ばれている部族は、タヤン・カンに三千騎の兵を出した。

その懲罰のような意味で、ジョチの進軍が命じられた。

あそこの部族をジャムカが取りこむと厄介なことになる、と兄は考えたように見える。ジャムカは、拠《よ》って立つ地がない分、どこでも勝手に動けるところがあり、離れた場所で軍を興すことも難しくない。

しかしカサルは、兄の中にある、ジャムカに対する恐れのようなものを感じた。

ただ、それだけで兵を出すほど、単純な兄でもなかった。あのあたりを耶律圭軻《やりつけいか》がかつて旅し、鉄の鉱脈の匂いを嗅ぎ取って、報告したのかもしれない。

兄を動かすのは、恐怖よりも鉄である。

ジョチは、ぽつぽつと自分のことを語り、それから父の若いころの話を訊いてきた。気づかなかったが、誰もそれをジョチに語る人間はいなかったのかもしれない。

問われることにひとつひとつ丁寧に答え、それ以外のこともいくらか語った。

四刻ほど喋ると、ジョチは気が済んだらしく、笑顔を見せ、頭を下げた。

「叔父上も、長い旅ですね」

「死なずに帰ってくる。それが兄への意趣返しのようなものだ、と俺は思っているよ。おまえも同じだ、ジョチ」

「はい」

「母上への挨拶は、済ませたのだな」

「進発など、モンゴルの男ならあたり前のことだ、と言われただけです。いつもは、あまり厳しいことは言われないのですが」

ホエルンのつもりでカサルは言ってしまい、ジョチの母はボルテだと思い到った。いつもは姉だと思っているが、息子が一軍の指揮をするようになったのだと、カサルはあたり前のことを思った。

ジョチが自軍へ戻ると、カサルは幕舎を出て、一千の軍の調練を眺めた。馬には乗らず、組打ちの調練である。

カサルの軍は、召集をかけると一万騎だが、いまは一千騎が軍営にいるだけだった。下にいる二名の将軍とは、入念な話し合いがしてある。カサルが留守の間も、調練は怠らず、一万騎すべてが相当厳しいところに追いこまれるはずだ。

「三日で帰ってしまった客を、ボレウはかなり気にしています。ほとんど、馬鹿にされたと感じたのかもしれません。一千ほどの兵に、体力の限界まで山を駈けさせたりしています。まあ、意地のようなものです」

そばに立ったヤクが、耳もとで言った。この男は、いつもこんな話し方をする。

「俺はいい。ジョチに情報を入れてやれよ」

「勿論《もちろん》、そうしています。カサル様への情報は、たまたま入ったから、ということです」

「俺は、供回り五騎、荷駄二十で出かける」

「ほんとうは、供回りは三騎ですね。三騎とも、選び抜かれた手練《てだ》れです」

「もういいよ、ヤク」

「はい。明日から私は、ジョチ様の移動に従って動く、ということになります」

「俺に、気を遣ってくれたわけか」

「カサル様とも話したかった、というだけのことです」

カサルは頷き、ヤクを見てちょっと笑みを浮かべた。ヤクは頭を下げ、普通に歩いて遠ざかっていった。

カサルは、本営の食堂で夕食をとろうと思った。カサルの軍営にも、食堂は設けてある。馬で行き、食堂のそばで従者に馬を渡し、入っていった。

カサルを認めた兵が、立ちあがろうとするのを手で制し、奥の将校用の席に行った。

ジェルメが、ひとりで食事をとっていた。

「同席してもいいかな、ジェルメ殿」

顔をあげ、ジェルメは小さく頷いた。

「数日後には、進発ですか、カサル殿」

「兄上が、ここで食事かと思い、進発前の話をしておきたかった」

「うむ、この時刻に姿がないのは、大家帳《ゲル》の自室で食事ですかね」

「ここでめしを食ったら、寄ってみる」

「カサル殿、供回りが三騎のみだそうですね。昨年の旅では、十二騎だった」

「必要ないのだよ。少なければ少ないほどいい、と俺は思っている」

「カサル殿が考えておられることは、なんとなくわかります。あとの二名が、医師と薬師《くすし》なのですね。馬の移動に、耐えられるのかな」

「ずっと馬の調練を課している。はじめは、養方所の寝台で、赤むけの尻を出して、うつぶせに寝ていた。それがもう、兵たちと同じように乗れるようになった」

「医師と薬師は、とんだ災難でしたね」

「泣いていたが、普通に乗れるようになると、逆に嬉しがって乗っている」

カサルのところに、肉が運ばれてきた。湯気をあげている。数日前に調理したものを、毎日温め直して出す。すると骨にまで汁がしみこんで、かなりやわらかくなっている。その骨を嚙み砕いて食うのが、カサルは好きだった。

「じっくりと構えられていますね、カサル殿」

「ボレウという山の民の軍指揮官は、言葉でごまかせるような男ではなかった」

「降伏させたあと、テムゲ殿が放免しているのですね。それだけの男だろう、と俺は思っていました」

「テムゲが思った以上だ、という気がする。軍指揮官だけでなく、数万の山の民の長の役割も果している。本来の長が、老齢で、しかも病がちらしい」

「あちらは、医術などあまり進んでいないのですな」

「その点では、中華はすごいと思うしかない。桂成《けいせい》の医術は、すべてあちらのものだ。弟子たちが、それを発展させている。薬草については、モンゴルも、天山の山の民も、そこそこのものを持っていると思う」

「粘り強くやろうとされていることについては、俺やクビライ・ノヤンは賛同しています。多分、殿もです」

頷き、カサルは骨を嚙み砕いた。

ジェルメには、ベルグティと二人、徹底的に追いこまれ、何度も死の淵に立った。それはもう、調練というようなものではなく、ジェルメとの生死を賭けた勝負だった。

あれがあったから、いま、死ぬことについてあまり考えずに、戦場に立てる。どこかで、死を超越してしまった。それでも、間違えば死ぬことはよくわかっている。

ジェルメは兄の臣下だが、カサルはいまだに殿をつけてしか呼べない。

「これから、殿のところへ行かれるのですか、カサル殿」

「たまには、兄弟二人で語るのも悪くない、と思ってな」

「殿は、独りきりですからね、いつも」

「俺が行っても、独りきりであることは変らんよ」

カサルは、皿に残った肉を口に入れ、立ちあがった。ジェルメも、そして将校用の席にいるほかの者たちも、立ちあがって見送る構えをとった。

カサルは、一度だけ手を挙げ、食堂を出た。

大家帳は見えているが、間にさまざまな建物があり、曲がりくねって人の間を歩かなければならない。馬を曳いたカサルに、方々から挨拶の声が飛んでくる。カサルは顔を動かさず、手だけで応えた。

大家帳の前で、衛兵に馬を預けた。

チンギスの従者が、奥へ駈けこんで、カサルの来訪を告げている。

「入れ、カサル」

言われ、カサルはチンギスの居室に入った。

チンギスは、不織布《フエルト》の上に座りこみ、焼いた魚に食らいついている。異様に見えたのは、上半身が裸だったからだ。

「めしの最中でしたか」

「構わん、おまえも座って食え」

「魚かあ」

肉は食ったが、魚ならまだ入りそうだ。口から棒を刺して焼いたらしい。まだ三尾残っていた。

「俺が殺した弟が、盗んだとされているのと同じ魚だ」

なんでもないように、チンギスが言う。

ベクテルは、ベルグティやカサルにとっては兄に当たる。タイチウト氏の方へ行こうとしたのが、殺した理由だった。

チンギスは剣で斬り倒したが、ベクテルは死なず、のたうち回っていた。それに、カサルが矢を射こんだ。

二人で殺したのだが、自分ひとりがやったことだ、とチンギスは言った。そして、南へ逃げた。

カサルは、魚を刺した棒を摑んだ。

食らいつく。小さな骨はあったが、硬くはなかった。こんな味だったのかと思ったが、かなり香料がふりかけられているようだ。

「進発するのか」

「数日中には。五名の供と二十頭の荷駄です。荷駄の馬も、そこそこのものを選んであります」

「そうか」

チンギスは、ちょっと考える顔をした。

外が暗くなりはじめていて、チンギスの部屋にも、明りが二つ入れられた。

「兄上、なぜ裸なのです？」

「これから先のことを、考えた。なぜか、躰が熱くなって、脱いでしまったのだ」

「これから先、どんなことを？」

「わからんのだ、躰が熱くなるだけで」

「酒を飲んでいますね」

「酒で、躰が熱くなるのか、カサル」

「さあ」

チンギスが、声をあげて笑った。

「魚を、食おう」

「食っていますよ、兄上」

「俺はな、時々、自分が見えなくて、こわくなることがある。そういう時、魚を食らうのだ」

この兄に、こわくなることなどがあるのか。

いや、常に恐怖に駆られているのではないのか。それをふり払おうとして、さまざまなことを考える。考えたことを、そのまま実行しようとする。

しかし、わからなかった。この兄のことが理解できたのは、どれほど前のことだろうか。いまでは、理解しようという気持さえ、なくなってしまっている。

カサルは、魚を口に入れながら、チンギスの躰に刻まれた、数えきれないほどの傷に眼をやった。

よく死ななかったものだと、単純にそう思った。自分の躰にも傷はいくつもあるが、浅いものばかりだった。

「ジョチは五千騎で、ケムケムジュートですね。明日の進発でしょう」

「おまえのところに、挨拶に来ただろう。ここへは来ないからな。おまえのことの方が、父親と思いやすいのだろう」

「あいつがそう考えるなら、親父のような役をやってもいいですよ。しかし、ほんとうの父は、どこまでも兄上です」

「遠征なのに、帰還する刻限を切った」

「無理な刻限ですよ。行って戻ってくるだけでも、その刻限を守るのは大変だろうと思います」

「言ってしまったことだ。ジョチの顔を見ていたら、そう言ってしまっていた」

「ジョチは、急ぎに急ぐでしょう。それが軍の強さにはなります」

「戦に刻限など切るものではない。遅れて帰還して、俺の前でそれぐらいのことを言わないものかな」

「まず、無理でしょうね」

「おまえにも、刻限を切ろうか、カサル」

「切られても、無理です」

チンギスは、指先で口の中から骨をつまみ出すと、胸のあたりになすりつけた。

そういう振舞いをたしなめるより先に、なにか意味があるのだろうか、とカサルは考えた。

よく見ると、躰の方々に骨がついていて、チンギスの周りの不織布の上にも、白く乾いた骨が落ち葉のように散らばっていた。

「兄上は、頭を食らうのが、俺よりうまいですよ。俺は途中で、嫌になります」

「頭がうまいのだ、カサル。そして俺は時々、それが悲しいことのように感じられる」

「また、わけのわからないことを。臣下はいざ知らず、俺は惑わされませんよ」

「おまえにしか、言わない。特に、魚を食らう時は」

「魚ですね」

「おまえも、つまらないことを考える」

「なにも。俺はなにも、考えていません。兄上の言葉をひとつひとつ考えると、俺はわけがわからなくなり、部下に当たり散らしてしまいますし」

「そうか、部下に当たり散らすか」

チンギスが、声をあげて笑った。口の中にある、魚の頭がちらりと見えた。

チンギスは、また口の中から骨をつまみ出すと、胸と腹の間あたりになすりつけた。

カサルも、思わず真似をしたくなった。しかし、服は着たままである。

こういうことをするために、チンギスは裸になったのかもしれない、とカサルは思った。食っていた魚が、頭だけになった。

迷わず、カサルは頭全部を口に入れた。

二

新参者として扱われていた。

はじめのひと月ほどは完全にそうだったが、猪を仕留めてから、オブラの態度は変ってきた。群の同僚、という感じなのだ。

マルガーシは、まだ新参者でいい、と思った。群で動くことがうまくできず、ひとりで突出してしまう。それで獲物を仕留めることもあれば、逃がしてしまうこともある。逃がすと、ダルドがそばへ来て唸り声をあげる。叱られている、とマルガーシは思った。

トクトアは、狩では最初の指示を出すだけで、あとは一カ所を動かない。それでも、トクトアの前に追いこんで、倒すということが多かった。

「俺は、自分たちが食う分だけを、獲っていればいいのだ、と思っていた」

トクトアは、狩をやりたがるマルガーシに、そう言った。

これまで、マルガーシの狩は、食い物を求めるためというのはごく一部で、獣を倒すことに意味を求めていた。

小動物は小動物なりに、敏捷《びんしょう》で、人が通れないところを通って逃げる。それは、再び戻ってくるまで、二日でも三日でも待つ。

大きな獣は、その場で結着をつけた。それはむかってくる獣で、大鹿など逃げる獣は、追った。先回りをしたり、待ち伏せをしたり、とにかく頭を遣う。

大鹿が動いている範囲はかぎられていて、それを摑めば、あとは騙《だま》し合いだった。一頭の大鹿に、十日かけたこともある。

獲物は、ほとんどそこに放置したが、時々、自分が食うためだけの肉を、抉り取った。

森へ入って、はじめから狩がうまくいったわけではない。飢えて歩いている時、たまたま斜面を下ってくる兎に出会った。とっさに、小刀を投げていた。それは兎の背に刺さっていた。

木の実などを食っていたが、二度目も見つけた兎を射殺《いころ》した。

それから、小動物をよく射殺して、肉を取るようになった。

猫を大きくしたような動物が、眼の前に現われた。それは、これまで出会った小動物のように、逃げはしなかった。

むしろこちらを威嚇し、襲ってくるような気配があった。

マルガーシは、弓矢を措《お》いた。剣で勝負すべき相手だ、という気がしたのだ。

二度、馳せ違った。三度目、膝をついたマルガーシの頭上を跳び越えようとした相手の腹を、剣の先で断ち割った。

はらわたを垂らしながら、相手はそれでも闘う構えを見せ、しばらくして倒れた。

あの時から、大きな獣と闘う時は、いつも剣だった。食うための獲物は、矢で仕留めてきた。それがマルガーシの狩だった。

胸の傷はすぐに癒え、ここで群の狩をはじめた。否応《いやおう》なく、弓矢を遣った。そして獲物はすべて皮を剝ぎ、肉は食らうために手を入れるのだ。

煮た肉を、煙に当てる。生肉を陽に干し、弱い酒に漬ける。肉を保存する方法は、意外なものばかりだった。

「トクトア殿、雪です」

空を見上げながら、マルガーシは言った。

「だから、なんだ」

「冬を越すための肉を、狩で集めなければなりません」

「肉はもう、余るほどだ。大鹿を一頭獲り、生肉を雪に埋める。それで、食うための狩は終る。あとは、雪の中でじっと待ち、出てくる黒貂を狩るだけさ」

黒貂は、二匹獲り、皮を剝いで持っている。

いつか、それを帽子にするつもりだった。父の帽子が、黒貂だったのだ。まだ、自分が黒貂の帽子を被る資格はない。だから、荷の中に入れたままだ。

「俺はいつか、黒貂の帽子を被ることができるように、立派な男になりたいのです」

そういうマルガーシに、トクトアはじっと視線をむけてきた。

「森にいて狩をして、おまえは強くなったのか、マルガーシ？」

「いくらかです。いくらか強くなったとしか思えません。実は強くなったのではなく、狩の技があがっただけなのかもしれません」

虎には、負けた。前に仕留めた虎は、あの大虎と較べると、子供のような大きさで、痩《や》せていた。

強くはないのだ。強くなるために、どうしたらいいかも、わからない。

このまま、森の中で朽ち果てていくのか。

はじめは、生きることに必死だった。余裕が出てくると、なんのために森に入っているのか、しばしば忘れた。

大虎とむき合ったのは、そういう時だ。

闘うこともできず、負けた。つまり、自分が出会っていたのは、弱い相手ばかりだったのだ。

強い相手とは、闘いにすらならずに負けた。死んでいた。御影《スーデル》という猟師やトクトアに会わなければ、いまごろは骨片も残らないほどだっただろう。

森で死んだ獣の、骨が蝕《むしば》まれて土に還りかかっているのを、何度か見かけた。

「トクトア殿は、この森で何年生き抜いてこられたのですか？」

「忘れたな」

「とても強い方ですよね。長年、独りで生き抜いてこられたのですから」

「おまえの言う強いとは、どういうことなのだ、マルガーシ？」

「十六歳の時に、強くなりたいと思って森へ入りました。その時は、強いというのがなにか、はっきりわかっていた気がするのですが。いま思っていることとは、まるで違っていたような気がします」

「いまは、強いとはなんだと思っている?」

「負けないことです」

「おまえは、大虎に負けたぞ」

「だから、弱いのです」

「ふむ、そういうことか」

トクトアがなにを言いたいのか、マルガーシは考えなかった。大虎に負け、死ぬところを助けられた。

それだけのことだ。ここを出て行くと言えば、トクトアは止めないという気がした。ここにいたいという思いが、強くある。自分がそういう思いを持ってもいいのか、とマルガーシはしばしば考えた。

「雪だなあ」

トクトアが、空も見あげずに言った。まだ積もりそうもない、とマルガーシは思った。雪が来ると、凍えて死ぬといつも思ったものだ。

しかし、あまり凍えもせず、飢えもしなかった。雪洞を作った。それがほんとうの雪洞かどうかはわからず、マルガーシはその言葉だけを知っていた。

その雪洞の中では、火を燃やすことができた。白くなった兎がよく獲れ、肉は雪に埋めていると、いつまでも腐らなかった。

「トクトア殿、どうやって冬を越されるのですか？　すさまじい寒さが襲ってくることもあっただろう」

「おまえは、どうやって凌いできた。すさまじい寒さが襲ってくることもあっただろう」

「雪洞の中で、縮こまっていました。運よく兎が数羽獲れ、内臓も肉も一緒に、それを食っていました。そして眠りました。眼醒めた時、生きているのが不思議だ、と思いました」

「おまえは素直な男だな、マルガーシ」

「それは、子供だということですか？」

「妙に大人だと思える、暗さもある。それがどこから来ているのか、俺にはわかりようもないが、おまえをここから追い出したくなるには充分な暗さだ」

「でも、俺は追い出されていません。傷は、もう膿むことはないと思えるほど、癒えているのですが」

「暗さと同時に、なにか闊達《かったつ》なものも感じるのだ。俺にとっては、好ましい明るさなのだよ」

「暗くて明るい。そういうことですか？」

「それが、おまえを複雑にしているよ」

マルガーシは、むしろ自分の明るさを持て余していた。苦しいと思った時、なんとかなると笑っている自分を見つけたりする。

「強くなりたいのだろう、マルガーシ？」

「それはもう」

「明るさも暗さも、内に隠す。そういうやり方もあるにはあるが」

「教えてください、トクトア殿」

「教えられることではない。おまえが、自分で手に入れることだ」

「やります」

「やれるわけがない。馬鹿馬鹿しいことだからな」

「トクトア殿、森をさまよっていたのは、馬鹿馬鹿しいことでした。それに耐えて、これからも耐えられると思っているのです。トクトア殿の馬鹿馬鹿しさなど、俺は軽く耐えられます」

「おまえが耐えられないと思っているから、言っているのさ」

「どうしろと言われているのですか？」

「おまえは、俺を強いと思うか？」

トクトアは、老人だった。髭も髪も白い。手の甲には皺《しわ》が多い。狩でも、動かずにじっとしていて、マルガーシが追いつめてくる獲物をただ待っている。

「俺を、老人だと思っているな、マルガーシ」

「それは」

「俺は、昔はそこそこ強かった。そこそこだぞ。いまはもう、老いさらばえている。そういう俺と立合って、おまえは勝てるか？」

「なにを言われます、トクトア殿」

「そうか、考えるまでもなく、勝てると思っているのだな。愚かな若さだ。強いが、弱い。それがいまのおまえだ。こういう言い方も、理解できないのだろうな」

「トクトア殿と立合って、勝てばいいのですか？」

「三度、機会をやろう。三度、俺に打ち倒されたら、おまえの命は俺のものだ」

「本気で、やっていいのですか？」

「いつだって、立合は本気だ。本気という意味はわかるな？」

「はい」

命を懸けるということだ。負ければ、即《すなわ》ち死。そういう思いで臨むのが、立合というものだろう。

「よし。そのあたりで、おまえの剣の長さと同じ木の枝を捜してこい」

「なぜ、木の枝なのですか？」

トクトアが、声をあげて笑った。

「二度目からは、おまえの剣を遣うといい」

マルガーシは、立ちあがってトクトアに背をむけた。二度目があるとは思えない。髪も髭も白くなった老人なのだ。一度の立合のあと、トクトアの手当てをしているだろう、とマルガーシは思った。

「はじめから剣でないのは、おまえの明るいやさしさが、俺を斬るのをためらわせるからさ。そのあたりが、おまえの弱さだな」

自分のことを煽《あお》り立てていると思いながら、マルガーシはかっと頭に血を昇らせた。

木立の中に駈けこみ、真っ直ぐな枝を二本切り落とし、トクトアの前に持っていった。

「マルガーシ、覚悟はできているな。おまえは、負ければ俺に命を差し出すのだ」

「トクトア殿、男の勝負なのですから」

「よし、やってみるか」

トクトアが、棒を持って立ちあがった。マルガーシは、どこを打てば、トクトアの躰にひどい打撃を与えないで済むか、考えながら棒を執った。

むき合った。

早く済ませてしまおうと、踏みこみかけたマルガーシを、わけのわからない気配のようなものが撃ってきた。低い呻《うめ》きをあげながら、マルガーシは構え直した。

眼の前にいるのは、知らないトクトアだった。殺気ではないが、どうにもならない気配が、鳥の翼のように拡がり、マルガーシに近づいてきた。

それを振り払おうとした時、自分が地にむかって倒れていくのを、マルガーシは感じた。なにもわからないまま、剣を投げられた。いつの間にか立ちあがり、鞘を払った剣を構えていた。

眼の前にいるのが、命を救ってくれたトクトアだということを、マルガーシは忘れていた。

正面から、剣を打ちこんだ。

トクトアの姿が、消えた。マルガーシは、その姿を求めて躰を回した。不意に、足を払われた。倒れ、起きあがろうとする時、地から湧き出すように立ってくる、トクトアが見えた。

立ちあがったが、すぐに斬撃は送らなかった。トクトアが持った棒の先が、幻惑するように揺れた。

棒を、剣で撥ね上げた。そのままトクトアの胴を薙《な》いだが、手応えはなにもなく、膝の裏側をしたたかに打たれ、這いつくばった。

マルガーシが立つまで、トクトアは待っていた。

無様さが、マルガーシの全身を熱くした。跳ね起き、剣を下から上へ振りあげ、さらに踏みこんで振り降ろした。

なにが起きたのか、わからなかった。土が見えたのは、打たれてどれぐらい経ってからだろうか。

「なにか、俺は懐かしいような気分になっている。こんなのもいいな。さて、おまえは二度死んだ。三度目をやる気はあるかな」

マルガーシの中で、なにかが張り裂けた。

立っていた。トクトアの棒。突き出されている。マルガーシは、それをじっと見つめた。こんなものに、打ち倒されたのか。信じられないが、打ち倒されたのだ。

棒が近づいてくるような気がして、マルガーシは一歩退がった。次の瞬間、すさまじい一撃が来て、マルガーシは剣を弾き飛ばされた。

眉間に棒が突きつけられていて、マルガーシは膝が折れていくのを感じた。

尻をついて、座りこんでいた。なにひとつ、できなかった。闘いなどではなく、木偶《でく》のようにただ立っていただけだ。

涙がこぼれ落ちている。森の中で、生死の境を生き続けた日々は、なんだったのだ。

「面白かったぞ。若い力に触れるのは、久しぶりだった。俺も歳で、かなり息があがってしまったが」

トクトアは、笑っているようだった。

涙が止まらず、マルガーシは両手を地についた。

「おまえは、それほど弱くはないぞ。剣の遣い方はきちんと習っていて、俺はほうと思った。実戦は足りない。おまえが相手をしてきた獣は、素速いかもしれないが、剣は持っていない。剣を持っている相手との、距離のとり方が、よくわかっていないのだな」

なにを言われても、なにも頭に入ってこなかった。くやしさもなく、屈辱だけが全身から滲み出している。

「三度、打ち倒したので、つまりおまえは死んだな」

死んだ方がよかった、とマルガーシは思った。死んでいれば、屈辱もなにもわからない。

「おい、気を取り直せよ、マルガーシ。俺が若いころなら、おまえは死んでいたからな」

トクトアは、老人なのだ。髪も髭も白く、狩でもあまり動かない。その老人に、三度も打ち倒された。

「いいか、おまえは死んだつもりになれ。それぐらいは、できるだろう」

「殺してください」

「まあ、気持はわかる。死ぬのは、いまでなくてもできる。おまえは、俺が言う通りのことをやって、この冬を過ごすのだ」

そう言われても、生きているのがひどく惨めなこととしか思えない。

懐に、小刀がある。それで、死ねる。思ったが、すぐには躰が動かなかった。

多分、殺されるのは簡単なことだが、自分で自分を殺すのは、難しいに違いない。

両手を地から離し、座り直した。息をひとつ大きく吸った。

「おい、小刀で自死しようなどと、おまえは思うことはできない。その資格がないのだ。おまえの命は、おまえのものではなく、俺のものだからな。男同士の勝負が、甘いものだとは思うな」

「はい」

確かに、言われた通りだった。勝負の前に、負けたら命はトクトアのものだ、と決められていた。

「この棒を、できるかぎり作れ。何百本、いや何千本だ。ここは森で、木は無限にある。枝を持ってくるだけでいいのだ」

「それをやり終ったら、次になにをやればいいのですか」

言葉を出していると、涙がなぜか止まってきた。

はじめて、マルガーシはトクトアを見上げた。知っているトクトアの顔が、笑っているだけだった。その笑いの中に、自分を馬鹿にしたものがあるとは、マルガーシには思えなかった。

「おまえ、あそこに岩があるのが見えるか？」

マルガーシは頷いた。人がうずくまったぐらいの岩だ。

「棒であの岩を打ち続けたら、二つに割れると思うか？」

棒で打つ。岩を割る。まるで結びつくことではなかった。何百本、棒を遣っても、無理だろう。しかし、何千本だったら。

「おまえはとにかく、あれを打つのだ。来る日も来る日もだ。それが敗者であるおまえに、俺が課することだ」

「それをやれば」

「岩が割れれば、おまえは命を繋ぐのだ」

「生きるためにやれと？」

「割れるわけがない。おまえはそう思い続けるだろうし、俺もそう思う。それでも、やるのだ。手を抜くことは、許さん。いいか、あの岩は、おまえの相手だ。生きている、と思え。それ以外はなにも考えず、ひたすら打ち続けろ」

「それは」

なにかひどく魅力的なことをやれ、とトクトアに言われている気がした。

剣の遣い方は、父の将校たちがしばしば教えてくれた。稽古の相手もしてくれた。だから、そこそこは遣える。

しかし、なにか足りないものがある。それを言葉にして考えることはなかったが、はじめて剣を持った時から、自分に足りないものが、無意識にわかっていたという気がする。

岩を、ひたすら打ち続ける。そんな馬鹿げた稽古を、父の将校たちがやらせようとしないのは、あたり前のことだった。

トクトアは、三度打ち倒しただけで、自分に足りないものがなにか、わかったということなのか。そして、岩を打てと言っているのか。気軽に言っているように感じられて、実は深く強い言葉をマルガーシに伝えようとしているのかもしれない。

「あの岩を打ち、二つに割っていいのですか。それができるまで、俺は生きているのですか」

「生きている。そしてそれができるようになったら、俺との勝負など、なんの問題もなく勝てる。あの岩が割れたら、俺は勝負をしようなどとは思わんよ。むき合ってはならない相手だと、おまえのことを思うだろう」

「岩が割れるまで、打たせてください。割れたら、その時に、俺を殺すかどうか決めてください」

「よほど死にたいのだな、マルガーシ」

トクトアが声をあげて笑った。

ダルドが、ものうそうに頭をあげるのが見えた。オブラは、姿を消している。

「どう打ったら岩が割れるか考える以外、俺はなにも考えません。一打に、思いをこめます。決して、散漫に打ったりはしません」

自分に必要なものが見つかった、と本気でマルガーシは考えていた。

オブラが姿を現わし、火のそばで腹這いになった。

三

商いに、あやういところはなかった。

船を遣って物を運ぶ権利を、海門寨《かいもんさい》の商人たちと分け合った。それで、ラシャーンの商いは安定した、というところがある。

ラシャーンは、毎日、礼忠館《れいちゅうかん》へ出かけていった。

ウネと鄭孫《ていそん》が二人で差配しているが、すでに老齢のウネを、鄭孫は立てているようだった。細かいことの決定は、ウネに諮《はか》っているのだ。

ウネは、生き生きとしていた。タルグダイ家の家令と名乗り続けているが、誰もが礼忠館の差配者だと思っている。

ウネのタルグダイに対する恭しさは、ほとんど尋常なものではないので、周囲の人間のタルグダイを見る眼も、自ずと決まるのだった。

ラシャーンが、深刻に考えなければならない問題は、なにもなかった。

順調に回る商いに、本気で眼をむけているだけでよかった。

ラシャーンに会いたいという人間が、捌《さば》ききれないほど多くなった。

屋敷の近くに、もうひとつ大きな建物を造り、そこを人に会う場所にした。面会所である。屋敷に来られては、タルグダイの日々の静けさが無意味に乱されると思ったからだ。

建物には、タルグダイの執事だと称する人間がひとりいて、あとは記録をしたり、調べ物をしたりする人間が、七、八名いるだけだった。

来訪者は、執事にラシャーンと会見したいという理由を告げる。会うか会わないか決めるのは、タルグダイということになっている。この地での名は、馬忠《ばちゆう》である。

タルグダイにまつわる伝説が、この地方ではできあがっていた。偶像のような存在、と言えばいいのだろうか。

タルグダイが首を横に振れば、来訪者はラシャーンに会えない。ラシャーンはひたすら、タルグダイに忠実なのだという態度でいられた。

タルグダイは、相変らず楼台の椅子で海を眺める日々である。

昼間、二刻ほどは、左手で持った丸太を振り回している。あたり前の光景なので、誰も気にしない。五日に一度ほど、遠乗りに出かける。その時は、ラシャーンもついていく。

ラシャーンの商いは、あやういものを切り棄て、確実なものを加えるということで、規模は二倍ほどだが、ずいぶんと堅実なものになった。

荷車を動かす交易隊は二十輌で、効率のいいものになってきた。物品を積んで運んでくれという依頼を受けるようになり、まずその方面の収入がある。商品が欲しいという依頼もあり、それは帰りの便に載せる。

できるかぎり荷車が空で動かない、という調整をする者がいれば、それで輸送はほぼ完璧なかたちになる。

輸送路のかなりの部分は、轟交賈《ごうこうこ》と呼ばれるところが管轄している道で、わずかな銭を払えば、快適に安全に移送ができる。

交易隊は、北の果ての道では、甘蔗糖を運ぶ一輛だけが動き、砂金と毛皮を積んで戻る。商い全体を礼忠館で統轄し、それはいま実にうまくいっている。

ラシャーンは常に、共同の商いを申しこまれるが、他の商人と組んで物品を動かすのはかぎられていて、南方からの甘蔗糖だけである。そこは競合が多く、組んで規模を大きくした方が有利なのである。

面会所の方から戻ると、楼台の椅子にタルグダイの姿がなかった。驚いて屋敷の中を捜していると、馬で出掛けたと下男が告げてきた。行先は、わからなかった。

ラシャーンは、厩の馬を曳き出させ、鞍を載せた。自分の馬で、タルグダイの馬とともに、慈しんできた。

乗ると、なんの指示も与えていないのに、馬は勝手に駈けはじめた。

海門寨とは反対の方向にむかっている。

二刻ほど駈けた。道は街道からはずれ、あまり人に会うこともなくなった。それからさらに半刻駈けたところで、小さな小屋の前にタルグダイの馬が見えた。

小屋の中で、横たわった子供を前に、タルグダイが胡座をかいていた。

ラシャーンが入っていくと、襤褸《ぼろ》をまとった老人が、平伏した。そのまま、顔をあげようとしない。

「あなた、何事です？」

「ソルガフの息子だそうだ。一緒にいるのが、ソルガフ家の家令らしい」

名は、忘れるはずがなかった。タルグダイが、一番かわいがっていた若い長だ。降伏せず、テムジン軍と一戦を交えて死んだ。

息子がいたのかどうかは、記憶にない。

「ソルガフに息子がいることを、俺は知らなかった。聞けば、ソルガフが死んだあとで、生まれたようだ。母親は、半年前まで生きていた」

子が生まれるのに、なぜソルガフは死を選んだのか。タルグダイに殉ずる理由が、なにかあったのか。こういうところが、ラシャーンには理解できない、男の部分だった。

ラシャーンは、眼を閉じている子供の額に、掌を当てた。かなりの熱だ。薬を飲ませ、温かくした方がいいだろう。

「連れて行きます。私が抱いていればいいと思います」

タルグダイが頷いたので、ラシャーンは子供を抱きあげた。

「使いを寄越したのだから、おまえは歩いて来られるな」

家令という男にむかって、タルグダイが言った。

ラシャーンは、馬に乗り、子供に風が当たらないように、自分の套衣の中に抱きこんだ。それから馬腹を蹴った。

屋敷に戻ると、下女に命じて寝床を作り、寝かせた。子供が、眼を開けた。

「いま、薬を飲んで貰います。できるだけ、水を飲みなさい。粥も、できたら食べた方がいい。欲しいものがあったら、言ってごらん」

子供は、じっとラシャーンを見ている。熱のせいか、潤んだ眼だった。

「名は、言えますか？」

「トーリオ」

「父の名は？」

「知らない」

「おまえの父は、ソルガフという名なのですよ。死んでしまいましたが。私たちは、ソルガフの友だちです」

子供は、下女が運んできた水を飲み、薬は吐き出した。

「飲みなさい。あなたは熱があるのです、トーリオ」

強い口調で言うと、トーリオはちょっと驚いたような顔をして、下女が差し出した薬を飲んだ。それから横たわる。

トーリオには、下女をひとりつけた。

タルグダイが、楼台の椅子に腰を降ろしている。ラシャーンは、そばに座った。

「ソルガフの息子かどうか、定かではない。しかし、ソルガフを知っていて俺を知っている。なんらかの関係はあるのだろう」

「子供は、ここに置いておきましょう。あの男は、礼忠館で働いて貰いますか。ウネにつけてみます」

「なるほど。俺は、斬り捨てるか、砂金をやって追い返すかしよう、と思っていたが」

「本物の家令かどうかは、どうでもいいことですよ。ウネが認める人間であったら、それでいいと思います」

「使者は、通りかかった近くの村の男だった。銀をひと粒貰ったらしい。小銭を持っていなかったというところか」

「そうでしょうね。そして、それが最後の銀だったのかもしれません」

「厄介事が転がりこんできた、と思わないでくれるか。ソルガフの名を聞いた以上、俺は放ってはおけん」

ラシャーンは、頷いた。頼むような口調が、いささか気になった。タルグダイは、最近よくこんな喋り方をする。

「冬の海ですね。いかにも、波がかたい感じがします」

「かたいか。おまえらしい見方なのだろうな。俺は、いかにも冷たそうだ、と思っていた」

「冷たくてかたい海では、おいしい魚が獲れるかもしれませんね」

「おう、多分、なにか届くぞ」

魚種によっては、直接届けてくれ、と漁師に頼んである。生きていればその分の銭が出るので、走って持ってくる。

タルグダイは、すっかり魚を好むようになっていた。肉の場合は、執拗《しつよう》に煮こんで、脂を落としたものを求める。ラシャーンは、なんでもよかった。

下女が、茶を運んできた。

トーリオにについている下女が、洗濯しなければならないと慌てている、とおかしそうに喋った。

トーリオは、尿を漏らし、それでもまだ眠り続けているという。

タルグダイが、低い声で笑った。

熱い茶を啜《すす》る。躰がすぐに温まる。

冬だったが、ほんとうに寒いと感じたことはない。草原と較べると、ずいぶん南になるのだ。さらに南へ行けば、冬はなく、雨の多い季節と少ない季節があるだけだという。

頭上で、答満林度《タマリンド》が音をたてて揺れた。

冬には、よくこの風が吹く。一瞬強くなるだけの、西風だった。揺れたからか、実がいくつか落ちてきた。莢《さや》に入っているものだが、落ちてきたのは中身だけである。

楼台は、一日に二度、下男が掃除をする。だから、落ちている実を見ることなど、あまりないのだ。

「この実で、お酒を造るという話は、どうなったのですか？」

「俺を責めるな、ラシャーン。飽きてしまったのだ。煮たりすれば、すぐ酒になるというものではないらしい。それに、甘蔗から造る酒には及ぶまいよ」

「飲んでみたかったのですよ、私は」

「答満林度の実は、さまざまな遣い道があるらしい。薬を作る方がいいぞ」

「私は、薬は嫌いです」

「そういえば、おまえが薬を遣っているのを見たことがない。傷の薬も、遣ったことがないだろう」

「小さな傷を受けたのは、草原にいるころです。放っておけば、痕も残らないようなものばかりでした」

タルグダイの手当ては、何度もした。そのための薬も、相当な種類と量を集めていた。この屋敷にも、ひと通りの薬が揃っている。全部、タルグダイのために用意したものだったが、この地へ来てからは、薬はまったく遣わなくなった。

「おい、見ろ。漁船が帰ってくる。いつもは深いところにいる魚が、冬から春に産卵のために浅場にあがってくる。そういう魚は、うまいぞ」

「そうですね。脂が乗っている、と漁師たちも言います。生の身を醬《ひしお》につけると、脂がぱっと出ますよね。私は、あれがきれいだと思いますね」

「おかしなやつだ」

どこがおかしいと言われたのか、ラシャーンはよくわからなかった。

五刻ほどして、ソルガフ家の家令がやってきた。

襤褸をまとっているが、それは旅の衣装だろうと思えた。旅では、豪奢《ごうしゃ》な身なりより、襤褸の方がずっと安全なのだ。

「あなたは、うちで働いて貰います。海門寨のそばに、礼忠館という商館があります。そこを差配していているのは、ウネという人です。その男のところへ行きなさい」

「おまえは、細かな銭で済む使者に、銀ひと粒を渡したそうだな。それは払ってやろう。俺は、襤褸が好きではない。その銀で、身なりを整えろ」

タルグダイは、この男に対する関心は、もう持っていないようだった。言葉の響きの中に、投げやりなものがある。

「トーリオは、ここで暮らして行きます。ソルガフの息子ということに、ここではなんの価値もありません。だから、ただの子供を拾って育てている、ということになります。トーリオには、そのうち父のことは語ってやろうと思いますが」

ソルガフ家の家令は、床に這いつくばって顔を擦《こす》りつけている。

それで終りだった。

トーリオが眼を醒したというので、ラシャーンはタルグダイと一緒に、様子を見に行った。

トーリオは、新しい着物を着ていた。ラシャーンを見て、かすかに笑う。

熱は、相変らずあるようだ。頬が赤らみ、眼が潤んでいる。

「いろいろな話は、おまえの熱が下がったら聞きましょう。お腹が減っているなら、なにか食するといい。なんでもありますよ。それで眠る。熱は下がってくると思います。なにも、心配することはない」

「はい」

トーリオが、家令のことを気にする様子はなかった。

下女が持ってきた肉の煮汁を、上体を起こしてひと息で飲み干し、また横たわった。しばらくすると、寝息が聞えてきた。

「六刻経ったら、起こして小便をさせろ。なにか食いたがったら、粥でも与えろ」

眠ってすぐに、トーリオが汗をかきはじめていた。下女が、額を布で拭っている。

ラシャーンは、タルグダイと食堂へ行った。

陽はとうに落ちていて、遅い夕食になった。

やはり新鮮な魚が届いたらしく、皿の上に白身を削いだように切った生魚が載っていた。醬につけると、それはぱっと脂を散らした。タルグダイは、続けざまに口に入れている。

「あなた、よく嚙んで」

「そうだな」

タルグダイが笑った。

食堂の中では火が燃やされているが、それが必要ではないほど、今夜は暖かい。

「俺はなにか、悪いことが露見するような、そんな気分だった。それで、ひとりで出かけていった。悪いことと言っても、俺自身の罪悪ではない。ソルガフをひとり死なせたという、気後れのようなものだったのか」

「ソルガフは、殉死でしたからね」

「殉死ではない。俺が死んで、それを追って死ぬのが、殉死さ。ソルガフは、ただ意地を張った。俺には、そう思える。なにが意地を張らせたのだろう、とも考える」

「殿は、死にそうだったのですよ。いや、トクトア殿のところで、一度は死んだのだと思います。殉死という思いだったのではありませんか。殉死した、と少なくとも私は考えるようにしています」

「そういうことか。俺の生き死にではなく、ソルガフの思いか」

タルグダイの眼から、涙が数滴、こぼれ落ちてきた。

「殿は、いい臣にめぐまれていました。ですから、あの時のことも惨めではなく、思いを静かに蘇《よみがえ》らせることもできるのです」

「そんなものかもな」

「悪事が露見するような、と言われましたが、それはソルガフが来ている、というような錯覚だったからです」

タルグダイは、火の方に眼をやった。

「おまえに言われると、なんとなくそうなのだろうと思ってしまう。不思議な女だよな」

ラシャーンにむいた眼は、もう笑っていた。

その夜、タルグダイはラシャーンの寝台に来た。三日に一度の媾合《まぐわ》いと決めてあり、その日ではなかった。それでも、ラシャーンは戸惑ったりはしなかった。毎夜、タルグダイを待っている、と言ってもいいのだ。

裸になったラシャーンを、タルグダイは寝台に押し倒した。

このところ、そんな媾合いはしていない。ラシャーンが寝台に四ツ這いになるか、仰むけだと寝台ぎりぎりのところへ尻を持っていく。タルグダイが、立ったまま好きなように動ける、という恰好だった。

ラシャーンの上になったタルグダイは、挿入すると、乳房を荒々しく摑んだ。しかしそれ以上は、激しく動けないでいる。

ラシャーンは、タルグダイの脇のあたりに手をかけ、ほんのわずか持ちあげると、前後に動かした。

タルグダイが、呻きをあげはじめる。いつもとは違う快感がラシャーンの躰を駈け回ったが、タルグダイを持ちあげた手には、細心の注意を払った。それがさらにラシャーンの快感を深める。

ラシャーンは、声をあげることもできなかった。快感で、時々、頭が真っ白になった。タルグダイは、低く呻き続けている。

不意に、タルグダイの腰が、自らしっかりと動きはじめた。ラシャーンは、タルグダイの躰を支えているだけでよかった。

タルグダイの躰が静止し、張りつめた。精が放たれる。力強く、長々とそれは続いた。

ひとしきり、自らの躰の中の精を味わったあと、ラシャーンはタルグダイの躰をそっと自分の脇に横たえた。タルグダイのものを口に含み、それから素速く、着物を着せた。

「あなたは、商人の馬忠として、生き直しているのですよ」

「そうだな。そうかもしれない」

「時々、殿が顔を出しても、それはそれでいいのです。すべてを、楽しめばいい、と思ってください」

「そう、思うようにしよう」

タルグダイは、半分眠りかかっていた。ラシャーンは水を口に含み、何度かタルグダイの口に移して飲ませた。

トーリオの熱は、朝には下がっていた。

見知らぬ人の屋敷で病の手当てをされ、着物なども新しく着せられた自分の情況を、どう受けとめていいか、はじめはわからないようだったという。

下女が、訊かれたことには全部答え、それ以外のことも教えた。

たとえば、自分が孤児であること、ここから離れた小屋の中に、家令と称する男と一緒にいたこと。

そんなことを、トーリオはただ頷いて聞いていたという。

下女に連れられて、タルグダイとラシャーンがいる部屋に入ってきた。

「トーリオ、朝の御飯は食べたのですか？」

「はい、粥と、魚を干したのと、卵と、肉を煮たのと、野菜と」

指で折って数えるように、トーリオが言った。

「おまえには、父も母もいない。ここを出ていくと、もう飯さえも自分の力では食えない。だからこの屋敷で暮らして、大きくなればいい」

言ったタルグダイを見つめ、トーリオは小さく頷いた。

「礼など言わなくていいぞ。感謝することなどないのだ。おまえと俺たちの縁が、そうだったということだからな」

トーリオに、すべてがわかると思って、タルグダイは言っているわけではないだろう。それでも、一度は言っておこうと思っているのだ。

「ここにいたら、学ぶべきものは学ばねばならん。人としての、最低の心得だ。学問をやりたければやっていいし、武術をやりたければ、俺が教えよう。いくらか強くなれば、ラシャーンが」

トーリオが、ちょっと首を傾《かし》げた。

「いいか、これだけは心に刻みつけておけ。不正をしたら、罰する。卑怯をしたら、もっと厳しく罰する。嘘はつくな」

「はい」

嘘をつくなというところだけわかったのだろう、とラシャーンは思った。

眼の光を、ラシャーンは見ていた。邪悪な光はない。生まれつきの性格は、善の方だろうと思った。

ソルガフが死んだあとに生まれたのなら、六歳である。それほど荒《すさ》んだ暮らしをしていないようだが、大事に育てられたわけでもなさそうだ。純真なものは、まだ充分に残っている。

ラシャーンは、トーリオの指さきを見た。きのうから、気になっていたことだ。

爪が伸びていて、そこに黒い垢《あか》が溜っていた。

ラシャーンは、爪用の鋏《はさみ》を下女に持ってこさせた。タルグダイが、決してほかの者に切らせようとしないので、手足の爪はずっとラシャーンが切ってきた。以前は小刀で切っていたが、南宋の城郭《まち》では、爪用の鋏は市場で売っている。

ラシャーンは、トーリオを膝に抱きあげ、手をとると爪を切っていった。

十本の指の爪を切ると、膝から降ろした。トーリオはしばらく自分の指を見つめ、ありがとう、と呟くように言った。

「きちんと礼を言うのは、大事なことです、トーリオ。私たちには、いまみたいに呟くだけでいい。しかし、ほかの人には、きちんと言うのです。きのうから、おまえの世話をしてくれているおばさんは、これからも世話をする。なにかして貰ったら、きちんとお礼を言いなさい」

「はい」

素直な響きがあって、ラシャーンは胸を打たれた。

「トーリオ」

タルグダイが言った。

「俺とラシャーンを、父と母だと思ってもいい。ほんとうは違うがな。人生には、そんな縁があると、いつかわかる日が来る」

ラシャーンは、下女を呼んだ。子を育てたことがある女なので、自分よりよほどましだろう、と思ったのだ。

まず、トーリオの部屋を作るところから、はじめなければならない。

トーリオが連れていかれると、部屋には二人だけになった。

「思いがけず、ソルガフが俺たちにくれたものか」

タルグダイが呟いた。

四

ヤルダムが、鞍なしで、見事に馬を乗りこなしていた。

鞍なしは、ブトゥが決めたのだろう。鞍を載せるより、ずっと馬に近い。

「祖父様、よくいらっしゃいました」

父が挨拶したあと、臆《おく》さず馬を前に出し、ヤルダムが言った。

「いくつになった？」

「八歳です」

「そうか、ヤルダム。十歳になったら、ひとりで旅をして、アウラガへ来い」

「はい、父上にも、そうしろと言われています」

「そうか」

いくらか鼻白んで、チンギスは言った。

「殿、先導いたします」

ブトゥが言う。

十騎ほどでの、出迎えだった。

チンギスが、麾下の二百騎だけを表に出しているので、兵の数には気を遣ったのだろう。十騎も軽騎兵で、武器と言えば剣を佩いているだけだ。

十騎が、先導して駈けはじめた。

チンギスが移動する時、どこかに一千騎がついてきている。ムカリの雷光隊も、必ず近くにいる。移動の時の警固について、ジェルメもクビライ・ノヤンも異常なほどに、奇襲攻撃に気を遣う。

ジャムカがまだ生きていて、この草原のどこかにいる。

それは、チンギス自身が、最も気にしていることだった。ただ、いつ現われるかもわからないジャムカに対して、自分の麾下以上の警戒をしようという気もなかった。

コンギラト領の、北の地だった。雪が多い。道は踏みかためられ、氷のようになっている。馬が滑って怪我をしかねないので、疾駆は禁物だった。

このあたりは、雪は深いが、豊かな牧草地だった。草が、密に生えていて、しかもよく伸びる。一年に二度、羊に食ませることができるのだ。そんな草地が、モンゴルにもないわけではないが、きわめて限られていた。

ブトゥの営地の入口では、コアジン・ベキが待っていた。

いくらか肥り、いかにも母親という雰囲気が滲み出している。ヤルダムの下に、男の子と女の子がいる。その二人が、コアジン・ベキの両側に立っていた。

「息災か？」

「はい。父上もお変りなく」

チンギスは、そこで馬を降りた。

大きな家帳が用意されていて、チンギスはその中でブトゥの家族に会った。

いまでは、ブトゥは三千騎の兵を擁する、コンギラト族最大の氏族になっていた。

草原は、モンゴルへと雪崩を打っている。トオリル・カンを倒し、ケレイト王国領を併合してから、そうなった。

メルキト族では、まだアインガがうずくまるようにじっとしている。ナイマン王国ではブイルク・カンが山地に拠っているが、草原ではボロクルの軍が駐留していた。

草原がモンゴル一色になったわけではないが、他とは較べようがないほど、大きくなった。

コンギラト族の中には、金国と手を組んだチンギスを認めないという長が、少なからずいたが、叛乱に近いものが起きる前に、諦めて帰順した。チンギスに忠誠を誓わない長はいない。

ブトゥの営地では、二日間、宴が続いた。

二日目の夜、周囲が寝静まった時、チンギスの寝台がしつらえられた家帳に、ブトゥが送ってきた。

「ひとつだけ、構わないでしょうか、殿」

チンギスは、ブトゥを家帳に請《しょう》じ入れた。

家帳の前では、篝《かがり》が焚かれ、チンギス麾下の兵が五名、衛兵として立っている。

家帳の中には、寝台と卓と椅子が二つある。灯台には灯が入れられていて、ブトゥの顔が赤く浮きあがって見えた。

チンギスは椅子に腰を降ろし、卓にあった酒を二つの器に注いだ。

「殿が以前からお捜しだった者たち、コンギラト族の中にいるかもしれません」

「ほう」

チンギスが酒を飲むと、ブトゥも手を出した。

「俺もよく知らなかったのですが、最後まで殿に従おうとしなかった、氏族のひとつです。百五十ほどの家族で、コンギラト領の南端にいます」

「金国が近くなのに」

「近くだからこそです。屈辱が、多くあったのだろうと思います」

小さな氏族が、金国の小役人に苛《いじ》められ続けたというのは、大いに考えられる。あのあたりは、金国に出稼ぎに行き、なんとか生きているのだ。金国へ行けば、役人の統轄下に入らなければならない。

「金国を恨みながら、金国で口を糊《のり》してきたということか」

「だから、感情はいくらか複雑です。殿に従わない者たちの大部分は、金国で商いなどをして、ひどい目に遭わされた者たちです。その男の一族だけは、金国の奴隷に近いと思います」

「心と躰にしみついた恨みか」

「南を回っての御帰還なら、直《じか》に会ってみられるといい、と思います」

ブトゥがそう言うなら、面白い男かもしれない。

それから、孫たちの話になった。ヤルダムが十歳になったら、コデエ・アラルのハドの牧で、馬を選ぶことを許した。ブトゥは、はじめからその許しを貰うつもりだったらしく、嬉しさを隠さず大声で礼を言った。

ブトゥが去ると、チンギスは寝台に横たわった。

酒は飲んでいるが、すぐには眠れなかった。

どうでもいいことをいくつか思い浮かべ、それについてあれこれと考えた。

コンギラト領は、南北に長い。

チンギスが訪ねると決めた次の氏族の集落まで、二日かかった。

集落の長は、平伏してチンギスを迎えた。

「俺の寝床をひとつ。それから、麾下が野営するために、幕舎を張る場所を」

「そのようなことを。どこの家帳を遣っていただいてもいいのです」

「俺はもうすぐ、草原を統一する。その時、おまえはいまのままの暮らしをしている」

「それは、領地を安堵《あんど》していただけるということでしょうか?」

「そうだ」

チンギスは、目の前で平伏している長に、関心を失った。

翌早朝の進発を告げ、宴は早目に切りあげた。

やはりすぐには眠れず、飾り立てられた家帳の中で、ぼんやりしていた。

外で、声がした。それは押し問答のようになっている。女の声だった。

「申しあげます。長の娘と称する女性《にょしょう》が、挨拶をしたいと、来ております」

「通せ」

どういうことかよくわからなかったが、どうせ眠れないのだと思った。

入ってきたのは、まだ若い、見目のいい女だった。

挨拶を受け、言葉をかけた。これで終りだろうと思ったが、女は立ちあがり、いきなり全裸になると、寝台に横たわった。

女をあてがわれたのだ、とチンギスは思った。別に腹は立たなかった。軍袍《ぐんぽう》を脱いで女にのしかかったのは、まだしばらく眠れそうにない、と思ったからだ。

髪から、いい匂いが漂ってきた。滑らかな肌だった。これが若さというものか、とふと思った。若いころのボルテも、こんな肌をしていたような気がする。

ひとつになると、女は低い呻き声をあげた。思いがけない快感が、チンギスにはあった。ボルテ以外の女と交わっていることが、不思議な気分だった。チンギスが激しく動くと、灯台の明りの中で、女の乳房が揺れた。それが面白くて、チンギスはひとしきり動き続けた。

呻きが途切れ、女の躰がそり返った。硬直しながら、小刻みにふるえてもいる。

精を放った。チンギスの全身で、快感が小さな生き物のように駈け回った。

しばらくして、チンギスは女から躰を離し、軍袍を着こんだ。女も、服を着て、不織布の上に端座した。

言葉をかけるのも面倒で、手で出て行くように示すと、寝台に仰むけに寝た。

女が小さな声で礼を言い、家帳から出ていった。

まだ眠れないだろう、と思った。なにを頭に浮かべようか、ちょっと考えた。

なにも浮かばないまま、眠っていて、眼醒めた時は外が明るくなっていた。

声をあげて、従者を呼んだ。従者は、桶に湯を入れて持ってきた。それで顔を洗う。小さな器に、猪の毛を束ねたものを入れ、それで歯を磨く。水を運ばせ、濡らして搾った布で全身を拭う。

それから先、チンギスはしばらく立っているだけだった。布の軍袍の上に薄い革の服を着て、さらに厚い革の上下を着せられる。そして、具足だった。馬上では、毛皮の套衣を着る。

外へ出ると、麾下はすでに馬に乗っていて、馬上で姿勢を正した。

見送りに出てきた長の方に、チンギスはちょっと眼をくれた。長のそばに、若い女が立っている。それが昨夜の女なのかどうか、まったくわからなかった。

チンギスは馬に乗り、進発を命じた。

馬の吐く息が白く、自分の吐く息もそうだろうと思った。

ところどころで、民が道端に立って挨拶してくる。チンギスは、軽く片手を挙げるだけで通りすぎた。

二つの、有力な氏族の集落で泊った。

宴のあとの家帳に、女が来たので抱いた。どちらも、若い女だった。

服属してきた氏族を回ることに、大きな意味があるとは思えなかった。チンギスが言わなければ、誰も勧めはしなかっただろう。会う必要があれば、アウラガの本営へ呼びつければいいことだ。

二つ目の氏族のもとを進発し、さらに二十里ほど南へ進んだ。

不意に、ムカリの雷光隊の動きが、いくらか見えるようになった。見えないようについてきていた一千騎は、はっきりとその姿が見えたりした。

金国との国境が近づいているので、警戒して近くにいようとしているのだろう。

金国は同盟の相手ではあるが、いつ破られてもおかしくないものだった。

手を携えてなにかをするというのは、ウルジャ河の戦で、完顔襄《かんがんじよう》と組んでタタル族と闘った時だけだった。それ以後は、お互いにただ利用していた。

最近では、同盟の証しに、金国は盛んに朝貢を求めてくる。チンギスは、それには一応従っていたが、自ら金国の都に出向くことはしなかった。

周囲が金国を警戒するのは、よくわかる。答えようによっては、すでに相反しているのである。

「金国軍の動きは、まったく見られないそうです」

ソルタホーンが、報告してきた。大したことが起きていない時、ヤクは部下を寄越し、ソルタホーンに報告させるのだろう。

「ナルスの営地まで、あとどれぐらいだ？」

詳しいことは、ブトゥから聞かされているだろう。誰も、細かいことまでは、チンギスの耳に入れなくなった。

「あと二里です」

「すぐそこか。ナルスが、金国に命じられて、俺を暗殺でもしようというのか」

金国の奴隷のようなものだ、とブトゥは言った。だから金国を恨み、金国と手を結んだチンギスに強い反感を持っている。

「金国軍については、充分すぎるほど警戒しています。ナルスについては、警戒しなければならないのは、対面の時だけです」

「会ってみなければわからないが、場合によっては話しこむことになる」

「その場合は、あまり警戒する必要はないだろう、と俺は思っています」

「警戒している、と思われたくないからな」

「はい。ブトゥ殿も、露骨な警戒は避けた方がいいと言われました」

チンギスは頷いた。

すぐに、ナルスの営地が見えてきた。

このあたりは、牧草地ではない、とチンギスは思った。金国国境との間にある、砂漠か土漠だろう。ナルスが、貧困をきわめて、金国で働いているというのは、いくらか想像できるようになってきた。

家帳が百五十ほどの営地で、多分、これで一族全部だろう。

若い男が、直立して出迎えていた。背後に、二十名ほどの兵もいる。

「ナルスだな。ここに、しばらく滞留することになるだろう。そのつもりでな」

馬を降りて、チンギスは言った。

「滞留と言われても、ほかの氏族の饗応《きょうおう》のようなことは、ここではできません」

「こんな貧乏臭いところでの宴など、俺もやりたくない。幕舎を並べて、勝手にやるさ。気にするな」

「しかし」

「俺は、おまえと話しに来た。まあ、そう構えるな。どれほど貧困でも、言葉が通じないというのは、悲しすぎるからな」

ナルスは、ひょろりとした男だった。顔は蒼白《あおじろ》く、首も細い。草原の男は、陽に焼けていて、骨格はがっしりし、首が太い、とチンギスは思っていた。

麾下の兵たちが、幕舎を張りはじめる。

「ナルス殿、後ろの兵たちを、まず散らせてくれませんか。ものものしすぎます」

ソルタホーンが、チンギスの脇に立って言った。

「俺は、モンゴル軍の将校で、いまはチンギス・カン麾下で副官をしている、ソルタホーンと言います」

「なにかあって、部下を背後に並べているわけではない、ソルタホーン殿。俺は、モンゴルに帰属する。しないと言えば、俺はひとりきりになるからだ」

「それは、俺に言われているのですか、ナルス殿？」

「ソルタホーン殿に、言っている。ただ、チンギス・カンの耳にも届くように」

チンギスは、声をあげて笑った。言葉が通じない男ではないらしい。ただ、それを即座に導き出すのは、自分にはできなかっただろう。ナルスの、頑迷な部分にぶつかり、少し手間取ったかもしれない。

「ナルス、聞えていたよ。話をして、俺が従うに値しない男だと思ったら、そうすればいい」

「そうすればとは、どうすればということなのでしょうか？」

「おまえは、金国に頼る相手を持っているのではないのか。そいつを頼れよ」

「モンゴルは、金国と同盟を結んでいるではありませんか。ならば、なぜ俺が金国に頼れると思われるのです？」

「金国はいま、俺を殺したくてうずうずしている。同盟が生きたのは、ウルジャ河の戦の時だけだな。それからは、お互いに利用し合うだけだ。それも、同盟と言うかもしれん」

チンギスは、もう一度笑った。

「ウルジャ河の戦は、もう十年以上も前の話になる。俺はあそこで、金国と結んでのしあがりたかった。モンゴル族の中でも、キャト氏はタイチウト氏に及ばなかった。それぐらい小さかったのさ」

「草原を、制覇されています」

「制覇と言うほどではないがな。金国との同盟が、大きな力になったことは確かだ」

「金国と結んだのは、大きくなる手段だったと、言われるのですか？」

「そうさ。ウルジャ河以来、俺は金国と組んで大きな戦はしていない。一度組んで闘ったということで、かなり力をつけることができたがな。俺はずっと、爪を隠し続けてきたよ。まず、ケレイト王国のトオリル・カンに対して、隠した。そして、金国に対して隠し続けている。そういうことだ」

「待ってください。いきなりそんなことを言われても」

「まず肚を決めろ、ナルス。おまえはいま、俺が金国と結んでのしあがったように、俺と組んでのしあがれ、という話をしようとしているのだぞ」

「俺は」

「おまえ、氏族の長だろう。氏族の民が、これほど貧困の中にいて、金国に糊口《ここう》をしのぐ道を見つけるのが、ほんとうの長のありようか」

「貧困のきわみに立たなければ」

「言うな。俺の氏族は、困窮のきわみに立っていた。しかし、自分で貧困だとは思わなかった。みんなが、誇りを失わなかった。その氏族の思いから、俺は出発したのだ」

「俺に、どうしろと？」

「ひと晩だけ、胸襟を開いて俺と話をしろ。氏族の命運を決めるのに、ひと晩ぐらいたやすいものだろう」

ナルスは、じっとチンギスを見つめていた。チンギスは、かすかに微笑《ほほえ》みを返した。

背後に立った者たちに、ナルスが散れと合図した。

「幕舎が仕上がるまで、もうしばらくお待ちいただけますか、殿」

ソルタホーンが言った。

「いいさ、充分に時をかけろ。俺はこいつに、貧困のきわみの氏族の集落を、案内して貰うことにする」

ナルスが、はじめて口もとだけで笑った。

「おまえは、河に橋を架けられるそうだな、ナルス」

肩を並べて歩きながら、チンギスは言った。ナルスは、うつむいて歩いている。

「建物の土台も作れる。城郭の修繕などお手のものだ。さまざまな工夫をこらすのに、おまえの仕事を、金国は認めようとしない。俺は、認めるぞ。ひとつの軍と言えるほどの仕事を、おまえにして貰いたい」

チンギスは、それ以上は言わず、黙って歩いた。

ナルスの民は、こちらを見て平伏するか、家帳に飛びこむかの、どちらかだった。子供だけが、無邪気に顔をあげ、大人に叱られたりしている。

ソルタホーンが、先導するように前に出て、子供の頭を撫でて歩いた。

「この子たちを、せいぜい不自由のない暮らしの中で成長させたいものだな」

歩いていると、すぐに集落の端になった。囲いがあり、牛が十頭ほどいた。

「騎馬隊に関して、俺は負けん。しかし、城郭に籠って、防御しようというやつらは」

「待ってください。やつらとは、金国のことなのですか？」

「俺は、金国を叩き潰すのに、手ごろな大きさになってきたと思う」

「まさか」

チンギスは、ナルスの肩を、一度強く叩いた。ナルスが弾かれたように、チンギスを見た。

チンギスは、ただ笑った。

五

五騎の供しかいなかったが、荷駄は二十頭曳いていた。

土産の攻勢をかけてくるのかと思ったが、その荷は全部、自分たちで遣うようだった。幕舎をひとつ張り、荷はすべてそこへ運びこんだ。

そして、カサルひとりで、ボレウの軍営へ挨拶に来た。この地にしばらく留まる、という挨拶だった。そして、村の人間を銀で雇っていいか、という許可を求めた。

なにをするつもりなのか、ボレウはいやでも関心を持たされた。

カサルは自分で村を回り、大工仕事のできる男を五人雇った。村にある材木も買い集めた。ほかに十人ほどの人間が、地を均《なら》し、石を積んで建物の土台を作った。

なんの建物なのか、ボレウは訊かなかった。完成するのを待とう、と思った。

この前は、長い旅をしてきて、三日で帰った。二晩は喋ったのに、なにかを見切ったような帰り方だ、とボレウは感じた。それが、心の底に澱《おり》のように残った。

もう、カサルが来ることはないのだろうと思い、忘れることにした。

草原をほとんど制している、チンギス・カンの弟なのだ。自分を捕え、それから解放したテムゲは、カサルの弟になる。

テムゲには、恩義があった。それはカサルにも、そしてチンギス・カンにも持たなければならない恩義なのか、と何度も考えた。

カサルはその話をほとんどせず、テムゲは弟なのだ、ということだけを言った。

建物の骨組みができあがり、日干し煉瓦の壁も積まれた。屋根は木の皮で葺《ふ》かれた。村の者たちの意見を聞いたらしく、雪を落とす急な屋根にもなっていた。

建物の中はいくつにも仕切られ、よく風を通す造りだった。

ほとんどできあがったころ、雪が来た。それでも、ボレウにはなんのための建物か見当がつかなかった。

その建物とは別に、長屋のようなものが造られ、カサルはそこで暮らすようだった。備えを見ると、暮らすのだろうとしか思えなかったのだ。

供のうちの三人もそこで暮らすようで、長屋は四つの部屋に仕切られていた。

雪が積もって、山が静けさに包まれたころ、カサルは酒の瓶をぶら下げて、ボレウの家にやってきた。

「あの建物はなんなのだ、カサル殿」

「養方所と薬方所だ。連れてきた二人は、医師と薬師でな。ここで病や怪我の治療をする。荷駄で運んできたのは、そのための道具や、薬草さ」

「薬草なら、ここにもある」

「いくらあっても、困るものではないだろう。あそこは、役に立つと思う」

「なぜ、そんなことをする」

「俺は、おまえの気持を摑みたいのだよ、ボレウ」

言って、カサルはにやりと笑った。

前回の束の間の滞留から、またこうしてやってきたことで、ボレウは気持を搔き乱された。それを気取られまいとしてきたが、カサルには見えていたのかもしれない。

「山の民が、素直に病を治してくれと、やってくると思うか、カサル殿」

「時をかければいいのだ。俺はいずれ帰るが、医師と薬師はここにいて、弟子を育てる。それが終ったら、帰るさ」

「わからんな。なんのためだ？」

「だから、おまえの気持を摑みたい、と言っているだろうが」

「山の民を、チンギス・カンの支配下に加えたいのか？」

「支配というのとは、ちょっと違うな、ボレウ。仲よくしようぜ」

「気色が悪いな。俺らは、もともと独立している。ナイマン王国に朝貢していたのは、それが生きる道だと、長老たちが判断したからさ。もう、五代か六代、そうやって朝貢してきたが、タヤン・カンが討たれて、それも終った。終ったはいいが、モンゴル国に朝貢しろとでも言うのか」

「そういう関係だったら、従者を送ればいいだけのことだ。あるいは、テムゲが来て旧交を温めるとかな」

「カサル殿が来た意味は？」

「だから、おまえの気持を摑むためだ」

「摑まれたら、どうなるのだ。俺は、山岳軍の司令にしかすぎない。俺の動きを決めるのは、山の民や谷の民を統轄する、長老の会議なのだよ」

「そんなことは、とうに調べているさ。長老の会議を籠絡するのは、難しいことではない。砂金の小袋が、二つ三つあればいい。だが、それではおまえの気持を摑むことにはならん。おまえは、長老会議の指示に従って、ただ動くだけだろう」

「いつだって、俺は指示に、いや命令に従って動くよ」

「それでいいのかよ、ボレウ。長老会議は、砂金で転ぶのだぞ」

「この話は、もうやめよう。男同士が酒を飲む。今夜は、そうしたい」

「望むところだよ、ボレウ。おまえを、指示とか命令とかの中で生かしたい、などと俺は考えない」

カサルがじっとボレウを見つめ、酒を呷った。

ボレウの家は、軍営からそれほど遠くはない、村の中にある。妻帯していないが、父と母がいるからだ。そうでなければ、軍営で兵たちと暮らしたいところだった。

父はすっかり老いて、昔のように頑固なことは言わず、長老会議からも身を退《ひ》いていた。いまも時々、相談を受けている。あまり見当違いのことは、言わないのだと聞いた。

軍営は、砦でもなんでもなく、ただ建物があって、百名ほどの兵が暮らしている。ほかに砦が五つあった。ひとつの砦に、五十名ほどがいて、それは決められた日数で交替する。常時いる兵は四百に満たなかったが、召集をすると最大で六千名は集まる。

統治の機能は、軍営にはなかった。村の中央の広場の前に、そのための建物があって、三十名ばかりが働いているが、ボレウと喋るのは、上にいる五名だけだった。

山の民は、しばしば侵攻と闘わなければならなかった。

特に、隷属を求めるキルギス族とは、何代にもわたって闘い続けている。

もともとは、キルギス族から出たと言われている。いわば同族だが、それゆえに隷属を求めているのである。山の民にとっては、理不尽以外のなにものでもなかった。

父祖が、なぜキルギス族から独立するようになったのかは、わからない。キルギス族も同じだろう。ただ、隷属を求める動きだけが、部族同士の歴史として続いているのだ。

下女が、山で採れる野草を、塩漬けにしたものを持ってきた。そして、夕食はどうするのか、訊いてきた。

「カサル殿、めしの話だが」

「男の話ではなかったかな、ボレウ。それがめしだと。おまえ、酒を飲んでいないな」

「つまり、めしはいらないということだな」

「腹は減っているが、めしはいらん」

「わけがわからないよ。カサル殿は、酒にのまれてしまう男だったのか」

「もう一度言ってみろ、ボレウ」

「酒にのまれている」

「情無い男だよな」

「俺のどこが?」

「ボレウは、情無くない。俺は、自分のことを話している」

ボレウは、器の酒を飲み干した。それでも、カサルの酔いに、すぐに追いつけそうもなかった。

「いいか、ボレウ。山の民は、ナイマンという後ろ楯《だて》をなくしたのだぞ。もう、キルギス族に組みこまれるしかなくなっている」

「はっきり言うなよ、カサル殿」

「俺の兄は、朝貢しろなどとは言わないぞ。それが屈辱にまみれたものだと、金国への朝貢で身にしみているからだ」

いまだに、金国への朝貢を続けているのは、草原の中の力関係がまだ定まっていないからだろうか。それとも、金国朝廷を、ただ安心させるためなのか。

「モンゴルには、タタル族出身の将校もいれば、ケレイト出身の文官もいる。わかるか、ボレウ。俺の兄は、部族の違いなどなく、等しく草原の民だ、と言った。そして、実際にそうなるようにしている。軍で、タタル族出身だと言ったところで、ただそうだというだけのことだ。能力があれば、将校にも、将軍にもなれる。能力がなければ、モンゴル族、いやキャト氏出身だと言ったところで、一兵卒さ。わかるか、ボレウ」

カサルがボレウに手をのばし、肩にかけるとぐらりと揺れた。

「俺もテムゲも、兄貴がどこへ行くのか、もう考えもしなくなった。考えても、追いつかないのだ。だから、ただ従う。自分が情無いと思いながらだ」

「俺は、チンギス・カンについて、なにも知らない。テムゲ殿を見て、実の弟にこれほどつらい戦をさせるのだと、驚いただけだ」

「あそこには、長男もいたのだぞ。叔父のテムゲにいいようにされて、何度も死にかかったな。テムゲは、兄に対する恨みを、ジョチという長男を苛めることで晴らしていた」

「あの戦、総大将はカサル殿だろう。カサル殿は、弟や甥を苛めることで、恨みを晴らしていたのか」

「いろいろ考えると、そういうことになるな」

カサルが、大声で笑った。笑いながら眼を閉じ、ぐらりと傾いた。すぐに立ち直り、酒の器に手をのばそうとする。ボレウは、それを奪って飲み干した。

「俺の酒を飲んだな、ボレウ」

「酒ぐらい、なんだ。あんたは、俺を飲もうとしているのだろう」

「こんないかついもの、飲めるかよ」

「カサル殿。俺たちは、いい歳をした大人だぞ」

「俺はな。おまえは小僧だ。俺に言わせれば、青過ぎるな。大人になって、いろいろ考えろ。このままでは、山の民は奴隷だぞ」

言いながら、カサルが椅子から落ちた。

ボレウは椅子に座ったまま飲み続け、床で眠りかかっているカサルを無視した。

「おい、ボレウ」

カサルが声をあげたのは、しばらく経ってからだった。立ちあがろうとして、ボレウの服を摑んだ。ボレウは、自分の躰が揺れるのを感じ、それからカサルの上に落ちた。

「おまえ、俺を殴ったのか？」

「あんたが、俺を蹴ったんだよ」

「おまえ、俺に蹴られるような男になるな」

「なにかあったら、俺は迷わず、あんたを殴るからな」

「なにもない。奴隷になったおまえを、俺が助けるぐらいだよ」

「奴隷はいやだ。絶対に、いやだぞ」

「モンゴルにも、奴隷はいる。タタル族で、最後まで降伏せずにむかってきた者たちは、俘虜としてモンゴルに連行され、期限を切って奴隷となった」

「カサル殿、あんたほんとうに酔っているか？」

「なんだと」

「時々、言うことがしっかりしている」

「大事なことを言う時、頭ははっきりする。多分、間違ったことも伝えていない。しかし、束の間しか続かない。酔いの方が強くなってくる」

「おかしな酔い方をする男だ。ナイマン王国が潰れたので、キルギス族は大喜びで侵攻してくるだろう。雪解けには、来るさ」

「おまえ、それ」

「だから、猛烈に調練をした。しかしキルギス族は、ほとんど騎馬隊だからな。村は焼かれる。村人は、砦に収容して守るとしてもだ」

「おまえ、酔っていないな」

「酔ってるから、あまり部外者に聞かれたくないことを、喋っている」

「俺は部外者か、ボレウ」

「あんた、遠い遠い他人だぜ」

「俺は、まだ友だちではないのか」

呟くように言って、カサルは大の字になり、ほんとうに眠りはじめた。

しばらく飲み続けて、ボレウも自分が床に横たわっていることに気づいた。気づいたのは、一瞬だった。

眼醒めた時は、躰に毛皮が被せてあった。

カサルの躰にも被せてあり、別の動物がそばにいるように見えた。

そして外は、とうに明るくなっていた。

頭の芯が重いような気がしたが、カサルはなんでもないように上体を起こし、置かれていた水を飲んだ。ボレウも、普通の表情を装って起きあがった。

「いかん。寝過ごしてしまった。俺は帰るぞ、ボレウ。軍の調練をやるなら、俺の部下三名を加えてくれないか。三名とも、モンゴル軍ではそこそこの将校なのだ」

「いいだろう。モンゴル軍がどれほどのものか、俺はテムゲ殿の軍で知っているが、カサル殿の麾下はまた違うかもしれないしな」

カサルが立ちあがり、乱れた服を直した。剣を佩く。それ以上の武装は、していなかった。

「養方所に、病人や怪我人は必ず来る。断っておくが、治せるものと治せないものがある。すべてを治す、などと思わないでくれ」

「ふん。誰も行くものか。山の民は、怪我ぐらいは自分で治す」

「まあ、様子を見るさ。子供の流行り病など、治すのが得意の医師でね。老人の手足のつらさを、楽にできるかもしれない薬を作るのが、うまい薬師だし」

それだけ言って、カサルは馬に乗った。

きのう、ここへ来た時、カサルは馬の手入れをし、厩の者に預ける時も、いろいろ言っていた。草原の民は、こんなふうに馬に接しているのだ、と思ったほどだ。

カサルは軽やかに馬を駈けさせ、遠ざかっていった。

それから数日、養方所へ村人が行った気配はなかった。

カサルの部下の三名は、軍営へやってきて、馬は厩へ預けた。

山の民は、具足などはつけない。三人も、具足なしだった。

剣の調練では、素振りを二百回やり、一対一の組み手もやった。

その日の調練は終り、翌日はひたすら駈けた。それも三名は楽にこなしていた。

三日目は、二手に分かれて、頭の木の枝の奪い合いだった。それを奪われたら、ぶつかり合いの外に出なければならない。

三名の動きがめまぐるしく、あっという間に五十名は枝を奪われた。何度やっても、同じだった。最も腕の立つ者から十名を選び、三名のうちのひとりを出し、一対一で立合わせた。最初のひとりが、十名を打ち倒してしまい、残った二名は、所在なさそうにしていた。

解散してから、ボレウは三名を軍営の裏に連れて行き、ひとりと立合った。

むき合い、構えた瞬間から、支えきれないほどの圧力が来た。それは殺気でもなんでもなく、ただ圧力だった。

その将校の顔には、いささか迷惑そうな表情まで浮かんでいる。

それにかっとして、ボレウは踏みこみ、打ちこんだ。棒をどう弾かれたのかわからず、相手の棒の先はボレウの脇腹の寸前で止められている。

「なんだよなあ。俺の軍は、俺も含めてそれほど弱いか」

「弱くはありません」

ボレウと対峙した将校が言った。

「決定的に、実戦が不足しているだけです。調練でも、剣を遣われればいい、と思います。いくらか、怪我人は出るかもしれませんが」

それをやってみるべきかもしれない、とボレウは本気で考えた。それにしても、この三名は、どこまで強いのだ。

「三名で、五十名と闘ったら、勝てるか？」

「勝てます」

「ひとりでは？」

「わかりません。どこかに、一瞬の隙はあるのかもしれません。そこを衝かれれば」

一瞬の隙を衝ける兵はいないだろう、とボレウは思った。

「カサル軍には、おまえのような力量を持った兵が、ほかにいるのか？」

「われらは、カサル麾下では、最も強い十名に入るかもしれません。モンゴル軍全体では、百位にも入らない、という気がします。しかしモンゴル軍は、強いということを、それほど求めてはいません」

「なにを、求めている？」

「百名いれば、百人隊の強さ、というものが求められているのです。個々がどれほど強くても、そうだというだけのことで」

わかるような気もした。

「ここにいる間、調練に加わってくれないか、三人とも」

「ここには、ずっといるように言われています、ボレウ殿。アウラガに帰還するのは、殿ひとりです」

「ずっと、ここにいる、というのか？」

「ずっとではありません。歩兵の調練が成ったら、帰ります。もし、ボレウ殿がその歩兵をモンゴル軍で生かしたい、と考えられるなら、ボレウ軍がアウラガへ行く先導を、われらがやります」

歩兵。ボレウ軍。カサルの狙いがようやく見えてきた気がする。いや、この将校に言わせたのかもしれない。

「俺らは山の民で、山岳戦の調練が多かった。歩兵としてできあがるのに、どれほどの時がかかると思っているのだ」

「俺は、ボレウ殿の軍は弱くない、と申しあげました。弱くないどころか、むしろ強い、と言えます。兵ひとりひとりの耐久力はモンゴル兵に勝ります。もっとも、モンゴル兵が自分の脚を遣うことなど、あまりないのですが」

「粘り強さは、俺が兵たちに求めているものだ」

「それこそ、歩兵に必要なものです」

「ちょっと待て。騎馬隊のモンゴル軍が、歩兵を必要としているということは、草原の戦を想定してではないな」

「それについては、ボレウ殿が自らお考えになるであろうと」

「カサル殿が、そう言ったのだな」

いまのところ、カサルはただボレウの気持を摑みたい、と言っているだけだ。

「ボレウ殿。医師と薬師は、何年かはここにいます。そしてわが殿は、養方所と薬方所は、この村だけでなく、山の民の役に立つ、と考えています」

「誰が行くのだ。あんな大きな建物を造って、そこにいるのは二人だけか」

「もう、村人は行っています。建物を造る間に、医師も薬師も、怪我人の手当てをしたり、躰の不調を訴える者を診たりしていたのですから。養方所が開かれると、噂を聞いた村人が、二十名ほどやってきたのです。はじめから、忙しかったと思います」

治せるものと、治せないものがある。カサルは、そんなことを言っていた。そして自分は、ただ聞き流していたのだ、とボレウは思った。

いろいろ、意味のあることを言われていたのかもしれない。山の暮らしが、自分をどこかで鈍麻させていた。

山は、豊かである。食べ物はいくらでも見つかるし、それ以外のものもある。たとえば、銀とか銅とかが採れる。ただ掘ればいいだけなのだ。

草のある丘もあって、大して多くはないが、遊牧の民もいる。

そういうふうに豊かだから、たえずキルギス族に狙われ、ナイマン王国と組むことによって、なんとかそれを防いできた。

ナイマン王国は、すでに滅びている。

ブイルク・カンは、旧ナイマン領の山地に拠っているが、自分を守ることに精一杯で、それさえも覚束《おぼつか》ないとボレウには見えていた。

これから、山の民だけでキルギス族にたちむかうのかと思うと、絶望に打ち倒されそうになる。

いま、頼れる相手は、モンゴルしかないのだ。しかし、守ってやるなどという口の利き方を、カサルは一度もしたことがない。

ボレウは、足もとの雪を蹴りつけた。

はじめから、負けている。テムゲに命を救われた時から、ずっと負け続けている。それでもカサルは、勝者の顔などしなかった。

もう一度、雪を蹴った。カサルはどこにいるのか。

「おい、カサル殿のもとに、案内しろ」

「案内する必要などありません。養方所のどこかにいるか、長屋の自分の部屋にいます」

ボレウは、もう一度雪を蹴った。

それから、馬を命じた。

「俺の部下に、必要だと思う調練を、やらせてくれないか」

将校にそう言い、曳かれてきた馬に、ボレウは跳び乗った。

無窮

一

弦の縒《よ》り方を、教えた。

蔓草《つるくさ》から取った糸がある。丈夫であるが、どこかやわらかさがない。それに、馬の尻尾《しっぽ》の毛を縒りこむことで、かなり強い糸ができる。人がふだん暮らすのには必要のない強さだが、弓の弦にすると、もっと強くならないものか、と思う。

「わかるな、タルガ。いくら弓を強靭《きょうじん》にしても、弦が弱ければ、実戦では遣い物にならない。弓の強さと見合うだけの、強い弦が必要なのだ」

タルガの眼が輝いていている。

ジャムカは、もうひと巻き、弦を縒ってみせた。

この弦の作り方は、リャンホアにもホシノゴにも教えてある。

しかし二人が教えるよりも、ジャムカが教えた方が、少年たちは喜ぶようだ。喜べば、実際にそれを作ってみよう、という気にもなるのだろう。

大人たちは、子供のころから身につけた、狩の方法があって、いまさら変えることはできないというのがわかった。

「ジャムカ様は、どれぐらいの強弓が引けるのですか？」

「おいタルガ。弓矢はな、強ければいいというものではない。百歩離れていても、人の爪ほどの的を射貫《いぬ》けるか、ということが大事なのだ」

「一度、ジャムカ様に訊こうと思っていました。どうやれば、それができるようになるのでしょうか？」

「ひたすら、稽古を積むしかない。俺がなにも言わなかったのは、教えられることではないからだ」

「そうですか。いま、なんとなくわかりました」

タルガは、はじめて会った時は十二歳だった。だからいまは、十五歳になっている。

草原では十五歳は立派な大人で、あまり迷いもなく、家族は戦に送り出したりする。召集した兵の中で、まだ育ちきっていない少年が眼を輝かせていると、戦闘部隊からはずしたりしたものだ。

戦場の残酷さは、できれば知らない方がいい。知るにしても、大人になりきっていた方がいいのだ。死がどういうものか、考える余地を与えたかった。

「ホシノゴ様を長と仰ぐこのあたりの村は、戦に出ることを避けている、と俺には思えます」

「タルガ、おまえは戦場へ出たら、いい働きをするだろう」

ジャムカは微笑みながら言ったが、いま本物の戦場に出れば、自分の糞尿にまみれ、殺されても死んだことがわからないという、滑稽な状態になるのだ。実際に殺されてしまえば、そういうこともわからない。

「おまえ、鉄の鏃《やじり》は、いくつ持っている？」

「五つです、ジャムカ様」

「研いでいるか？」

「狩から戻ったら、とにかく俺は鏃を研ぐようにしています」

こんな少年が、戦場では、たった一矢を受けただけで死ぬ。

「弦が切れる前には、いつもと違った感覚がある。それがわかるようになって、必ず切れる前に交換するのだ」

「はい。毎日引いて、二本は切ってみます。それぐらいで、わかるのかという気がします」

「おまえに、その感覚がわかれば、それでいいのだ」

いくつも弓は作っていて、それは見せられた。見事とは言えないが、無骨で、丈夫なものだった。

「矢柄と矢羽《やばね》にも、心を遣うのだ。おまえは、いい猟師になれるかもしれないが、それは努力してこそだ」

「矢柄は、いつも三十本は持っています。重さが同じものです」

戦に関心を持ち過ぎているのは、年頃のせいなのだろうか。そのまま大人になる者も少なくないのかもしれない。

この村の長老は、バルグト族の中でも、好戦的な氏族はいるので、兵を募るならそちらにしてくれ、と言ったことがある。

バルグト族から、兵を募るつもりはない。戦には、闘うための理由が必要なのだ。それが、ジャムカと親しくなったから、などというものではならない。

「タルガは、いつか大熊を倒せるようになる。そのために腕を磨け。決して鏃を人にむけるなよ」

「敵が、この村に攻めこんできたら？」

「人に鏃をむけなければならない時は、ホシノゴがそう言う。長と仰ぐ者を、おまえらはいつも見ているといい」

「はい」

ジャムカは頷き、雪解けの水のそばまで行った。氷は薄くなり、氷上に出るのは危険だった。中央は水である。

ジャムカは、銅製の鏃のついた矢を、二十本持っていた。

「あそこに、鳥の群がいる。驚かせば、一斉に飛びあがる。そこに十矢射て、何羽落とせるかだ」

「速射をやるのですね」

「稽古を生かせ。俺より落とせよ」

タルガが、緊張した表情をした。

ジャムカは、拳《こぶし》ほどの石を群の真中にむかって投げ、石が手から離れた時には、弓矢を構えていた。飛び立った。

ジャムカが十矢射る間に、タルガは五矢も射ていなかった。

湖に、鳥が浮いている状態になった。小舟で魚を獲っていた者が二人、漕《こ》ぎ回って鳥を集めてくれた。小舟が、棒で氷を割りながら近づいてくる。

十三羽いた。

「ジャムカ様の矢は、みんな当たっています。すごい」

「おまえは、速射ができなかった。飛び立った鳥は、思ったより高く遠い」

「はい」

小舟で獲物を集めてくれた二人に、二羽やった。二人は、喜んでいた。

「残りは持ってこい、タルガ。この鳥はうまいし、しつこくない。長老たちは喜ぶ」

村へ持ち帰ると、長老たちはほんとうに喜んだようで、大きな鍋に湯を沸かし、十一羽の鳥を浸した。

しばらくして、上げた。鳥の羽根が、たやすく毟《むし》れるようだ。矢羽に遣えるものを、タルガは慎重に選んでいる。

完全に羽根を毟った一羽だけ、ジャムカは家に持ち帰った。

リャンホアは、縫いものをしていた。こういうことが意外にうまく、やっていて楽しそうだ。縫っているのは、鞣した革で、ジャムカの肌着のようだ。

ジャムカは、靴を脱いだ。ここで縫う靴は、具合がよかった。ほかの物より丈夫で、履き心地も悪くならない。

馬車で草原の集落を回り、靴を売る商いをすればいい。ほとんどの物は用意しても、最後に客の足に合わせる。そんな靴は、いままで草原にはなかった。

評判になれば、いい商いになり、アウラガというチンギス・カンの本拠地で、商賈《しょうこ》を構えることさえ、夢ではない。

草原はもう、かなり前からテムジンのものだった。ただテムジンは、注意深く、そうだと草原のすべてに宣告する機を自分では作らなかった。モンゴル族の長老たちの会議で推戴されるのを待ち、チンギス・カンとなったのだ。

ナイマンのブイルク・カンは、兄のタヤン・カンが死んだことを、重く受けとめている。そして甥のグチュルクを、せめて小さな氏族の長ぐらいにはしてやりたい、と思っている。

タヤン・カンの息子のグチュルクは、口先だけの男だ、とジャムカには思えた。相手にする必要がないとはじめから感じたので、ジャムカは相手にしていない。

テムジンは、ブイルク・カンをぎりぎりまで追いつめながら、殺さず、戦を引き分けのようにした。

自分の動きが、読まれた。ブイルク・カンとぶつかった時、テムジンだけにむかって疾駆し、ぶつかる。いわば、戦場の中の奇襲で、ジャムカはブイルク・カンの軍の中で息を殺していた。いま、草原の情勢を大きく変えるには、テムジンを討ち果すしかなかった。戦に負けようと逃げようと、どこかでテムジンを討ち果すしかないのだ。

これまで、思いつくかぎりのことを、やってきた。もう、思いつける方法などないが、雪が解けたので、ブイルク・カンとテムジンは、ぶつからざるを得ない。

戦場の中の奇襲と考えても、動けたのはほんのわずかだった。ほかの軍とは違う速さを培っている。密集隊形で疾駆するのは、テムジン軍の精鋭にも劣らないはずだ。

しかしブイルク・カンの軍の中でその動きをしたら、瞬時に自分だと見分けられた。テムジンはブイルク・カンとぶつかっていたが、たった五十騎のムカリの雷光隊が不意に現われると、ジャムカの軍の先頭を二騎、突き落とした。

それでもう、ジャムカがテムジンに突っこむのは無理になった。姿を晒したのだ。

二百騎の麾下の軍で、テムジン軍を突っ切った。それほどの大軍ではなかったので、抵抗を受けたのはわずかだった。突っ切り、疾駆した。追われなかった。

戦の間中、テムジンは本軍から離れて移動し、ジャムカを誘っていた。

そこは肚の読み合いのようなもので、結局、待ち構えているテムジンに、それがわかったまま突っこむことはできなかった。

突っこめば、ぎりぎりの勝負になったかもしれない、と終ったあとに考えた。あとから考えるのは、機を逸した、ということだ。

仕事に切りがついたのか、リャンホアが立ちあがり、厨房の卓に置いた鳥を見つめた。料理の方法を考えているのだろう。

ジャムカは寝台に寝転んだ。

床があり、天井がある。それには慣れてきたが、仰むけで天井を眺めていると、おかしな気分になってくる。天井の上に、空があるというわけではないのだ。

「殿、はらわたを出して、その中に野菜を入れて丸焼きにするというの、一番うまそうな気がする」

「ふだんは、どうやって食うのだ、リャンホア?」

「二つに断ち割って、片身ずつ焼いて食うよ。あたしは、腹に野菜をつめて焼くのを、一度やってみたかったの」

「やってみろ。じわじわと焼くと、きっとうまいぞ。五刻ぐらいは、かかりそうな気がするな」

「火から離して、焔が当たらないようにして、そしてずっと回し続けるの。香料も少しずつかけながらね。あたしはそのやり方で母がやった、という話を聞いたことがある」

「なるほど。回すというのは、理にかなっているな」

「それは、殿がやってよ。あたしは、別な料理をするから」

「野菜をつめるのは、おまえがやるのだな」

「うん、やり方は、大体見当がつくから」

ジャムカは、寝そべったまま、やるよ、と言った。

リャンホアは、手早く腹を裂き、野菜をひと塊突っこんだ。裂いた口は、小枝を削ったものを五本刺して閉じてある。

「これは、燃えてしまわないか？」

「大丈夫。燃えるころには、開かなくなっているから」

「そうか。じゃ、俺は焚火の番をするかな」

「鳥の番ね、殿」

「そっちは、わかってるよ」

ジャムカは、靴を履こうとした。リャンホアが、新しい靴をジャムカの足もとに置いた。

「殿、古くなった靴は、もう履かないで」

「確かに、いささか古くなったが、それでもまだ充分に遣える」

「古いのは、こちらに置いておく。ここにいる時に、履くものにすればいいよ」

「そうだな。というより、おまえはまた俺が出かける、と思っているな」

「いつも、雪解けには出かけるよ」

「そうか。そうだな」

雪解けという意識が、自分にあまりないことに、ジャムカは驚いた。冬の間、このホルガナで暮らしている、という意識もあまりなかった。

ホルガナのリャンホアのもとに帰ってくる、という思いが色濃くあった。

「俺が帰るところは、ここしかない」

「ほんとに？」

「草原をさまよって、ここに戻り、はじめて深く眠る。考えてみれば、そうだった」

「ここにいる間に、あたしにいろんなことを教えてくれた。村の子供たちにも」

ほんとうは、嫁に行き、子を生《な》せばいいのだ。いい母親になるだろう。

そう言おうとしたことが、何度かある。言おうとしたということと、ほんとうに言うこととは、まるで違うのだ。言おうとするたびに、それを痛感する。そしていままで、言えずにいる。

「よし、鳥の丸焼きにかかるぞ、リャンホア。酒を持ってきてくれ」

「肴は？」

「鳥だ。いや、おまえがいいと言うまで、食ったりはしない。焼きあがるのを眺めながら、ちびちびと酒を飲むのさ」

ホルガナの酒で、牛の乳から造ったものがあった。村に、雌牛は五頭いて、みんな乳房をふくらませている。仔牛は、一頭だけ残して、よその村に売ったりするので、乳は余ってしまうのだ。

酒を造るだけでなく、そのまま直に飲むこともある。狩の獲物がない時、それが村人の命を支えてきた。

ジャムカは、外へ出た。

灰の中には、いつも火種が残っている。細かい枝を入れ、焔が出てきたら、大きな薪を足す。適当な火が、すぐに熾《お》きてきた。

木の枝を三本組み、鳥の肉を紐で縛ってぶら下げた。一本だけでなんとかしようとすると、そのうち倒したりして、鳥が灰や泥で穢《よご》れてしまう。

リャンホアが、酒の瓶と器を持ってきた。器は二つあり、リャンホアも飲むつもりらしい。五刻とか六刻とかは、リャンホアが料理をするには長すぎる時間なのだ。二刻あれば、充分すぎるぐらいだろう。

子供たちが、駈け回っている。村の女たちも、夕餉の仕度をはじめるのか、家の外に出てきていた。

長老のひとりから使いが来て、木の枝に刺した見事な魚を、礼だと言って差し出された。鳥を届けたからだろう。

「これは、鱗《うろこ》をとって、焼くだけにしてある。塩や香料は、こちらで振れということだな」

「これがあれば、あたしの料理はいらないよ、殿。あたしは、ずっとここで飲んでいられる」

「ふむ、よかったな、リャンホア」

「もっと、お酒を持ってくる」

ジャムカの肩に手を置いて、リャンホアが立ちあがった。大きな乳房が、目の前で揺れた。

この大きな乳房と、大きく拡がった下の毛が、ジャムカは好きだった。下の毛は、舞いあがるように臍《へそ》に達し、尻の割れ目にもびっしりと生えていた。

フフーには、下の毛がようやくそれとわかるほどにあるだけだった。一本の毛も、細く、集まっても頼りなく揺れていた。

フフーを思い出し、マルガーシのことが頭をよぎった。

生きてはいないだろう、と思った。そう思うことで、どこか遠ざけているという気もする。父と息子と思えることは、あまりやらなかった。フフーが、口を挟むからだ。

リャンホアが、酒の瓶を持ってきた。

「鳥を食う前に、酔うなよ、リャンホア」

「酔うものか。鳥を食って殿に抱かれるまで、あたしは酔わない」

ジャムカは、鳥の肉を少し回した。

魚も、まだ焼きあがらない。

リャンホアが、ジャムカの手をとり、指を口に入れた。一本一本、口に入れ、しばらくしゃぶっていた。

ジャムカは、焔を見ていた。

二

森が見えてきた。

トクトアが、ケレイト軍を引きこみ、全滅に近い被害を与えた場所だ。

そのケレイト王国も、もうない。草原で最大と言われていたナイマン王国も、ほぼモンゴル軍に制圧されている、とアインガは思っていた。

草原の中で、きちんと部族のかたちを保っているのは、メルキト族だけと言っていいだろう。コンギラト族はもともと氏族の独立性が強く、それでもいまは、チンギス・カンに反する氏族はいなくなっている。

遊牧民が中心ではない部族は、キルギス族以外は、規模が小さく、チンギス・カンに反する姿勢を見せておらず、やがてはその支配下に入るだろうと思えた。

アインガは、モンゴル国の征服地統治のやり方をじっと見ていた。

最も峻烈《しゅんれつ》だったのは、タタル族に対してだったが、それはケレイト王国のトオリル・カンの指図で行っている、というかたちをとっていた。

タタル族の完全制圧には、相当の時をかけている。タタル族の俘虜が奴隷にされたという例も多く、ただそれは数年と期限を切ってのことで、過酷な労役を課されたわけでもなかった。

残党の叛乱は、徹底的に叩き潰され、タタル族に好戦的な部分はいなくなった。

モンゴル族、タイチウト氏の併合は、実に速やかなものだった。かつてモンゴル族は、キャト氏とタイチウト氏が対立していた、と誰もが見るのに、一年もかかっていない。

ジャンダラン氏の領分も併合した時、モンゴル族はひとつになったどころか、タタル族も併合していて、草原最大の勢力に躍り出ていた。

それを認めようとしなかった、ケレイト王国のトオリル・カンは、討ち果され、領民はほとんど抵抗することもなく、モンゴル族のもとに流れている。

いま、部族として軍を構え、一切の制圧を受けていないのは、メルキト族だけだった。領地の南の端はモンゴル族に奪られたという恰好だが、それはただの荒地だった。

森のそばで、アインガは野営を命じた。

幕舎がいくつか張られ、中央の幕舎の前には、緑の旗が掲げられた。それは、トクトアから受け継いだ色だった。

もともとのアインガの氏族の旗はあったが、大してそれにこだわっていなかった。緑の色を受け継いだ時から、アインガはなにがあろうと守らなければならないものを、持ってしまったのだった。

アインガは、鞍を降ろして、馬体を拭い、蹄を調べた。それから、従者に渡した。

幕舎の前の胡床に腰を降ろしていると、シャルダンがそばへ来て、空いている三つの胡床を見て、ひとつ置いたところに腰を降ろした。

隣の胡床は、副官のものだと決めたのだろう。

シャルダンは、いま連れている二百騎の麾下を率いているが、本来はメルキト軍の頂点に立つ将軍である。

まだ若く、三十五になったばかりだが、この二十年ほどのメルキト軍の戦には、ほとんどすべて参加している。

ガムシグが、十六歳の時から実戦に伴い、鍛えあげたのだ。ガムシグは賊徒あがりで、トクトアの幕僚としては異色だった。メルキト族ですらなく、金国の契丹《きったん》人だという話だったが、そんなことはどうでもいいと周囲には思わせた。

五年前に、退役している。アインガのもとにいる幕僚ばかりで、窮屈だったのかもしれない。育てあげたシャルダンは、ウアス・メルキトの出身だと言っていたが、かなり昔に長のダレル・ウスンが死んでからは、ないも同然の氏族だった。

副官は、ウドイト・メルキトから出している。トクトアが率いていた氏族だ。シャルダンを副官にしたくても、それを抑え、ウドイト・メルキトから、氏族の中で重きをなしている長を充てた。

そういうところが自分の欠点だと、いやになるほどわかっている。氏族間の力の均衡に、どうしても眼をむけてしまうのだ。

氏族同士の反撥は起きず、内政はいつも安定している。

「モンゴル国との国境には、やはりモンゴル兵はひとりもいないようです」

シャルダンが言った。

もともとメルキト領を奪った後に、テムジンが決めてきた国境である。はじめは、方々にテムジン軍の百人隊が駐留していたが、やがて一兵もいなくなった。

その地を奪回する意思がアインガにはないと考えたのか、それともほかの思惑があるのか、はっきりは読めなかった。その地の奪回に動けば、メルキト討伐の理由を、モンゴル国に与えることになる。

方々に罠が仕掛けられているのが、チンギス・カンのやり方だ、とアインガは思っていた。メルキト以外の草原の勢力をほとんど叩き潰しても、こちらにむかっては静観を決めこんでいる。いや、自分がそう感じているだけで、はなから相手にしていないのか。

副官のツールムが、野営地を見回り、哨戒の兵も立てて、アインガのそばにやってきた。兜を脱ぐと、白いものが混じった髪が見えた。四十を、いくつか過ぎている。

ツールムが副官として来たのは最近で、それまでの若い副官はウドイト・メルキトの中に帰し、ツールムを選び直した。

メルキト族の中には、氏族を問わず好戦的な若者がいて、テムジンとケレイト王国の戦にアインガの制止を無視して加わり、完膚なきまでに敗れて帰り、アインガの家帳《ゲル》の前に座り、処罰を求めた。馬糞を集める仕事を、アインガは与えた。

負けたことを恥じて出奔した者もいて、処分をどう下すかは難しいところだった。

前の副官は、重い処分を主張し、出奔した者には、討手を出すべきだと言った。

ツールムは、副官のなすべきことを心得ていて、処分に口を出すことなど間違ってもしないだろう。年齢相応の落ち着きもあり、兵たちは頼りにしているようだ。

「明日、森から出てくるはずです、殿」

「先触れが来たのか、ツールム」

「はい。いましがた。森の中から、野営の準備が整うのを見ていたようです」

アインガは、ただ頷いた。

メルキト軍には、森林部隊と山岳部隊がいる。特に森林部隊は強力で、ケレイト軍の一万ほどを、ほぼ全滅させたという実績も持っていた。

長いものは、一切持っていない。剣も短ければ、弓も短弓と呼ばれるものである。樹上からの攻撃、幹に身を隠す方法、灌木の生かし方。

森は罠に満ちていて、メルキト軍の兵でさえ、案内がなければ移動できない。

ここ数年、戦から顔をそむけてきた。しかし、眼を閉じてしまったわけではない。

三者連合を撃ち破ったあと、テムジンは確実に大きくなっていった。戦のたびに、少しずつ大きくなったという感じだ。

テムジンが大きくなることは、わかっていた。どの戦を見ても、テムジンが負けるとは思えなかった。

一度、ジャムカがテムジンに深傷を負わせたが、それはモンゴル軍の勝ち戦の中で起きた、奇襲だった。

テムジンとは闘ったが、ジャムカとは盟友だった。

アインガは、二人ともよく知っているという気になった。しかし時々、ほんとうはなにも知らないのかもしれない、と思う。

テムジンとジャムカは、草原で並び立つ英雄のはずだった。どこが岐路だったのか、よく考える。金国に応じるというかたちで、テムジンが動いた時がそうだと思いがちだった。しかしほんとうは、その前に、お互いに受け入れられないものが、潜在していたのかもしれない。

「鹿を捌いてしまおうか。森林部隊が戻ってきたら、焼いた肉を食わしてやれる」

移動の途中で、鹿の群を見つけ、うまく回りこんで、三十頭ほどを倒したのだ。

森林部隊は、肉などがあるとは期待していないだろう。酪だけが食事かもしれず、まともなものを食えるのは、営地に戻ってからだと思っている。

森林部隊も山岳部隊も、調練は過酷だった。普通の兵たちも決して楽ではないが、死者はまず出ない。二つの部隊は、一度調練に入ると、二人三人と、死ぬのはめずらしくなかった。

テムジンは、チンギス・カンとなった。

西夏と戦をし、ナイマン王国まで潰しかけているが、メルキト族を攻めようとしてはこなかった。手強いと思われたからというより、無視されているような気分が、アインガにはある。

もしも攻めてくるようなら、アインガはそれなりに受けるつもりだった。森に引きこんで大損害を与えてやれるし、山地に拠って、奇襲をくり返すやり方もあった。

とにかく、単純なぶつかり合いで、消耗をくり返すような戦をする気は、アインガにはない。どこでどう闘うかまで、頭の中では何度も戦をしていた。

ツールムが、麾下の兵を指揮して、鹿を捌きはじめた。

基本的には、羊の捌き方と同じだが、矢で射倒されているので、そこから出血していた。それはすでに乾いているが、捌く途中でまた出血しかねない。それを止めながら捌くのだ。

血を一滴も大地にこぼさない、というのが遊牧の民の動物の捌き方だった。

「殿、肝の臓が多く出ますが、湯に通して食われますか？」

シャルダンが、そばへ来て言った。

生で食うことを好む者が少なくないが、アインガはいつも熱を通す。

「いや、焼こう。ここでは、焼いた方がいい、という気がする」

ここは、トクトアの首、と言われている場所だった。

メルキト軍が、一万に近いケレイト軍の首を奪り、それでここに六つの山を築いたのだ。だからほんとうは、トクトアが築いた敵の首の山、ということになるのだが、いつの間にかそう呼ばれるようになった。

首の山はほんとうに六つ築かれ、数日後にはすさまじい臭《にお》いを発しはじめたので、獣脂をかけて焼かれた。

数日間は燃え続けていたのだ、とアインガは話だけを聞いていた。

シャルダンが、肝の臓を持ってきて、塩を振った。二本の木の枝に刺してあり、すぐに火のそばに立てられるようになっていた。

「副官殿は、こういう場面では、なかなか指図をさせてくれません。俺は殿のそばにいるように、と言われました」

ツールムが、遠慮する理由もわかった。

シャルダンは、いざとなれば、アインガの下で、メルキト軍を指揮する立場だった。ツールムは、よくいる長のひとりでもあった。

アインガは、さまざまなことを考えて、部族をひとつにまとめようとしたが、もしかすると、部族をまとめるのはたやすいことだったかもしれない。

戦をやらなければならないという理由で、税をあげる必要はなかった。セレンゲ河のほとりで、少量だが砂金が採れる。それを蓄えてあるので、戦の備えには充分だった。

民のまとまりがどういうものか、敗戦のあとに、アインガは苦さとともに知った。

民は、いつも豊かさを求めている。土地の主《あるじ》が誰なのかなど、どうでもいいことなのだ。豊かになれるなら、あるいはいまの状態を保つためなら、主がどんな人間でもいいのだ。

つまり税が下がれば最も好ましいが、下がらなくても、それは受け入れられることなのだった。それで、叛乱の芽はほとんどなくなる。

無断で戦に出た者たちの行為は、叛乱に近いが、叛乱ではなかったので、負けてうなだれて帰ってきた、と言っていい。

その者たちの処分が軽すぎるというのは、民の間にあるのではなく、軍の中の一部にある。しかし、アインガが許すのなら、と最後は受け入れたのだ。

アインガは、軍になぜか信用があった。これまでの実戦で、できるかぎり兵の犠牲が少なくなるように努めた。兵ひとりひとりが、それを理解したはずだ。

実戦の中では、迷って、あてどなく頼りない、そんな族長にだけはならないようにしていた。なにがあろうと、決めることは恐れなかった。

そういうところが、よかったのだと思う。

そして、ここ数年は、戦の出費がないという状態で、民も豊かになりはじめている。

シャルダンが、肝の臓のむきを変えた。表面が熱せられて、いい匂いが漂ってきた。

「焼きすぎると、ぱさぱさになるぞ、シャルダン」

「血と塩水を混ぜたものを、これから塗ります」

「それで、どうなる？」

「いい味がつきます。香料とぶつかり合ったりもしません」

「なるほど。うまそうな気もする」

「俺の経験ですが、塗ったら、息二つですね。片面で、息二つ。できあがるまでに、息四つです。ころあいを見て、塗ります」

「それは、ガムシグ将軍のやり方か」

「よくおわかりですね。退役されるまでは、ガムシグ将軍のやり方で、いまは俺のやり方です」

ガムシグは、どこかに女房がいたらしく、小さな集落でのんびりと暮らしているという。

トクトアの副官だったマナンは、族長が替っても軍に残った。ガムシグより古い将軍だったが、調練担当を希望し、二年半ほど務めて、退役していった。いまの消息はわからない。

細い、針のような木の葉を束ねたもので、シャルダンは軽く容器の中のものを塗った。両面に塗り、小刀で二つに切り離すと、ひとつを差し出した。

アインガも、小刀を出した。表面だけが、薄い殻のように硬くなっていて、中は垂れるのではないかと思うほど、やわらかく揺れている。

口に入れた。噛む前に、口の中で溶けていくような気がした。濃厚な、肉ではないが肉という味が、口に拡がった。

「塩水と血を混ぜたものを塗るだけで、味がこれほどになるのか。これは肉だが肉ではない。ガムシグ将軍は、俺に教えたくなかったのだろうな」

「肉だが肉ではない、ですか。俺はなんと言っていいのかわからなかったのですが、ぴったりな言い方だと思います」

「そして、人に言ったところで、なんだかわけがわからんさ」

「まったくですね。こうやって食らう者だけが、わかる味です」

切っては、口に入れていく。どこが舌で、どこが肝の臓なのか。口の中では、それもわからなくなった。

気づくと、全部平らげていた。

「同じものを、もう一度焼きますか？」

「いや、これでやめておこう。極端な言い方をすれば、こういうものは一年に一度食えばいい」

ほんとうは、鹿を獲ったら、またそれを作れと言うだろう。

岩の上に、肉が積みあげられていた。

首の山を、アインガは思い浮かべた。

シャルダンが、幕舎の中で、アインガの寝床を整えた。野営でも、夜空を仰いで寝るなどということがなくなった。

「戻ってくる森林部隊が、思い切り食えるぐらいの肉があります。明日、夜が明けたら、肉の塊を焼きはじめます。それを切って、兵たちに食わせるのです」

ツールムが報告した。

「ちょっと座ってくれ、ツールム。シャルダンもだ」

シャルダンは、肝の臓ではない肉を焼きはじめていたが、火と離れたところに串を差して立て、胡床へ腰を降ろした。

焔が、二人の顔を赤く照らし出している。

「率直な意見を、聞きたいのだ」

シャルダンが眼を輝かせ、ツールムがうつむいた。

「ジャムカ殿から、また出兵の要請が来ている。いつも、時機を見て、などと答えていた。今度も、答えなければならん」

「つまり、チンギス・カンと戦をするかどうか、ということですね」

シャルダンが言う。

「長老会議に諮るというのは？」

ツールムが、遠慮がちに言った。

長老会議は、すでにかたちだけの無力な存在で、しかし名分を立てるには便利でもある、とアインガは思っていた。つまり、ツールムの意見は、不戦ということになる。

「俺は、闘いたいですよ」

シャルダンが言う。

「副官殿も、同じだと思います。しかし、チンギス・カンの隆盛はすさまじく、ほとんど草原を呑みこんでいます。それを考えると、闘うのは自滅だろう、と思います」

「二人とも、不戦か」

「殿のお考えを、聞かせてください」

「それが、なんとも決めかねている。ジャムカ殿が、これほど闘っているのに、と時々思う。いいか、これは二人の前でだけ言っていることだ。俺も闘いたいが」

「勝つ方法が見えないのですね、殿」

「俺は、勝たなくてもいいと思います、殿。絶対に負けない。それがあればいいのではないでしょうか」

ツールムが言った。なにか言おうとしていたシャルダンが、黙った。ツールムは、アインガの意見を先取りしたのだろう。

「わかった、不戦だ。今回は、出兵せず、とジャムカ殿に伝えよう」

それから、これまでのジャムカの戦の話になった。

ツールムは訥々《とつとつ》と、シャルダンは肉を焼きながら饒舌《じょうぜつ》に、喋った。どこかにある後ろめたさを、脇へ押しやるような喋り方だった。

アインガは、肉が焼けて、表面に脂を滲み出させるのを見ていた。

三

チンギス・カンが、大軍を集めていた。

それが戦のためなのかどうか、宣弘《せんこう》はよくわからなかった。せいぜい二万騎で、いつもは四、五千騎が動いている、という印象だったのだ。

チンギス・カンが制している地を考えると、十万騎でさえ、軽々と集められるだろう。いまは、敵らしい敵もいない。

金国とは同盟を結んでいるし、西遼は外にむかってなにかをやる、という姿勢がまるでない。チンギス・カンは、悠々と西夏に出兵し、西のケムケムジュートにも長男をやって、いささかの破壊行動をさせている。

陰山山系を奪り、それを既成のものとするために、西夏に出兵し続けている、という気がする。陰山では、大規模な鉄鉱山が稼動をはじめ、チンギス・カンの鉄の需要は、ある程度、満たされているはずだった。

それでも、ケムケムジュートに、唐突と思えるような印象で遠征軍を送った。ケムケムジュートは、やはりまだ掘られていない鉄の鉱脈があり、中華では謙謙州などと呼ばれていた。

チンギス・カンの軍がむかうさきには、いまのところ鉄の匂いがある。

宣弘には、父の宣凱《せんがい》ほど、チンギス・カンに苛烈と言えるほどの思い入れがあるわけではなかった。強く惹《ひ》かれるところはあり、それは蕭家《しょうか》の蕭雋材《しゅんざい》も、同じであるらしい。

いまのところ、チンギス・カンに対する大きな懸念はなかった。むしろ、草原のほかの指導者だった者たちより、交易路について理解していて、それを利用しようという姿勢もある。

宣弘には、チンギス・カンより、キャト氏のテムジンの方がわかりやすかった。

チンギス・カンになると、自分の理解の力を超えているのかもしれない、としばしば思った。

誰かが、草原を統一するなどということは、十年前には考えられなかった。

テムジンは、際どい戦を何度も乗り越え、草原最大の勢力になった。もうひとつ宣弘が思うのは、最強ということだ。同数の兵力では、もうずっと昔から、テムジンに勝てる勢力はなかった。

二倍三倍の敵と対するので、テムジンの戦はいつも際どいものになっていた。

自分の心の中に、チンギス・カンに対する思いはある。しかし、父のテムジンに対する思いは強烈なものがあり、それには梁山泊に対する思いが重なっていた。宣弘は、父の思いを押しのけ、自分の眼だけでチンギス・カンを見たかった。

しかし、見ているのだろうか。チンギス・カンのほんとうの姿が、見えているのだろうか。

先に行かせた一騎が、駈け戻ってきた。

「この先で、軍が検問をやっております」

「食うに困った腐れ兵が、小銭を求めているということか」

宣弘は呟いた。

旅をする時はひとりの時もあれば、こんなふうに十数騎を連れていることもある。

すぐに、検問所が見えてきた。検問所と言うより、丸太をひとつ横にわたしただけで、二十名ほどの兵がいる。

「何者だ。こんなところに丸太をわたして、通行の邪魔はするな」

「おうおう、軍にむかって言ってくれるじゃねえか。ここは検問所だ。まず名乗れ」

「私が金国軍から伝えられている検問所に、ここは入っていないな。だから、おまえたちは、やってはならないことをやっていることになる。ここの指揮官は、誰だね」

「おう、俺だが。聞いてるとおまえ」

従者が、躰を寄せて腹を打ち、くずおれたところを、首に綱をかけて起こした。後ろ手に縛りあげる。

従者の二人が、横にわたした丸太を取り除き、馬に駈け戻ってきた。

指揮官と称する男は、馬で曳いていく。倒れれば首が絞まるので、必死でついてくる。

ここは轟交賈《ごうこうこ》の道であり、安全を確かめる者たちもいるが、このところこういう兵が時々いる。金軍全体の、軍紀が緩んでいる証左だった。

轟交賈における異常は、蕭家の出先に伝える。ほとんどがそこで対処できるが、できない場合は、蕭家の専門の部署に回るようだ。

金国の都であるが、いまだ燕京と宣弘は呼んでいる中都から、大同府へむかう道である。街道があるが、それは高低が多く、荷車の動きに制約がある。それを考えて、高低を避けた道を、轟交賈が通していた。

旅人も、この道を選ぶことが多い。それは高低がなく楽なこともあるが、こういう検問などにも出会わないからだ。

だから細かいことも見逃すことはできないし、捕え、訊問する権限も、轟交賈が持っていた。

轟交賈がなにか、理解しているようで、ほんとうは理解していない、と宣弘は思うことがある。思いもよらない深い部分がある、と感じることがあるのだ。

見えている顔は、蕭家の蕭雋材だけである。蕭雋材と会った人間は、少なからずいる。そして、轟交賈の頂点に会ったとは、誰も思わない。

もしかすると、轟交賈には頂点などというものはないのか。

六刻ほど進んで、轟交賈の監視所に着いた。

宣弘は馬を降り、そこの責任者としばらく話し、引っ張ってきた人間を渡した。

「追っていたのですが、どうも人の中に紛れるということが巧みで、なかなか捕えられなかったのです。この者たちは、兵でもなんでもなく、中都の食いつめ者です」

「二十名ほどはいた。口調は、兵ではなく賊徒だった。私が気づかなければ、もうしばらく旅人から小銭を巻きあげただろう」

「そして、轟交賈の評判が落ちるのです。われらは、懸命でありますが、どこかでしばしば、隙を衝かれてしまいます」

「昔は、まったく見なかった。その分、金国の政事は、乱れているのかもしれない」

「中都と大同府を結ぶこの道は、大事なものであると、俺や俺の部下は、心に刻みこんで任務に打ちこんでいるのですが」

「まあ、私が見つけたことを、幸運だと思ってくれ」

監視所の者たちに、気になる乱れはなかった。

宣弘は、馬に乗り、大同府にむかって駈けた。

しばしば、荷車を追い抜く。三輛、四輛と繋げている輸送隊もいる。

金国は、平穏だった。長江の南の南宋とも、ぶつかっていないし、西夏はチンギス・カンに侵攻されて、むしろ金国に頼ろうとしているところがある。

道の途中に集落があり、そこでは食事ができる。泊れる場所もある。

宿に入ると、食事をとり、すぐに寝台に入りこんだ。供の者たちは、宿に入ってほっとして、いくらか酒を飲み、半数ずつ交替で眠る。

従者は二名で、やはり交替で眠る。

護衛の人数を伴ったのは、中都に届けるものがあったからだ。失うと厄介なものだったので、護衛をつけて用心した。

長旅には馴れているが、このところ、ふっと疲れを覚えることがあった。六十を過ぎたのである。

疲れたら眠ることだと思っていたが、あまり眠れなくなってきた。

寝台に横たわって、眼を閉じる。楡柳館《ゆりゆうかん》とはなにか、としばしば考えた。沙州《さしゅう》楡柳館は大きな出先で、本体はずっと西の、巨大な湖のほとりにある。

宣弘は、ずっとそこで育ち、はじめから楡柳館の仕事をすることを、決められていたというところがある。

牛直《ぎゅうちょく》とか王貴《おうき》とかいう人とともに、父の宣凱は楡柳館の差配をしていた。

いまは数千の人間が働いているが、宣弘が幼いころは、せいぜい五百人というところだったのだろう。

楡柳館の輸送隊があって、荷を頼まれた場所まで運ぶ。運んだ場所でまた別の荷を積み、別の場所へ運ぶ。そうやって、輸送隊の荷車は、空で動くことがほとんどない。

荷をうまく按配《あんばい》するのが得意な人間がいて、特別の才能として優遇された。

楡柳館を考えると、轟交賈が浮かんでくる。

はじめは、一体に近かっただろう。やがて、轟交賈は道の管轄をするようになった。楡柳館は、輸送である。

ただ、新しい道を拓くのは、いまでも楡柳館の仕事とされている。

深夜になった。宿の中も寝静まったが、それからしばらく、宣弘は眠れなかった。

翌早朝に出発し、夕刻には大同府に入った。

燕京の商人から託されたものがあり、妓楼の泥胞子《でいほうし》に届けた。

妓楼の奥まで行くと、嬌声《きょうせい》などまったく聞えない、石造りの部屋になる。

卓があり、すでに酒が出されていた。

待つ間もなく、泥胞子が入ってくる。宣弘は、託されたものを懐から出し、卓に置いた。薄い書類だが、それは砂金に換えることができて、ひと財産である。

最近では、書類でそういう取引ができる仕組みが、南宋で作られた。それが、金国に入ってきつつあるのだ。

書類を検分し、それから泥胞子は、壁に垂れ下がった紐を引いた。

すぐに老人が入ってきて、書類を検分し直し、ちょっと捧げるような仕草をしてから、懐に入れて出ていった。

泥胞子が、酒を勧めてくる。従者や護衛の者たちは、城壁に近い一角にある、宿屋街の宿を取っていた。宣弘はここに泊るが、およそ女色とは関係ない。

酒が、躰にしみた。老女が、肴を運んでくる。こういう仕事をしている老女は、かつては遊妓として働いていたらしい。

「宣弘殿は、草原を旅して来られましたな」

「沙州楡柳館からは、北の草原を通るのがいい、と私は思っているのですよ」

「というより、草原を通ってみたかったのではありませんか」

「チンギス様が、大兵を集めておられます。五万騎に達するとか」

「五万騎が闘わなければならない相手といえば、金国しかありませんが、名ばかりとはいえ、同盟があります」

「そういうものを、いきなり破ってしまう方ではありませんよね」

「しかし、それだけの軍勢を集めれば、金国朝廷は相当警戒しますね。ただでさえ、殿の隆盛を快く思っていませんから」

「顎で遣うはずだったのが、両手で押しても動かなくなった、という感じですしね」

いまのところ、チンギス・カンに、大軍で闘わなければならない相手はいない。

宣弘は、肴に箸をのばし、口に入れた。さすがに、名の通った妓楼で出すだけあって、凝《こ》ったものだった。

老人が入ってきて、書類を一枚差し出した。ちょっと眼を通し、宣弘はそれを懐に入れた。確かに届けたという確認の書類で、宣弘が持っていればいいものだった。

「塡立《てんりつ》も、一緒に飲みたいと言っております。同席させてもよろしいですか？」

「それはもう」

泥胞子が老人に頷いた。老人は、拝礼して出ていった。

「アウラガには、寄られたのですか？」

「いえ。そこそこ急ぐ旅でしたから。あそこは、訪ねるたびに変っています。改めて全部見たいなどと思うと、意外な日数がかかってしまいますから」

「コデエ・アラルの牧に馬を運んだ李順《りじゆん》が、眼を丸くして戻ってきました」

「はじめて見れば、そうでしょうな。アウラガ府や本営のほかに、工房が建ち並び、人で溢れています」

「宣弘殿は、モンゴル法を御覧になりましたか？」

「カチウン殿が心血を注がれて、西の諸国の法と較べても、遜色はないものにできあがっていると思います」

「法は、一度施行したら、たやすく変えることはできませんからね。殿も、しっかりと読まれたと思います。この地で、『史記本紀』を読まれたのが、無駄ではなかったのでしょう」

「読まれたのですね」

「読まれましたよ。蕭源基《げんき》が、狂喜した意味がおわかりでしょう。しかも、北へ帰る時に贈られた『史記本紀』を、返したのです。北の歴史は自分が作る、という言葉とともに。いまも、鮮やかに思い出します」

部族や氏族の扱い方に、これまでにはなかった新しさがある。それは宣弘にとっては驚きだったが、根底にはしっかりしたものがあった、ということになる。

塡立が入ってきて、宣弘に頭を下げると、黙って腰を降ろした。老女が、杯と箸を持ってきた。自分で酒を注いで、塡立は口に運んだ。

「草原を、どう感じられました、宣弘殿？」

自分がなんと言うか、塡立にも聞かせたかったのだろう、と宣弘は思った。

「闘気に満ち溢れている、というような言い方をすればいいのでしょうが」

二人とも、表情を変えず宣弘を見つめていた。

「私は、悲しみが草原を覆っている、という気がしてなりませんでした」

悲しみという言葉に、二人は大きな反応は示さなかった。塡立が、無言のまま小さく頷いただけだ。

「私は、草原に足を踏み入れてから、ずっとそれを感じ続けていました。アウラガに寄らなかったのは、あまりに強く感じて、悲しみに打ち倒されそうだ、と警戒したからでもあります」

「それほどに」

「草原には、日常があるだけですよ、泥胞子殿。それでも、私はあえて、そう感じたと言いたいのです」

「わかりました」

いつも表情をまったく変えない泥胞子が、何度か瞬《まばたき》をした。

「飲みましょうか、宣弘殿。塡立も、飲めよ。宣弘殿に、話したいこともあるだろう」

「はい」

塡立は、また自分で酒を注いだ。

泥胞子が、今年の作柄の話をはじめた。よく聞くと、麦の話ではなく、新しく妓楼に入った女たちのことだった。

「ここは、なかなか面白いところだ、と思いますよ、泥胞子殿」

「若い女が、最も美しい時を、ここで泡のように消してしまうのです。私たちは、なにを考えて生きれば、と思います」

「どこにも、それなりの実はあり、虚だけではないと思います。生きているというのは、そういうことだという気がしますよ」

「私はもう、どこかで達観してしまったのですが、塡立はまだ悩んでいます。実があるというのは、救いになりますね」

「そうやって悩んで貰えるだけ、ここの女たちは幸福なのだと思いますよ」

「宣弘殿。幸福という言葉は、ここでは一番遠いのですよ」

「しかし、あえて言いたいのですよ。蕭源基殿も、いつも考えておられたことだったでしょう。書物の中に、答を求めようとされたところはありますが」

「蕭源基は、晩年は書物から離れました。チンギス・カン、いやテムジンという、書物を超えてしまう男を、間近に見たからですよ」

悲しみは、ただ漂い、あてどなく人の心に及んでくる。それを受け止めるのが、生きることだと、宣弘は思いはじめていた。

「悲しみという感じ方をしているのは、私だけだと思いますが」

「宣弘殿が、悲しみと表現されたのが、私にはよくわかります。なんと表現したらいいのだろうと、私も塡立も思っていました。この地にまで、草原のなにかが伝わってくるのですよ」

「待つしかないのでしょうね」

「私は、息を殺すようにして、待つことになるでしょう。塡立も。離れているのが、もどかしいような、ほっとするような、おかしな気分ですよ。それより、この肴はいかがです。貝柱を干したものを、水で戻して、味つけするのです」

「これだけでなく、全部の肴に、私は感心しています。ところで塡立は、私に話したいことがあるのか？」

「はい」

塡立は、酒を呷った。

「宣弘殿のお父上は、梁山泊におられたのでしたね」

「そうだ。梁山泊が、人生だったのかもしれんよ」

「私が拾ってきた孤児で、玄牛《くろうし》と名づけた者がいます。テムジン様が赤牛、ボオルチュが青牛、というところからはじまっていますから」

「二人とも、孤児ではなかったのか？」

「そうです。蕭源基様が泥胞子殿を拾い、泥胞子殿が私を拾い、私が玄牛を拾ったのです。十四歳ぐらいになるのですが」

「孤児の系譜か。なかなかのものだよ」

「玄牛は、名を侯春《こうしゅん》というのですが、曾祖父が侯健《こうけん》といい、祖父の名が侯真《こうしん》だそうです。父は侯礼《こうれい》ですが、玄牛が七歳の時に死に、八歳で母に捨てられています」

「その玄牛が、私に用なのか？」

「梁山泊のことを、知りたがっているのです。祖父の侯真は、宣弘殿のお父上と一緒だったのではないか、と思うのですが」

「そうか、そういうことか。私は、梁山泊については、それほど詳しく知っているわけではない」

泥胞子が、宣弘の杯に酒を注いだ。

「沙州楡柳館の父の部屋には、まだ積みあげられた書類が膨大にある。楡柳館関係のものは私が整理し、残すものは残すようにした。残りは、多分すべて、梁山泊関係だ」

「玄牛が、それを見せていただくことは」

「まったく問題はない。というより、たとえば年代別にとか、玄牛が整理してくれるとありがたい」

「よろしいのですか」

「半年でも一年でも、玄牛を沙州楡柳館に寄越すといい。あの梁山泊の資料を読みこみ、梁山泊というものについて、端的に語れるようになってくれれば、私もありがたい」

塡立が頭を下げた。泥胞子は表情を変えず、ただ頷いている。

かすかな酔いの中で、宣弘は父のことを考えはじめた。父が最後に思い浮かべたのは、チンギス・カンの顔だろう。

帰路、アウラガに寄れば、チンギス・カンに会えるのか。あるいは、すでに戦がはじまっているのか。

眼が合うと塡立が笑ったので、宣弘も笑い返した。

四

こんなところにも、花が咲くのだ。

ここは牧草地ではなく、砂漠でもない。その間にある、土漠と呼ばれる荒野だ。ところどころに、地を這うような草が生えている。それが、小さな花をつけているのだった。指で取ろうとすると、すぐに花弁を地に落とした。

ジャムカは、蔓なのか茎なのか、緑色でのびた紐のようなものを摑み、引きちぎろうとした。それはしつこく地にしがみついていて抜けず、白い花弁だけが雪のように落ちた。

「殿、到着いたしました」

ふり返ると、ドラーンが立っていた。

五百騎の軍がいる。そのうちの四百騎は、各地に散っている者が集まってきたのだ。ドラーンが砂金を配ったので、五騎、十騎と小さくまとまって、なんとか冬を越した。

「兵に紛れて、おまえも来たのか」

「殿に、お会いしなければと思い」

ドラーンは、マルガーシの行方を捜し続けていた。

それをやめろとジャムカは言わなかったが、すでに諦めているのかもしれない。草原のどこかで、名もなく朽ち果てたと考えると、憐《あわ》れな思いが全身を駈け回り、いたたまれなくなった。

思い出さないように努めていた、という気もする。

フフーについては、自分でも意外なほど思い出さなかった。リャンホアを抱いている時、フフーの痩せた躰と較べていたりして、すぐに頭から追い払った。

「お詫《わ》びもしなければなりません」

マルガーシのことかと思い、ジャムカはちょっと身構えた。

「充分な砂金を預けていただいたのに、これだけの兵しか呼べませんでした」

「それは、気にするな。戦は、兵力で決まるわけではない」

「言われている意味はわかりますが、なにしろチンギス・カンは五万騎を集めているという話です」

「おまえがそれを心配しても、どうにもなるまい」

「はい」

ドラーンの顔が、いくらか歪んだ。

まだ戦を続けなければならないのか。代々の家令で、戦の補佐は内政と並んで、大事なことだった。

しかしもう、補佐のしようはないのだ。内政は領分とともに失われた。

いまドラーンにできるのは、冬を越すための砂金を配るのと、マルガーシを捜すことだけだろう。

「また、雪が来る前に会おう、ドラーン」

「会えるのですか？」

「あたり前だろう。テムジンの首を奪れなかったら、俺はまた冬籠りだがな」

「奪ったら？」

「その時は、おまえは死ぬほど忙しくなる。戦以外のことは、すべておまえに任せるのだからな」

「わかりました」

だからあまり無理はするな、とジャムカは口に出せなかった。この前会った時より、ずっと痩せている。顔色も悪い。ジャムカが驚くようなことを、やっているのかもしれなかった。

それを、訊こうとは思わなかった。

ドラーンは、なにかを言おうとしたが、ジャムカは手で止めた。

「私は、ここで殿をお見送りいたします」

「そうしろ。おまえがついてくると、軍の速さが落ちる」

「そうですね。ここへ来るまでの間も、サーラル将軍に、ずっとそう言い続けられましたよ。馬が違うのだから仕方がない、と私は思うのですが」

「気をつけて帰れよ」

ドラーンがどこへ帰るのか、ジャムカは知らなかった。冬の間、兵たちがいる場所も、知らない。ホーロイがついていて、ホルガナの近くの雪洞で暮らしている。食糧は、ホシノゴが届けていたようだ。

思えば、いい気なものだった。しかし、それでいいとも、ジャムカは思っていた。ひとりきりになれれば、いっそ気持は楽だろう。

ジャムカが手を挙げると、従者が馬を曳いてきた。

麾下の百騎も、隊列を整えた。

ジャムカは、馬に乗った。ドラーンが、見あげている。玄旗を出した。前を見た。軽く馬腹を蹴り、ジャムカは駈けはじめた。

なだらかな丘を二つ越えると、草原になった。草原は芽吹きのころで、まだ緑に覆われているというわけではない。それでも、草原と土漠では、風が違っていた。

背後で、風に靡《なび》く玄旗も、生き生きとした音を出しているような気がする。

「殿、四百騎で、先行します。夜営も、火が見える距離でやりますので」

「サーラル、少し先へ行け。こちらのことは、気にするな」

「ならば、百騎は思い切り先行させます。三百騎は、火が見える距離です」

ジャムカは、それ以上言わなかった。言ったところで、サーラルはそれほど距離はとらないだろう。

半日駈けると、陽が沈んだ。

夜営に入った。すでに旧ナイマン領だが、テムジン軍の姿はなかった。

「殿、サーラルが四方に斥候を出しているようですが、異常はありません。小さくかすかですが、火も見えます」

「ホーロイ、あいつはこんなに用心深かったか」

「周到ではありました」

「その周到さは収《しま》っておけと、おまえから言え。どんと、岩山のようにじっとしているだけだぞ」

「チンギス・カンが」

「俺にとっては、テムジンだが」

「でしょうね」

「俺は、思いつくかぎりのことをやった。あいつも、思いつくかぎりの、誘いをかけてきた。もう、手はなくなったな。テムジンが動き回ることはないだろう」

「俺も、そう思います」

「大軍の中で姿を見せるのは、束の間だろうと思う。それを捉えるしかないな」

「俺に、任せていただけますか。チンギス・カンへの道を、俺が切り開きます。殿は、ただ駈ければ、チンギス・カンとむかい合います。そこまで行けば、チンギス・カンは一騎討ちを承知するでしょう。殿が負ければ、それまでなのですが」

「あいつと、むかい合いたい。語ることが、いろいろある。あいつも同じさ」

「羨しいですよ、俺は」

「なにを言う。お互いに手がなくなり、全部ふるい落としてむかい合うと、五百騎と五万騎だ。それだけの差がついたのだと、俺はしみじみと思う」

「ブイルク・カンの軍もいます。俺が見るかぎり、雄将です」

「確かにな。テムジンの首が奪れないとわかったら、必ず離脱してくれ、と言ってきている」

「死ぬ気ですね。大した男ではなかった兄を殺されたのが、許せないのでしょう。草原の男の矜持《きょうじ》を、失っていません」

「あんな男を、死なせるのか」

「殿がいなくても、死にます。甥のグチュルクを西へ逃がしたところで、はっきりと死ぬ覚悟を決めたと思います」

ホーロイの言う通りだった。生き延びるつもりだったら、逃走してきたグチュルクを受け入れたりはしなかったはずだ。

「チンギス・カンの軍は、実戦の経験も豊富です。難しい闘いになる、とは思うのですが。チンギス・カンは、五万の軍を指揮して戦をすることで、いつもの身軽さはなくなっている、と思います」

「言うなよ、ホーロイ。あいつは、甘い男ではない。おまえが切り開く道があいつに届かなかったら、俺は即座にどこかを突破して逃げるからな」

「そしてまた、ホルガナで冬籠りですか」

「なにか不思議なのだ、ホーロイ。リャンホアのことを思い浮かべると、生き延びようという気になる」

「ほんとうに生き延びてくだされればそれでいいのです。リャンホア殿は、そのために天が出会わせた方かもしれないのです」

「闘う前から、生き延びる話は、もうやめにしておこうか」

リャンホアを思い出すと、胸苦しくなる。惚《ほ》れたというようなことではなく、もっと下劣なものだ。リャンホアの躰を思い出すと、心が乱れてしまうのだ。それは、ホーロイにも言えなかった。

結着。自分の人生には、いまそれが必要だった。これが、そのための最後の戦だろう。そして生き延びたら、それはもう生きたまま結着がついたということだ。

リャンホアの胸に帰れる。ホルガナで、ひとりの猟師として、生きていける。

引き分けだ、とテムジンにむかっても言えるだろう。

干し肉を切ったものが、小さな板に載せて、ジャムカの前に置かれた。

冬の間に、兵たちはこんな干し肉も作っていたのだ。自分ひとりが、生き延びることなど、考えてはならない。兵たちも、できるかぎり生き延びさせる。

「ホーロイ、おまえとも長くなるな」

「はい」

「俺を、生き延びさせてくれ。テムジンとの戦は、これで終りだからな」

「必ず」

「おまえにも、生き延びて欲しい」

「それは、約束しかねます」

「約束しろよ。誓え」

「はい」

「サーラルもな。三人で火を囲みながら、お互いの愚かさを嗤《わら》おう」

「嗤われるのは、殿だけですよ。俺らには、嗤われることはなにもありませんから」

焔を照り返して、濡れたホーロイの頬が、輝いて見えた。

ジャムカは、それから眼をそらした。

翌日、陽が中天にかかるころ、ジャムカはブイルク・カンとの約定の場所に到着した。

草原の中に、小さな林がある。それはむこう側を見通せるほどで、なぜこんな木立があるのか不思議だった。地下の水脈が、ここでだけ樹を育てているのかもしれない。樹の枝や葉の勢いはよかった。

林のそばの丘を選んで、ジャムカは玄旗を立てた。

二刻ほどして、土煙が見えてきた。それは近づいてきて、一千騎ほどずつが止まり、それを三度くり返し、ブイルク・カンとその麾下の二百騎だけが、丘の下まで来た。

「ジャムカ殿、また今年も」

馬を降りたブイルク・カンが言う。

髭が、白い。兜を取ると、髪も白い。一年足らずで、いくらか老いたのだろうか。眼の光は、しっかりとしていた。

「また去年と同じだが、大軍だな。チンギス・カンは五万騎を擁しているが、二万騎は旧ケレイト領に留まり、三万騎が国境にいた。そのうちの一万騎が、こちらに入ってきている。駐留を続けていたボロクル将軍の二千騎を合わせて、一万二千となり、いずれにしても、われらには大軍だ」

「そうですな。そして総大将は、どこにいるのですか？」

「侵攻してきた一万騎の中にいた。二百騎の麾下を、さらに三千騎で守っている」

その三千騎は、アウラガの常備軍だろう。召集された兵ではないので、練度はきわめて高い。テムジンは、自分を誘うような動きを、一切しないだろう、とジャムカは思った。

しかし、まともなぶつかり合いを考えているとしても、大軍すぎないだろうか。

サーラルとブイルク・カンの副官が、夜営地について打ち合わせをしていた。まだ実戦に入っていないので、まず欲しいのは水場だった。

「ボロクルという将軍は、冬場は籠っていただけですか？」

「いや、毎日、調練をしていた。あの軍は兵站がしっかりしていて、幕舎を並べ、料理をする者も数人来ていたようだ」

陰山の駐屯軍も、食堂のようなものを作っているし、砦の中の営舎もしっかりしている、という情報が入っていた。

気づけば、テムジンは方々に手をのばしている。

「ブイルク・カン殿は、山から下りられたことは？」

「二度。二千騎のボロクル軍を突破できないどころか、山へ戻る道を断たれそうになった。お互いに犠牲は出していないが、次に会ったら笑ってからはじめよう、と思えるほどの心持ちになったな」

ボロクルは、若い将軍だという。

ジャムカがよく知っている、ジェルメやクビライ・ノヤンは、同じ軍務でも後方にいることが多いようだ。

テムジンの息子も、激戦地へ出てきている。相当の苦しい戦を闘い抜いた、と戦場にいたホーロイから聞いた。

時代は、間違いなく変っている。ひとつの首を求めて戦をするのは、自分やテムジンで終りなのかもしれない。

「チンギス・カンが、なぜ五万もの軍を集めたのか、考えてみたがわからん。去年、俺と分けた時、あいつは兵を養え、と言った。その言い方は、大軍をもって対する、というふうには聞えなかった」

「五万の軍は、われらにむけたというより、別の意味があるのかもしれません」

「草原の敵を、想定したものではないな。金国でも攻めようというのかな」

草原の周辺の国は、五万がどこへむけられるか、注視しているのかもしれない。

「とにかく、俺はぶつかる。正面から、チンギス・カンの軍にぶつかる。やつは大軍の後方で、戦を眺めているような男ではないな。必ず、前線に出てくる。そこを衝くのはジャムカ殿だ。一点を、ただひとりを、狙うのだ。俺は捨て石でいい」

そんなふうな割り切り方を、ジャムカはした経験がない。大将のやるべきことではない、とも思っていた。

それがいま、捨て石のブイルク・カンに頼ろうとしている。

「一度だけ、俺は恥を忍んで、言われた通りにやってみようと思います。しかし、なぜそこまで」

「これは、ジャムカ殿にはなんの関係もない。一度、対峙し、ぶつかり、負けて命を救われた。その間に、俺はチンギス・カンという男を好きになったのだよ。敵を好きになったら、もう死ぬしかあるまい」

ブイルク・カンが笑った。

ジャムカも笑った。自分を嗤ったのだ、と思った。

野営地に、水は充分にあった。

馬に、しっかり水を飲ませた。馬体を拭うこともできた。それが終ってから、兵たちは水を飲んだ。革袋にも、水を満たした。

「あのブイルク・カンという男、痛快な老人ですね。若いの、死ぬなよ、と言って腹を軽く打たれたのですが、それがなぜか効いて、前かがみになったんです。なにがあろうと、真っ直ぐ立っているのが、軍というものだ。そう言って、行っちまいました。俺の名を訊《たず》ねもしませんでしたよ。俺が指揮しているのを、知っているくせに」

サーラルが、煮た羊の肉を口に入れた。骨についた肉なので、手と顎を反対に動かして、引き剝がすようにしている。

肉は、ブイルク・カンの陣営から届けられたものだった。羊を数十頭連れて、出撃してきたらしい。戦がはじまる前に、全部食ってしまおうというのだろう。

ジャムカの部下たちは、干し肉を戻してひと口ずつ食うしかなかったので、声をあげて喜んだ。

「俺は、あの爺さんに、名前を呼んで貰いたいと思いましたよ」

あんな男が、草原にいる。会うのがもっと早ければ、どんなつき合いになったのか。

「ぶつかるのは、いつですかね、殿?」

「明後日」

「そんなに早くですか。チンギス・カンはまだ遠いですよ」

「お互いに、むき合って駈ける。俺には、あいつがこちらにむかって駈けてくるのが、見えるようだよ。俺も、あいつにむかう。そうやって駈ければ、びっくりするほど早く出会《でくわ》してしまうぞ」

「そうですね。お互いにむかい合って駈ければ」

まだ、陽が落ちるまで、いくらか間があった。座りこんだ兵たちの間には、のどかさに似たものが漂っている。

ジャムカは、ひとりで腰を降ろし、剣の手入れをした。乾いた薄い羊の革で、丁寧に拭うのである。

声が聞えたのは、すっかり暗くなってからだった。

一臓《いちぞう》の声ではない。それで、ジャムカは異変を感じた。

「一臓が、死にました。頭領が死んだので、六臓党《ろくぞうとう》は散ります。それぞれが、思い思いに」

「一臓は、どうやって死んだ?」

「わかりません。屍体があっただけで。ただ俺は、狗眼《くがん》の者に討たれた、と思っています。傷もなにもない、死に方でした」

「このまま、放っておくのか。一臓の仇を討とうとは思わないのか」

「思いません。死は、死ぬ者がひとりで受けとめることです。それは、頭領であろうと、変りません。みんな、そうやって生きてきました。命を懸けるのは、ただ砂金のためです」

「そうだな」

ジャムカは呟き、黒い影に眼をやった。

「御武運を」

眼が、一瞬だけ光ったような気がした。

五

睨《にら》み合う、暇もなかった。

見えた。近づいてきた。そしてぶつかった。

チンギスは、その場を動かなかった。二度、ぶつかった。三千五百騎は、かなりのところまで押しこんできた。

しかし、押し切れていない。後退する時に、百数十騎は失っている。

「死ぬ気ですね」

ソルタホーンが呟いた。

ブイルク・カンのことを言ったのか、ジャムカのことだったのか、あるいは両方か。

ジェベが指揮する一万は、チンギスの前方に二千騎ずつ三段に構え、左翼に四千騎がいる。ジェベはその四千騎の中だった。

攻めこんでくる三千五百騎を、横から攻めかけ、押し包んでしまえば、たやすく勝負は決する。しかし、ジェベは動こうとしていない。

ブイルク・カンの軍勢は、ただならぬ気配を漂わせていて、攻めよ、というチンギス自身の命令が出ないかぎり、討ってはならないと思っているのかもしれない。

「戦であって、戦ではない」

「ジェベ将軍が攻めかければ、と思いますが、それは戦で、戦ではないものがなにかある、ということですね」

めずらしく、ソルタホーンは言葉が多かった。

退がったブイルク・カンが、態勢を整え直し、駈けはじめた。その動きを見ても、調練を積んだ精鋭だとはわかる。

しかし、寡兵だった。ジェベの受けは、冷徹なほどなのだ。攻めこんできても兵は討たせず、ブイルク・カンが退がる時に、容赦なく数百騎をもぎ取っている。

「ブイルク・カンが、先頭で来ています」

誰も、首は飛ばせない。なにか人ではないもののように、ブイルク・カンは馬上で両手を拡げていた。

二段まで抜いてくるだろう。チンギスはそう思ったが、一段目を抜いたところで、意表を衝くように後退した。

はじまった。しかし、長く続けられはしない。

退がったブイルク・カンは、また突っこんできたが、ぶつかる前に退がった。

四千騎のジェベが、動きたそうにしていた。しかし、動かない。

ここに、冬の間、ずっと山の下の草原に駐屯していたボロクルを加えなかったのは、何度かぶつかって、ブイルク・カンを好きになっているかもしれない、と思ったからだ。

戦場で無様になっていく前に、速やかに討ち取ってしまうかもしれない。

チンギスは、ブイルク・カンの性根を、もうしばらく見ていたかった。

何回かの攻撃。ぶつかるが、深く攻め入ってはこない。

不意に、ブイルク・カンの率いる軍が、不穏な気配を漂わせた。チンギスは、ただ見つめていた。戦は、ジェベがやる。

突っこんでくる。相当の圧力だった。二段目が抜かれ、三段目とぶつかったところで、ブイルク・カンは止まった。止まったのは、束の間だった。ブイルク・カンと入れ替るように、玄旗が掲げられ、ジャムカが出てきた。

三段目が、ジャムカの攻撃を小さくかたまって受けようとしたが、打ち砕かれた。

あとは、二百騎の麾下に守られたチンギスがいるだけだ。

ただ、三段目を突き抜けてぶつかってきたのは、三十騎ほどだ。先頭に、ホーロイがいる。ホーロイさえ、懐かしかった。

ぶつかってくる。麾下の五十騎が、前へ突っこむようにして、受けた。

ジャムカ。眼が合う。兜も被らず、自慢の黒貂の帽子で頭を覆っていた。

麾下が、何騎か打ち落とされていく。しかし、甘くはなかった。ホーロイの前進が完全に止められ、ジャムカも、馬首を回した。

馬首を回す瞬間、ジャムカはチンギスの方を見た。それから、退がっていった。一瞬のことだが、見つめ合ったのが、ひどく長い時だ、という気がした。

なにかを、語ったのだろうか。もはや、言葉など必要もなかったのか。生きた。お互いに生きて、ここまで来た。めぐり合わせで、殺し合い、どちらかが死ぬ。

ジャムカが駈け去り、ブイルク・カンが突っこんでくる。

ジェベの四千騎が、はじめて動いた。まるで見当違いの方向に動いているようで、ほんとうは、測りに測り、見きわめるものを見きわめて、はじめたのだ。

ブイルク・カンが、不屈なものを見せて、何度も突っこんでくる。しかしもう、第一段さえ、突破できなくなっていた。

チンギスは、片手を挙げて前へ出た。

そばにはソルタホーンがいるだけだが、少し離れて麾下もついてくる。

ソルタホーンが出した伝令で、三段に構えた軍の中央が割れていく。

まだ、千騎以上を残したブイルク・カンが、正面にいる。

「おい、ブイルク・カン」

チンギスは、一騎だけで前へ出た。

「いつまでも続けて、若い者を無駄に死なせようというのか」

「死なないかぎり、俺は闘うことをやめられんのだ、チンギス・カン」

「ならば、ひとりで死んだらどうだ」

「憎いことを言うなあ。ひとりで死なせてくれるのか、チンギス・カン」

「俺の手でな」

ブイルク・カンが、うつむいた。顔をあげた時は、笑っていた。

「礼を言う」

ブイルク・カンが、駈け出してきた。チンギスも駈け、吹毛剣《すいもうけん》を抜き放った。一度、馳せ違う。

馬首を回して、また駈ける。

老人の顔だった。眼が、悲しくなるほど澄んでいた。吹毛剣を、横に払った。

首はちょっとだけ舞いあがり、草の上に落ちた。

ブイルク・カンの部下たちが、馬を降りた。

ひとりが剣を草の上に置くと、全員がそれにならった。泣いている者もいる。馬の手綱も放し、兵たちが並んだ。

「ブイルク・カンは死んだ。おまえたちは、この俺に降伏するのだな」

「自分が死んだら、チンギス・カンに降伏せよ、とわが殿に言われていました。いま生き残っている将校は俺だけです。俺の首を打ち、ほかの者の命は、助けていただけないでしょうか」

「おまえも、生き残れ。おまえたちは、モンゴル軍に組み入れる。同僚の兵とは離れることになるが、行った先にも、また兵はいる」

チンギスは、それだけを言った。

降伏した兵は、そのまま二千騎の隊に連れていかれた。

ジェベの軍は、姿を消している。四千騎が、残っていた。

しばらくして、チンギスは合図を出した。

四千騎が、動きはじめる。

チンギスは馬を降り、胡床を出させた。もうひとつ、指さしたところに胡床を置かせた。旗の位置を決めた。

それから腕を組み、足もとの草を見つめ、かなり時が経ってから、胡床に腰を降ろした。

土煙が見える。方々であがっていた。しかし、軍の姿は見えない。

丘を越えて、一騎が疾駆してきた。

「サーラルという将軍が、二百騎でボロクル将軍とぶつかり、全滅です」

「サーラルを討ったのは?」

「ボロクル将軍が、御自身で」

かなり離れたところにいたボロクルは、ジャムカにとっては予想外の敵だっただろう。そんなことぐらいで、チンギスはジャムカの意表を衝いた。

ソルタホーンが、水を差し出してきた。

それを飲み、眼を閉じた。

遠い、争闘の気配。それが、徐々に近づいてくる。

丘の上に、束の間、軍が姿を現わし、また消えた。ジェベの軍だ。ほかにボロクルの軍がいるので、総計で一万騎になる。

逃げようはない。逃げられるわけがない。何度も、そう思った。しかしジャムカなら、逃げるかもしれない。

ジャムカが、草原に放たれる。もう軍などを擁しはしないだろう。ひとりで、チンギスの命を狙う。アウラガの本営の自室にいて、眠った瞬間に起こされ、そこにジャムカが立っているかもしれない。

風が吹いている。旗が、かすかな音をたてていた。風に靡くほど、草はまだのびていない。むなしく、地を這うような風だ。雲の影が、地を走った。

軍が、丘のむこうから現われた。今度は、すぐに消えたりはしなかった。右手の丘からも、軍が出てきた。ボロクルの軍だ。中央の丘は、気配だけがあった。

やがて、十数騎が、丘を越えて疾駆してきた。こちらにむかってくるが、ボロクルの軍に遮られた。

十数騎に、矢が射こまれている。

不意に、三騎がそこから飛び出した。こちらにむかって、疾駆してくる。逃げているのではない。チンギスに攻めかかっている。

ひとりが、玄旗を掲げた。旗の竿《さお》はなく、剣先につけていた。すぐに、矢で射落とされた。二騎は、なにがなんでも、こちらへ疾駆しようとしている。

先に駈けるひとりは、射かけられる矢を、剣で払い落としている。それでも、全部は落とせず、躰に何本か突き立っていた。

馬が、前脚を折り、地に投げ出され、転がって立ちあがった。ホーロイである。矢が射こまれた。ぶつかれば、犠牲は尋常な数で済まない、と判断して、弓矢を遣っているのだろう。

ホーロイは、二度ほど矢を剣で払った。それから剣先を地に突き立てた。

「やめろ」

声が響いた。

「もう、死んでいるのだ」

戦場が、しんとした。戦場なのだ、とチンギスは思いこもうとした。

ジャムカが馬を降り、立ったままのホーロイに歩み寄った。ジャムカが抱くと、ホーロイの躰は傾いた。

ジャムカは、ホーロイを地に寝かせた。

立ちあがったジャムカが、チンギスにむかって歩いてくる。帽子は飛ばされていて、乱れた髪が、かすかに風に靡いた。

「巻狩だな、これは」

ジャムカが、言った。

巻狩のやり方で、ジャムカ軍を追いこんだ。獲物を逃がさないように、慎重に包囲を縮めたのだ。

ジャムカがすぐ前まで来て、当然のように胡床に腰を降ろした。

「おう、テムジン」

「ああ、ジャムカ」

「虎のように扱われた、礼は言うべきかな」

「すまん。確実に、おまえをその胡床に座らせたかった」

「厳しい包囲だった。二度ほど、破ったと思ったのだが、そのたびにムカリが現われて、遮ったのだ。いまいましいが、見事な隊長でもある」

チンギスは、かすかに頷いた。

周囲を軍が取り囲んだが、もう全員が下馬していた。

黒いものを持って、ジェベが近づいてくる。ジャムカのそばに片膝をついて、それを差し出した。笑って、ジャムカはそれを受け取った。笑顔を見た瞬間、チンギスは声をあげそうになった。

しかし声は出てこない。

「長かったなあ、テムジン」

「そうだ、長かった」

「おまえは、これからもっと長い」

「わかっているよ。長いだろうなあ」

ジャムカは、ちょっと髪をまとめ、黒貂の帽子を被った。

「似合っている」

「頭にこれがあって、俺だな」

ムカリが、また黒いものを持ってきた。片膝をつく。玄旗だった。

ソルタホーンが差し出した水を、ジャムカは音をたてて飲んだ。

「おい、若いの」

ジャムカが言い、ソルタホーンが直立した。

「どんな用意がしてある？」

「はい、革の袋を」

「そうか。名誉はくれるわけか」

「俺が死んでも、おまえはそうした」

「話す時まで、くれた」

「俺は、話をしたかった。こうしてむき合うと、なにも言葉はない」

「俺も、なにもない。懐かしいような、切ないような気分があるだけだ」

ジャムカが、立ちあがった。

「さらば、わが」

さらばだ、とチンギスも言ったが、ほとんど声にはならなかった。

ジャムカが、チンギスに背をむけて歩いていった。背中が、遠ざかる。軍は二つに割れ、少しずつチンギスの両側に移動してきた。

ボロクルとジェベとムカリが、チンギスの脇に立った。

ソルタホーンが、ジャムカの後ろを歩いていく。

ジャムカが立ち止まり、こちらをむいた。黒い帽子が、草原の中で鮮やかだった。ソルタホーンが、ジャムカに革を着せかける。それを肩に巻いた恰好で、ジャムカは地に拡げられた革に横たわった。その革が、ジャムカに巻きつけられていく。

ソルタホーンが、革の紐で、革の袋を縛りあげていく。

それからソルタホーンは、チンギスのそばに駈け戻ってきた。

草原が、しんとした。チンギスは、眼を閉じ、片手を挙げた。麾下の二百騎が、ゆっくりと馬を進めた。

閉じていた眼を、チンギスは開いた。静止した二百騎に、片手を挙げて合図を送る。

指揮官の、高い叫び声が谺《こだま》した。

二百騎が、駈ける。疾駆する。革の袋の上を駈け抜け、もう一度戻ってきた。

土煙が鎮まり、革の袋が見えた。それは、はじめとまったく変りないようだった。立ちあがろうとする自分を、チンギスは抑えた。

「ジャムカを、埋めろ。埋めた痕は、騎馬隊を駈けさせて、それがどこだかわからないようにしろ。その方が、深く眠れる」

麾下が戻ってきて、全員が下馬し、チンギスにむかって直立した。

チンギスは頷き、馬を命じた。

革の袋の方は、もう見なかった。それはジャムカであり、もうジャムカではないなにかだった。草原で、戦をしながら生きた。死は、あたり前のものとして、いつもそばにあった。

曳かれてきた馬に、チンギスは乗った。

馬腹を蹴る。

駈けているチンギスに、ソルタホーンが馬を寄せてきた。

「殿、軍の展開は、どういたしましょうか？」

「ボロクルは、残る。もう敵はいない。ボオルチュの部下を迎えよ」

ボロクルの軍は二千騎だけだ。それに、もともとこの地に駐屯していた。

五万騎の、軍がいる。

自分がなぜ、それほどの大軍を集めたのか、いまとなってはわからなかった。

いや、ジャムカをこわがっていた。そのこわさが、軍の規模に表われた。

恥とは、思わない。手強い相手であり、自分ができるのは、大軍を擁してぶつかることだけだった。

「ほかの軍は、すべてアウラガへ戻る。そして解散」

常備軍の三千騎だけになる。

もしかするとこの戦は、常備軍だけで闘えたのかもしれない。

「待て、ソルタホーン」

チンギスは、馬の脚を落とした。駈けていると、単純なことしか考えられない。

「テムゲとジョチに、通信を出せ。こちらにむかって駈け、三日以内に行き合うようにしろ。旧ケレイト領と、旧ナイマン領の中を縦横に駈けて、全軍でひと月調練」

通信は、かなり早く届くはずだ。昼は鏡を、夜は灯を遣って、簡単な内容なら届く。ダイルと狗眼のヤクが、奔走して通信所を旧ナイマン領の西の端まで、いくつも作っている。

「殿が帰還されても、軍はそのまま留まるように伝令を出します」

チンギスは頷いたが、まだなにか足りないと思った。それがなにかはすぐにはわからず、ゆっくりと馬を進めた。

「ムカリを呼べ」

「はい。あの隊は近くにいるはずですから、すぐに」

ムカリとソルタホーンの間で、合図などは決めてあるのだろう。四半刻も進まない間に、雷光隊は疾駆してきた。

「おまえに命ずることがある、ムカリ」

「はい」

「玄旗を、受け継げ。ジャムカの旗を、おまえの旗にしろ。そして、隊を百騎にしろ」

「よろしいのですか。旗は、頂戴します。しかし、増員は」

「ジャムカの麾下は、大抵白騎だった。おまえに、百騎の指揮ができないわけはあるまい」

「やれと言われれば、一千騎でも一万騎でも。五十騎の隊は、俺の好みで」

「百騎を好みにできるだけ、度量を増やせ」

「はい」

「ジャムカには、いい部下もいたぞ」

「殿、百騎に増やすだけです。そして、ありがとうございます。光栄です」

「そうか」

「夏には、百騎をお見せできます」

なにかが終ったのだ、と思いたかった。

雲の影が、生き物のように地を走った。

まだ、なにも終っていない。


（九　日輪　了）

初出　「小説すばる」二〇二〇年五月号〜八月号
＊単行本化にあたり、加筆・修正をおこないました。

装画　寺田克也
装丁　鈴木久美

北方謙三（きたかた・けんぞう）

1947年佐賀県唐津市生まれ。中央大学法学部卒業。81年『弔鐘はるかなり』でデビュー。83年『眠りなき夜』で第4回吉川英治文学新人賞、85年『渇きの街』で第38回日本推理作家協会賞長編部門、91年『破軍の星』で第4回柴田錬三郎賞を受賞。2004年『楊家将』で第38回吉川英治文学賞、05年『水滸伝』（全19巻）で第9回司馬遼太郎賞、07年『独り群せず』で第1回舟橋聖一文学賞、10年に第13回日本ミステリー文学大賞、11年『楊令伝』（全15巻）で第65回毎日出版文化賞特別賞を受賞。13年に紫綬褒章を受章。16年第64回菊池寛賞を受賞。20年旭日小綬章を受章。『三国志』（全13巻）、『史記　武帝紀』（全7巻）ほか、著書多数。

チンギス紀《き》

九《きゅう》

日《にち》輪《りん》

二〇二〇年一一月三〇日　第一刷発行

著者　北方謙三《きたかたけんぞう》

発行者　徳永真

発行所　株式会社集英社

〒一〇一―八〇五〇　東京都千代田区一ツ橋二―五―一〇

電話　〇三―三二三〇―六一〇〇（編集部）

〇三―三二三〇―六〇八〇（読者係）

〇三―三二三〇―六三九三（販売部）書店専用

印刷所　凸版印刷株式会社

製本所　加藤製本株式会社

ISBN978-4-08-771737-2 C0093

定価はカバーに表示してあります。

『楊令伝』（全15巻）＋『吹毛剣　楊令伝読本』

楊志の遺児にして、陥落寸前の梁山泊で宋江から旗と志を託された楊令。新しい国づくりを担う男はどんな理想を追うか。夢と現実の間で葛藤しながら民を導く、建国の物語。

［集英社文庫］

『岳飛伝』（全17巻）＋『盡忠報国　岳飛伝・大水滸読本』

稀有の武人にして孤高の岳飛。金国、南宋・秦檜との決戦へ。老いてなお強烈な個性を発揮する旧世代と、力強く時代を創る新世代を描き、いくつもの人生が交錯するシリーズ最終章。

［集英社文庫］